草堂居士　薛小丽　著

红舞鞋

（上卷）

云南美术出版社

图书在版编目（ＣＩＰ）数据

红舞鞋．上卷／草堂居士，薛小丽著．－－昆明：
云南美术出版社，2025. 3. －－ ISBN 978-7-5489-6046-1

Ⅰ . I247.5

中国国家版本馆 CIP 数据核字第 2025KG1037 号

责任编辑：方　帆
责任校对：金　伟　赵异宝
装帧设计：书点文化

红舞鞋．上卷

草堂居士　薛小丽　著

出版发行：云南美术出版社（昆明市环城西路 609 号）
印　　装：四川科德彩色数码科技有限公司
开　　本：880mm × 1230mm　1/32
印　　张：11
字　　数：275 千字
版　　次：2025 年 3 月第 1 版
印　　次：2025 年 3 月第 1 次印刷
书　　号：ISBN 978-7-5489-6046-1
定　　价：89.00 元

献给天下父母和孩子生日当天的一份礼物

前　言

每个人
都是一个舞者
最初，都是那么天真无邪

时光，改变了自己的容颜
经历，铸就了自己的个性
成败，磨平了自己的棱角

你，我，她／他
谁是舞者？谁是观众？
其实，亦是舞者，亦是观众

故事总在一瞬间
有你，有我，有她／他
逝去了，也就回不去了

舞者都有双红舞鞋
舞者的红舞鞋永不褪色
舞者，一生都在舞动人生

目 录
Contents

第一章　草原绽放的生命（1977~1978 年）

一、孪生姐弟降生达曲　　　　　　　　　• 002

二、我是四个孩子的爹　　　　　　　　　• 008

三、孩子要满月了　　　　　　　　　　　• 013

四、冬日蔬菜总动员　　　　　　　　　　• 021

五、百天照　　　　　　　　　　　　　　• 025

六、回老家过年　　　　　　　　　　　　• 029

七、除夕大团圆　　　　　　　　　　　　• 034

八、故土总是那么依依不舍　　　　　　　• 043

九、我也要拿个红本子　　　　　　　　　• 048

一〇、刁钻古怪的汽车教练　　　　　　　• 053

一一、拿到白本子了　　　　　　　　　　• 058

第二章　斗转密县（1978~1980 年）

一、小雪、小吉一岁了　　　　　　　　　• 066

二、约老申喝了场酒　　　　　　　　　　• 072

三、春节的礼物　　　　　　　　　　　　• 077

四、在达曲过春节 • 082

五、终于拿到红本子了 • 085

六、忽如一夜春风来 • 090

七、我们家超生了吗 • 094

八、屋漏偏逢连夜雨 • 098

九、有个二叔在革委会 • 102

一〇、我准备调回老家工作 • 108

一一、这个秋天举家搬迁密县 • 114

第三章 飞来横祸（1980~1981 年）

一、初来乍到举步维艰 • 122

二、县公安局公开选拔提干 • 128

三、小雪、小吉怎么办 • 131

四、我想去沿海城市看看 • 136

五、我要提干了 • 141

六、舍不得的 5 元钱补助 • 147

七、小雪的手被门夹了 • 151

八、王灵秀谋了份工作 • 157

九、这个年过得真热闹 • 160

一〇、深夜传来噩耗 • 173

第四章 初尝人间冷暖（1981~1989 年）

一、王灵秀辞了大食堂的工作 • 182

二、没爸的孩子早当家 • 186

三、过庙会是孩子们最高兴的事情 · 192

四、吉他王子初露锋芒 · 197

五、小吉接二连三地闯祸 · 202

六、小强考上了凉城技校 · 208

七、寒假短暂的快乐 · 213

八、小雪当上了大队长 · 219

九、小雪第一次做饭 · 224

一〇、见到小雪赶紧跑 · 230

一一、小雪成了舞蹈队的领舞 · 234

一二、学校转来几个外地孩子 · 239

第五章　第一次背井离乡（1989~1996年）

一、小吉偷偷做起了"二倒贩子" · 248

二、我们要向大哥学习 · 252

三、选举李小雪做班长 · 257

四、赴凉城汇报演出 · 262

五、李小雪中考夺冠 · 267

六、金州师范最瘦弱的新生 · 272

七、我第一次穿上了红舞鞋 · 277

八、广播、新华字典是我的好朋友 · 281

九、线头顶针挣点零花钱 · 284

一〇、第一年回家的小胖妞 · 288

一一、午夜琴声悠悠 · 293

一二、有人收我做干女儿 · 298

一三、文化、专业连续双优秀 • 303

一四、我长个子了 • 308

一五、我怎么和别人有些不一样 • 315

一六、金州少年宫实习的心酸 • 320

一七、依依不舍离母校 • 326

大结局 • 338

人物索引 • 340

第一章
草原绽放的生命
（1977~1978 年）

秋风横扫牧草黄，一声啼哭雪山崩。

凤凰结伴落凡间，喜怒哀乐迎北风。

一、孪生姐弟降生达曲

万里草原广无垠，古时号角声犹烈。

长河蜿蜒曲折行，青山环绕迎佳节。

十月的甘南，天蓝蓝的，略带微黄、一望无垠的草原真像一幅耐人寻味的油画。

若向远处瞭望，那里时而有悠闲的牛羊在散步，这里的一切总是那么美丽，美丽得让人窒息，美丽得让人流连忘返。

达曲县就坐落在这个美丽的草原，清澈见底的白龙江从这里缓缓流过，高耸的岷山环绕着整个小县城，这里气候温润，民风淳朴。

一九七七年十月的秋天，这个小县城还是那么热闹，城关镇的大街小巷有许多低矮的木屋，这些木屋里有星星点点的商铺。

最为热闹的还是县城的大什字，这里有供销社、百货商店、大食堂，时不时还有一些操着秦安话、四川话的小商贩挑着担子，沿街在叫卖着各式各样的小玩意。

县城大什字的南边有一个很大的国营单位，门口悬挂的白色牌匾上写着"达曲县农机修造厂"，这是这个县城最大的一家国营企业，也是整个甘南州唯一的一家农机修造厂，它承担着整个甘南州的农机装配、维修、配件生产及农业、牧业生产机械化的保障，连县委、县政府的小车都得来这里维修。

能去达曲县农机修造厂上班，基本上是这个小县城大多数年轻人最大的愿望。

能在这里上班的人可以说是非富即贵了，这里的负责人、技术骨干多是外地人，要么是技术专家，要么是大学生，要么是专业技术院校分配过来的优秀毕业生。连里面的普通工人、门房、食堂工作人员都得是贫农出身，三代政审清白才可以进厂工作。

十二点了，已经到了中午下班时间，达曲县农机修造厂的大喇叭里正播放着熟悉的革命歌曲旋律，一簇簇身着蓝色工作服的人们从农机修造厂涌了出来。

"李国庆，你慌慌张张的做啥去？跑得这么快？"王伟国喊道。李国庆从厂里向大门外一路小跑，听到有人喊，这才回过神来答道："伟国，我忙着呢，媳妇今天要生！我不和你多说了！"

李国庆小跑的步伐不由得又加快了几步。

没几分钟，李国庆就气喘吁吁的跑到了农机修造厂宿舍楼，跑到门口他看到媳妇正在炉子上做饭，李国庆赶忙走到炉子旁边，夺下媳妇手中的勺子，将媳妇拉到了床边说："他妈，快坐下！这都啥时候了？你怎么还在做饭呢？"

媳妇说："这有什么啊！我又不是富家小姐，以前生那两个孩子的时候我不是啥都在做吗？何况今天啥反应都没有，没准医生说的时间不准呢！"

李国庆也缓缓地坐到了床边媳妇的身旁，将头贴在媳妇的肚皮上听了听说："有动静啊！他在里面用脚踹我的脸呢！"

媳妇说："哪里有啊！我都没有感觉到他在动。这医生也真是的！说的是今天，可我今天从来就没有感觉到他动过！"

正说着，媳妇猛地从李国庆手中夺走了铲子。

她挺着肚子迅速地奔到了炉子跟前，将勺子伸进锅里搅了搅说："只顾着和你说话了！锅里的稀饭差点就溢出来了！"

李国庆又急步走到了媳妇身边，再一次夺下了媳妇手中的勺子说："你可真是不顾及自己的身子啊！你身子都这么重了，而且今天预产期，怎么还能做这做那呢！你赶紧到床边或者沙发上坐会儿去，今天的饭我来做，一会儿咱们吃完饭，我就送你去县医院！"

媳妇一边往沙发跟前走一边说："你下午不是还要上班吗？这段时间这么忙！完了，我看有动静我自己去医院，到时候我找人通知你！"

李国庆说："再重要的事情也没有我媳妇生娃重要，今天上午下班时我跟车间主任请了半天假，我今天的任务就是陪你去医院，咱们顺利地把这个娃生出来。"

媳妇说："你都两个娃了，还尽想着娃，连钱都不挣了！"

李国庆说："娃多福气大，生娃比啥都重要！多子多福啊！你快休息会儿，我再弄点馍馍，饭马上就好了！"

不一会儿，饭熟了，两人狼吞虎咽的吃完了这顿午饭。

李国庆走了出去，来到了隔壁老申家门口喊道："老申！在吗？把你的自行车借我用用，一会儿我送媳妇去县医院。"

老申在屋里答应道："好的！弟妹要生了吗？车子就在门口，没有锁，你直接用就好！"

李国庆说："好咧！我就不进来和你打招呼了！"

正说着他就推着这辆红旗牌自行车到了自己家门口，他用脚打起自行车的撑子，掀开门帘走了进去。

李国庆进去看到媳妇已经把住院需要的东西用一个花床单包到了一起，他便把这包东西拎出来挂到了自行车的把手上。

接着，他又转身进屋把媳妇搀扶着走出来，扶到了自行车后面的捎货架子上，他放下自行车的撑子说："坐好了！咱们的专车出发了！"

出门拐了几个弯就到了，李国庆将自行车停放到了县医院院子里。

李国庆一边往下取包袱一边说："媳妇！坐稳了，我扶你下来！"

李国庆左手拎着包袱，右手扶着媳妇走进了住院部。门口的工作人员看到，赶忙过来帮着把李国庆媳妇送到了妇产科。

到了妇产科，一个戴着眼镜的中年女医生喊道："小李啊！你都是两个孩子的爸了，给你们说今天是预产期，让你们早早过来，这都中午了，怎么才来？快扶到 25 号床，床位早早留好了，就等你们了！你快去办理住院手续吧！我们安排你媳妇去病房。"

李国庆说："谢谢廖大姐！我这就去办理，媳妇就辛苦你们帮忙照看了。"

李国庆急匆匆的就去办理住院手续了。

不一会儿，李国庆又回来了。

李国庆急切地问媳妇："做检查了吗？怎么样了？"媳妇说："检查了，还没有反应，医生让我在走道走一走，感觉有反应了喊他们。"

李国庆扶着媳妇坐了起来说："好的！那我陪你到走道去走一走吧！"

他们一起在走道来来回回走了有四五十个来回。

李国庆说："媳妇！有反应了吗？"

媳妇说："好像有！再走几趟吧！这样生得快些！"

李国庆陪着媳妇又在走道里走了十几个来回，李国庆都觉

第一章 草原绽放的生命

得很累了。

这时，媳妇说："有动静了！我觉得他在用脚踢我！我们回病房吧！"

李国庆说："好的！"说着就把媳妇扶到了病床上说："你休息下，我赶紧去通知大夫。"

李国庆飞奔着出了病房。

他直接跑到了护士办公室喊道："大夫！护士！快！我媳妇有反应了！"

护士听到说："知道了！你把这个推车推上，我们现在就送她去产房，就在一楼，很近的！你不用着急！"

李国庆配合着护士将媳妇放到推车上，推到了产房门口。

护士说："产房家属不能进去，你在这里等着吧！有什么需要，我们随时通知你，你就在门口等着，哪里都不能去！"

李国庆说："好的！"

他拉了拉媳妇的手说："媳妇！坚强些！我在门口等着你们！"

看着媳妇进了产房，李国庆在楼道里抽了几根烟，抽完烟他坐在了产房门口走道的木椅子上。

这时，产房门开了一道缝隙，走出来一个护士说："我们核对下病人信息，产妇是叫王灵秀吗？年龄 28 岁？"

李国庆说："对！就是！"护士拿出一个本子说："现在就要开始生产了，这是生产过程中的一些风险和承诺，你看看觉得同意的话，就签个字！"

李国庆看也没看就签了字说："我都同意，就拜托你们了！"

护士接过本子说："这是我们应该做的！您就放心吧！有啥事我们随时通知您！"

在走道等待的这段时间可真漫长，李国庆手里的烟一根接着一根，一盒大前门牌香烟都被他抽得所剩无几了。他站起身来向窗外看着，天空突然间暗了下来，开始飘起了点点雪花。他心里纳闷，这天气好好的，怎么就突然飘起雪花了呢？

突然，产房的门开了。一个护士喊道："谁是王灵秀的家属？生了，顺产，母子平安！"李国庆听到声音激动极了，他奔向产房门口问："男孩？女孩？"

护士说："一会儿你自己看，赶紧准备，你媳妇和孩子马上就出来了。"说完护士转身又走进了产房。

一会儿，产房的门又开了，几个护士推着两个推车出来了。

护士喊道："王灵秀的家属，配合送产妇、孩子回25号床。"

李国庆答道："在！在！在！来了！"

他过来赶忙推着媳妇躺着的推车，看着另外一个推车上怎么有两个婴儿，他心里觉得很奇怪：这个推车上怎么两个婴儿呢？不会是搞错了吧！难道把别人家的也推过来了吗？

"搭把手！家属！想什么呢？"护士说。

李国庆这才回过神来，赶紧帮忙把媳妇抱到了床上。

媳妇说："他爸！你看到孩子了吧！好看吗？"

李国庆说："我正纳闷呢？都好看，可是怎么两个孩子呢？"

媳妇笑笑说："你就偷着乐吧！咱们生了龙凤胎！女孩是姐姐，男孩是弟弟！"

李国庆一听，低下头仔细地看了看两个孩子，傻傻也分不清哪个是女孩，哪个是男孩。他兴奋地跳了起来，手舞足蹈地喊道："我李家生龙凤胎了！我李家生龙凤胎了！"

媳妇赶紧制止道："他爸！这里是病房，不能影响到其他人！"

李国庆激动地弯下腰拉着媳妇的手说："他妈，你真是太伟大了，我太高兴了！我现在是四个娃的爹了！我是全天下最幸福的人！"

又曰：

蝶恋花

秋风送爽雪几许？青草微黄，江水东流去。街巷市井炊烟起，浓情尽在木屋处。

青山依绿松柏翠，牛羊遍野，九月日渐暮。两声啼哭划长空，孪生姐弟降达曲。

二、我是四个孩子的爹

家降龙凤满堂欢，徒手养家几多难。
四孩一堂亲无间，壁毯兆映小屋暖。

时间过得真快，两个孩子出生已经一周时间了，王灵秀和孩子也都出院回到了家，这两天李国庆也终于分清楚了哪个是女孩，哪个是男孩；哪个是姐姐，哪个是弟弟。

女孩是姐姐，她的头发稍微有些稀疏；男孩是弟弟，他的头发比较浓密。女孩表情较少，男孩表情丰富，喜欢笑。

这两个孩子生下来，大人甭说有多高兴了！就他的两个哥哥都对这两个孩子喜爱有加、爱不释手，放学一回家就开始逗这两个最近出生的妹妹和弟弟。

李国庆的大儿子李小强今年六岁了，在修造厂幼儿园上大班，李国庆的二儿子李小勇才三岁，刚上幼儿园小班。

说起来也巧，李国庆的这四个孩子都出生在秋天，都是十月份出生的。

这段时间李国庆可忙碌了，以往老大、老二上、下幼儿园都是媳妇去送，他早上起来直接去上班。

现在老三和老四出生了，媳妇每天要照料这两个孩子，接、送老大和老二的任务就落在了李国庆的身上，他每天早上送完两个孩子再去上班，下班后就急匆匆的再去接两个孩子了。

这天晚上吃完了饭，老大和老二在逗老三和老四玩，王灵秀说："他爸！这两个孩子都出生一周多了，也没个名字！我没念多少书，你是知识分子，给他们起个名字吧！"

李国庆说："我也一直在琢磨呢！这两个孩子出生那天我还很纳闷：那天天气本来很晴朗，就在他们出生的那会天上突然就飘起了小雪，然后你就生下他俩了,这可真是天降吉祥啊！老三是女孩，就叫李小雪吧！老四是男孩，那天正飘雪，又生下他们两个，真是件非常吉祥的事情，就叫他李小吉吧！"

王灵秀听完自言自语道："老大李小强，老二李小勇，老三李小雪，老四李小吉！小强，小勇，小雪，小吉！还是你有文化，这名字都挺好听的！"

李国强说："媳妇，你辛苦了！这都是你的功劳！这几个孩子日后咱们可要多操心了！孩子一天天地长大，我们要操的心也越来越多了！"

王灵秀说："是啊！但家里的负担也越来越重了！咱们家就你一个人挣工资，我一直在家里没有收入，你一个人养活我们三个，现在成了你一个人养活我们五个人了！你负担越来越重！这可咋办呢？"

李国庆说："你放心把孩子照料好，就是对我最大的支持了！我会努力上班，把你们几个都养得白白胖胖的！"

王灵秀说："你这一说倒是提醒我了！这次这两娃生下来，我怎么老是奶水不足，这两个吃不饱老是哭，我没有办法，这两天我弄了些面糊糊给喂上，他们才止住哭呢！"

李国庆说："以前生下来都是一个孩子吃奶，现在是两个孩子吃奶，肯定不够吃啊！我怎么这段时间忙得把这事给忘了！甘南这里的牦牛奶粉我听说挺不错的，说是孩子吃了和高原的牦牛一样强壮，我明天找找供销社的老刘看能不能想办法搞几桶！不管怎样，我们一定不能让孩子饿肚子啊！"

王灵秀说："那奶粉听说指标紧张不好买，另外一定很贵吧？又要花不少钱了！"

李国庆说："这你就不用操心了，你把孩子和家里操心好就行！我会去多努力工作，多挣些工资回来的！"

李国庆转身看看，老大和老二正在逗老三和老四玩呢！

他说："小强、小勇时间不早了，明天还要早早起来上学呢！早点休息吧，再不要欺负妹妹和弟弟了！"

两个孩子听到后，很听话的就去对面的床上脱衣睡觉了。

四个孩子都睡着了，王灵秀摇了摇李国庆说："他爸！你睡着了没有？我和你说句话！"

李国庆转了过来说："还没有呢，怎么了？"

王灵秀说："咱们这几个孩子，你最喜欢哪个呢？"

李国庆说："你怎么想到问这个呢？"

王灵秀说："我也不知道，突然想到这个问题了。"

李国庆说："我最喜欢小……雪！不……小孩！这几个孩子我都喜欢，都是我的孩子啊！"

王灵秀笑笑说："我就看着这次孩子生下来，你挺偏心的，每次回来都先逗小雪玩，抱孩子的时候，抱小雪也比抱小吉抱得多！"

李国庆吞吞吐吐地说："你！你……你可是他们的亲妈啊！这话可说不得，我明天把他们都抱抱，好了吧！不早了，快点睡吧！"

第二天，天亮了，这家人跟打仗似的，一会儿老大喊、一会儿老二闹、一会儿老三老四哭，李国庆和王灵秀两人是顾了这头，又顾不了那头。

近期，这个家里相同的一幕幕每天都在上演。

好不容易给老大和老二把衣服穿上，收拾妥当了。

李国庆给老大和老二手里分别塞了一块馍馍说："快！小强，小勇，我们出门了！媳妇，你把小雪和小吉看好！"

正说着嘴里叼着一块馍馍，拖着两个孩子出门了。

送完孩子，李国庆来到了车间，倒了一搪瓷缸子开水，他看到车间主任来了。他急忙凑了过去，递了一根烟说："老郭早啊！抽根烟顺顺气，我刚给你倒了杯水，一会儿暖暖的喝上。"

老郭接过了烟笑呵呵地说："你这小鬼，今天这么殷勤，又打啥坏主意呢？"

李国庆说："咱俩联手这么多年了，谁不知道谁啊！我哪能有什么坏主意？"

老郭说："我也猜出个七八分了！两个孩子刚出生，是不是有些拮据了？"

老郭边说边在裤兜里摸出了几张纸币塞到了李国庆的手里说："这是我这个月的工资十四块五，你都拿上吧！应应急！我一个人，每个月工资都花不完。"

李国庆说："老郭！我不是这个意思！"边说边推开老郭的手。

老郭又将李国庆的手推了回去说："谁都有为难的时候，你这一大家子的！就再不要推辞了，算我借你的，你啥时候方便还给我！"

李国庆收下了老郭递过来的钱，放进衣服口袋说："那我就谢谢老哥了！下个月工资发了我就还给你！我这两个小的娃奶水不够吃，我中午还要去找找供销社的老刘看能不能想办法弄几桶奶粉。"

老郭说："孩子的事是大事，不管怎样，一定要让孩子吃饱！这段时间估计你挺难的。但这不是长久之计，你想不想多挣点工资？"

李国庆说："想啊！可咱们就这点死工资啊！"

老郭说："咱们厂里最近接了上面的一个攻坚项目，要组织厂里的技术骨干成立一个攻坚小组，但是不能耽搁厂里的日常生产，需要每周六、周天都加班，但每天另外计发补助呢！我记得你是咱们省里赫赫有名的黄羊川农校的高才生，你愿意去不？我推荐！你这不正是瞌睡遇到枕头了吗？"

李国庆将前面倒上水的搪瓷缸子赶忙递给了老郭说："还热乎着呢！喝口水，你说的这是真的吗？我怎么没有听说？那你一定要推荐我啊！这可就解决我的大问题了。"

老郭说："这是昨天晚上厂里的临时厂务会上才说的事情，让各个车间摸底呢，估计这两天通知就下来了吧。"

李国庆说："老哥，好事做到底，这次你一定要把我帮到底了！"

"叮铃铃……"上班的铃声响起了。

老郭说："国庆，开工了，赶紧上班吧。你说的事情我知道了！"

说罢，两人转身走向了车间各自的工作机床位置。

又曰：

蝶恋花

孪生姐弟来世间，其乐融融，屋外秋叶飞。孩提乳名从天降，秋雪落处硕果累。

家增新丁人兴旺，只是艰难，雪中寻腊梅。勒紧腰带存余粮，为孩苦乐愿景美。

三、孩子要满月了

冰露渐临牧草枯，雪花纷纷罩青山。
聪颖孩儿即满月，慧星横扫寒光璨。

孩子出生后时间过得可真快，不觉就快一个月了。

这两个孩子已经长得比出生时白胖了许多，出门遛弯的时候，很多陌生人看到都以为这是两个大胖小子呢！都会驻足逗这两个孩子，直到这两个孩子笑了才走。

这天下班回家，路上好几个同事都问李国庆："国庆，孩子快一个月了吧！啥时候过满月啊？过来给你恭喜！"

李国庆笑嘻嘻地说："这个我得请示媳妇，到时候我一定通知大家，给你们煮红鸡蛋吃。"

众人哈哈大笑着说："原来国庆还是个怕老婆的种！我们等着你的红鸡蛋了！"

李国庆一边匆匆地往回家方向走着，一边答道："没问题，我先赶着回去抱孩子了！"

回到家，李国庆看着媳妇王灵秀背上背着一个，左手抱着一个，正在择菜。他赶忙过去把两个孩子接了过来，他左手抱着老三，右手抱着老四，嘴里说："小雪、小吉你们想爸爸了吗？爸爸可想你们了！"说着就用他的胡子去蹭两个孩子的脸。

王灵秀看到了，她急忙将手中的青菜伸过去挡在了孩子的脸和李国庆的脸中间说："看你胡子拉碴的，别蹭孩子的脸，他们的皮肤这么嫩，蹭伤了怎么办？尤其小雪！还是女孩子，可不能破相啊！"

李国庆抱着孩子一边晃一边说："他妈！你还说我偏心眼呢！两个孩子都一样，你怎么刚才尽护着小雪呢？"

王灵秀说："小雪是女孩子啊！不然到时候婆家都不好找！男孩子讲究啥。好了，不要卖嘴了，饭熟了，过来赶紧吃饭吧！"

饭吃罢了，王灵秀开始洗锅收拾灶台。

李国庆说："咱们这两孩子后天就一个月了，好多同事都问满月啥时候过，怎么过呢？"

王灵秀一边擦拭着锅台一边说："日子过得可真快，就要一个月了！你是一家之主，我听你的。"

李国庆说："我想着这样吧，明天我买上些鸡蛋和菜，后天早上，我们早早煮上一大筐红鸡蛋，我上班给车间的同事们带过去。人家今天都问呢！后天我把咱们这次生孩子帮了忙的，关系好的几个人请一下，请他们到咱们家吃个饭喝个酒，你看行吗？"

王灵秀说："就按你说的来，这次生孩子大伙都给我们帮了忙，谢谢人家也是应该的！但咱们就一间屋怎么坐下啊？"

李国庆说："这两天就辛苦你了！能坐得下，到时候我们把隔壁老申家的茶几和凳子都借过来，把咱们家的茶几和凳子也都搬到院子里拼到一起就差不多了，顶多也就十来个人。"

王灵秀说："院子里有些冷吧？"

李国庆说："那没有办法啊！大伙都可以理解的！我就负责采购吃的和邀请大伙了。"

王灵秀说："记得买上些白酒，不然多难看。"

李国庆说："好的！我终于可以喝场酒了！感谢媳妇支持。"

王灵秀说："看把你美的，酒是用来招呼大家的！"

李国庆说："知道了！老大和老二爱吃肉，我再买些肉吧！"

第二天下午下班，李国庆就急匆匆地去蔬菜门市部了，排了半天的队，才轮到他，鸡蛋和蔬菜都买上了。

当他买肉时遇上了点小麻烦。

肉铺子的师傅说："最近肉比较紧张，限量供应，每人最多只能买三两，你这一次买一斤，别人怎么办啊？这可不行。"

李国庆赶忙掏出了一支烟给卖肉师傅递过去，说："师傅！我是县修造厂的，我孩子明天满月，好多人来家里吃饭，这三两肉实在太少啊！您就特事特办理解下吧！"

卖肉的师傅将烟推了回去说："我不抽烟，不要来这套，限量供应没有办法，你就是县委、县政府的也不行。"

后面排队的人开始嚷嚷了起来，有说："限量供应，这人怎么这样，也不考虑别人！"

还有人说："人家孩子过满月呢！就给特殊一次嘛！"总之说啥话的都有。

李国庆好话说尽，卖肉的师傅依然无动于衷，李国庆急得团团转。

卖肉的师傅说："三两要不要，不要别人还等着要呢！"

这时，从后边走过来两个大婶对卖肉师傅说："师傅，我们也在后面排队，我们的指标不要了，让给这位同志吧！人家孩子过满月也挺不容易的！"

卖肉师傅为难地看看大家说："好吧！这是上面的规定，我也很为难啊！我今天的指标也让给这位同志吧！给你称上一斤二两肉！要得了吗？"

李国庆面向两位不相识的大婶、卖肉师傅和大家连连作揖说："谢谢了！谢谢了！我李国庆谢谢大家了！"

他又回头跟卖肉师傅说："要得了，您就给我称上吧！"

称完肉，李国庆将肉和菜放到了一个蛇皮袋子里，然后他左肩扛着一蛇皮袋子菜，右手拎着一筐鸡蛋往家走了。

回到家，老大、老二围了过来喊道："爸！你去买好吃的了，买肉了吗？"

李国庆说："买了！"便将蛇皮袋子和筐子放在了地上，两个孩子在袋子里翻了起来。

李国庆喝了口水，将刚才市场上发生的一幕给王灵秀叙述了一遍。

王灵秀说："他爸！你辛苦了！这地方还是好人多啊！快拍拍身上的土，准备吃饭吧！"

这天晚上，他们一大家子早早地就睡下了。

可是李国庆辗转反侧的老是睡不着，想着明天孩子的满月怎么过。好不容易睡着了，可没多久又醒了。

这个夜里他醒来了五六次，这次醒来看看表已经六点了，他轻轻地打开了床头灯，悄悄地穿上了衣服溜下床。

他走到炉灶跟前，找了点柴火生起了火，给锅里添了多半锅水，把昨天刚买来的鸡蛋有多一半，一个一个的放到了锅里，又往锅里添加了一些红色的食用染料。

随后，他去桌子上拿了本《拖拉机机械原理》的书坐到沙发上看了起来。

不一会儿锅里传来了"咚咚咚"的声音。

李国庆起身关了鼓风机，给炉灶里面添加了一些煤炭，他掀开锅盖看了看，盖上锅盖，又拉开了鼓风机开关。

"咚咚咚，咚咚咚……"锅里的声音越发激烈了，李国庆又起身去关了鼓风机，找了个盆子往里面添加了一些凉水，他小心翼翼地把锅里的鸡蛋一个的捞到凉水盆子里。

"你今天怎么起来得这么早啊！"王灵秀问。

李国庆答道："嘘！咱们说话声音小一点，别吵醒了孩子，让他们多睡会儿！我刚把鸡蛋煮好了，再放凉水里面凉一凉，这样同事们早上剥鸡蛋壳容易些！一会儿我给锅里留下五个，剩余的我就都带给车间的同志们了！"

七点了，李国庆叫醒了老大和老二，给他们一人剥了一个鸡蛋，看着他们吃了。他把剩下的鸡蛋用一个篮子装了起来，他左手提着篮子，右手拉着老大说："小强你把弟弟拉好，我送你们去幼儿园！"

送完孩子，李国强回到了单位，直接去了车间。

不一会儿车间的同事们都来了，他提着篮子给每个工友们一人送了一个红鸡蛋。

一边递鸡蛋一边说："谢谢大家！我家老三、老四今天满月了！"

大家纷纷祝福他儿女双全，多子多福。

今天下班，李国庆赶忙去了幼儿园，接上老大和老二就匆匆地回家了。

接着，他就去了隔壁老申家，进门就说："老申，嫂子！

你们今天就不做饭了，快来给我帮忙！要不他妈一个人忙不过来！还有，把你们家的茶几和凳子都给我借上，咱们今晚就到院子将就着吃饭吧！"

老申说："没问题，咱俩搬东西，你嫂子都念叨了一天要去你们家帮忙了！"说着拿起几个凳子就出了门。

这时，被李国庆邀请的厂里同事王国伟、车间主任老郭、县医院廖大夫、供销社老刘及其他几个日常关系好的朋友们都来了，有提着母鸡的，提着红糖的，提着麦乳精的，提着罐头的，拿着花布的……总之手里没有空着来的。

李国庆安排大家在院子里围着茶几坐了下来，大家互相打个招呼，你一句他一句的向李国庆夫妇表达着祝福。

车间主任老郭将李国庆拉到一边，拿出了一些纸币说："这是咱们车间四十五人给你随的礼钱,共十三元五角,你收好了！不然一会儿我就忘了！"

李国庆接过钱说："谢谢大家了！"

老申喊道："各位亲戚朋友让一让，开饭了！"

接着，大家帮忙端上来了十个凉菜。

老申说："大家先吃凉菜，先喝酒，热菜马上就来！国庆，快去屋里把外面灯打开。"

李国庆答道："好的！"

李国庆从屋里提了一壶五斤的散装青稞酒走了出来，喊道："老申，我这酒杯不够，把你们家的酒杯都拿出来！"

老申说："好的。"

李国庆给大家一一看满了酒说："今天我们家老三、老四满月，感谢大家光临祝福，同时感谢大家长期对我们全家的关心与支持，我敬大家一杯。"

大家正准备喝酒，有人喊道："大家稍等，我们今天的主角是国庆家的老三和老四，我们应该把孩子抱出来让大家认识一下。另外，还有个小仪式，我们组织孩子抓个周，看看他们长大后都做什么工作！"

有人说："好的！我们见见孩子，搞完仪式再喝！"

大家纷纷放下了酒杯，王灵秀抱出了老四，李国庆抱出了老三。

老申端着一个木制的方盘走了出来说："大家谁有道具？拿出来用用，让孩子抓阄，看能抓到啥东西，结束就还给你们。"

廖大夫拿来了一只钢笔，供销社的老刘拿来了一个口琴，老申老婆拿来了一把勺子。

李国庆的老大小强着急地喊道："还有我呢！我这有把木头枪！"

李国庆去拿了本书放到了盘子里。

老申说："哪个孩子先抓呢？"

大家说："一块儿抓吧！"

老申说："那就一块儿抓，避免两个孩子以后干同一行！"

老申端着木质的方盘走到了两个孩子跟前，大家一起逗着两个孩子。

两个孩子摸摸这个，看看那个。

最后，老三抓起了口琴，老四抓起了木头枪。

老申喊道："不错！不错！看来国庆家以后要出音乐家和将军了！"

大家也都一起跟着起哄。

李国庆家的老大和老二也跟着喊："妹妹和弟弟要做音乐家和将军了！"

老申说："现在我们举杯共祝我们未来的音乐家和将军健康成长！"

大家共同举起了酒杯，干了这杯酒。

热菜这时也开始起了，李国庆举着酒杯挨着给大家敬酒，敬了一轮又一轮，不觉已经敬了七八轮。

李国庆已经满脸通红，说话已经有些前言不搭后语，还继续给大家敬着酒，嘴里重复着："你是我的贵人，感谢你的帮助，我们全家都会感恩的……"

大家吃得也差不多了，天色渐渐地暗了下来，院子里这时也有些冷了！

老郭说："时间差不多了，明天还要上班，咱们就散了吧！"

李国庆说："感谢大家！感谢！我最后再敬大家一杯，我们一起干了。"说完自己先喝下了这杯酒，大家也都干了自己的门前酒，纷纷起身离席。

老申看李国庆喝得有些多，扶着他进了屋子，刚一进屋李国庆就栽倒在了沙发上。

李国庆在沙发上可睡美了，他做了一个梦，梦到小雪和小吉都已经二十岁了，小雪在北京人民大会堂举办了个人钢琴演奏会，小吉在部队入伍已经是排长了，正带领着士兵在边界搞实弹演习。

又曰：

少年游

孪生落地日月去，不觉满月时。两儿白胖，慈母暗喜，严父亦心依。

人生满月无小事，世人怎不知？略备佳肴，薄酒谢客，已是月升时。

四、冬日蔬菜总动员

秋叶飘零风渐寒，收纳百菜忙腌制。

冬雪已漫南北山，贮藏秋果添寒衣。

不觉已经立冬，这里时不时也开始飘起了雪花。人们都开始从蔬菜门市部买回大量的白菜、洋芋、萝卜等过冬的蔬菜开始贮存。

这天中午，李国庆拉着一个堆着很多蛇皮袋子的架子车回到了家。

王灵秀抱着两个娃迎了过来说："今天你做啥去了，回来这么晚？怎么拉了这么一车东西，都拉的啥啊？"

"这天都开始飘雪了，过几天天气会更冷，估计菜就要涨价了！今天我借了车间的架子车，找了些蛇皮袋子，给咱们备了些今年过冬的蔬菜。"李国庆边说边拍打着身上的土。

王灵秀把两个孩子抱到床上，用一块板子挡住了床边，走过来帮着往下卸采购回来的菜。

"今年冬天你怎么买了这么多的菜啊！白菜、洋芋、萝卜！怎么还买了茄子、芹菜、黄瓜、豆角、绿辣椒、韭菜啊？"王灵秀搬着蛇皮袋子说。

"今年咱们家增加了两张嘴啊！我就比往年多买了些，这两天买白菜、洋芋、萝卜的人多，其他菜少人问津，我看价格也不高我就多买了些，你不是有老家腌咸菜和晒蔬菜干的手艺吗？趁着这两天天气还好，抽空把这些蔬菜都加工下，我们这个冬天就够吃了！不然，这里下场大雪不但菜少，而且价格肯定就高了。"

"也是！我这周抓紧把这些菜加工、处理了。这天可要争气啊！"王灵秀边往出掏着菜边说。

李国庆卸完菜，在门口脸盆里洗了把脸，走到了床边。他看了看孩子说："他妈！咱们这俩孩子会爬了啊！你看，这小吉可比小雪爬得快啊！"

"趁他两这会刚吃饱，还不闹腾，你赶紧吃饭吧！还有，你让我腌咸菜，我怎么没有看到盐，你下午回来找的买上十斤粗盐，记着一定要是粗盐！"王灵秀正说着，把一碗汤搅团给李国庆端到了茶几上。

"好的，粗盐十斤。"李国庆走过去端起搅团大口大口地扒拉起来。

这几天王灵秀可忙了，趁着两个孩子睡觉，她就开始加工买回来的这些菜。

门口院子的晾衣绳上挂满了萝卜条、绿芹菜，地上的塑料纸上晾晒着整个的黄瓜、豆角、绿辣椒等。

老申老婆走了出来看到这些说："国庆家媳妇，你们这是萝卜、白菜在开会吗？怎么各种菜晾了一院子啊！"

王灵秀说："他婶子，这有些是要晾干的，有些是要腌咸菜的，你看这豆角、芹菜是要慢慢晾晒干的，到冬天的时候把它们放到水里煮一煮就跟新鲜的一样了，而且还有嚼劲！萝卜条、辣椒、黄瓜、韭菜是要把它们晾晒蔫了，表面没有水分了，再把它们用青盐腌制了，这样腌制就不容易坏！过两天晾晒、腌制好了我给您拿些过来尝尝！"

"这样做我还没有试过，到时一定尝尝，好吃的话，来年你教教我，我也试试！这是哪里的吃法啊？"老申老婆边说边看着这些蔬菜。

"他大婶，我和娃他爸都是陇东人，这是我们陇东老一辈传下来的吃法，我小的时候家里老人就这么做呢！"王灵秀边说边整理着蔬菜。

王灵秀这么忙忙碌碌的在院子里折腾了十来天，老申老婆时不时也过来帮忙晾晒、腌制。

终于腌制完这些蔬菜了。

这天，老申老婆过来串门，王灵秀说："刚好你来了！他婶子你帮我看会小雪和小吉！我找东西给你把这些干菜和咸菜装些，完了你和申大哥尝尝。"

老申老婆说："不客气。"走到床边去逗起了两个孩子。

王灵秀找了几个空的玻璃罐头瓶子洗了洗，用抹布把水擦干，把腌制的辣椒、黄瓜、萝卜条、茄子、韭菜各装了一罐，又找了一个篮子把晾干的芹菜、豆角装到了一起。

"他婶子，一会儿你过去的时候把这些干菜和咸菜带过去尝尝，好的话，你随时过来取。"王灵秀将这些菜一起放在了茶几上。

随后，两人便在一起东一句、西一句的开始拉家常聊天了。

时间真快，天也渐渐暗下来。

"不早了，我要回去给老申做饭！那我就不客气了，你给的干菜和咸菜我就带走了。"老申老婆说着将这些咸菜和干菜放到了一个篮子里。

老申老婆刚跨出屋，李国庆就提着一个包袱带着老大和老二回来了。

李国庆将包袱直接拿到了床上放下，边解包袱边说："他妈！你看这是啥？"王灵秀凑过去看了看，包袱里面是两个小枕头，一个两侧绣着老虎，一个两侧绣着凤凰；还有两双小布鞋，一双黑色的，一双暗红色的。

"这些小枕头和小孩子的鞋，是哪里来的？"王灵秀拿起一个枕头开始端详。

李国庆说："这是妈赶着老三和老四满月做好，从乡上的邮局邮寄过来的，不知道走得怎么这么慢！本来是满月前就到的，结果现在才到，走了二十多天了！"

"妈手艺真好！你看这枕头上的老虎和凤凰看着就像活的一样！"王灵秀拿着枕头转着圈看。

老大和老二听到了，两人去床上抱起了他们的老虎枕头说："我们也有老虎枕头！"

李国庆说："就是啊！奶奶给你们每个孩子都做了一个枕头！都很好看！快把枕头放下去。"

老大和老二抱着枕头跑到了院子里，嘴里喊着："老虎飞起来了。"两人在院子里开始你追我赶地玩起来。

"这鞋还真合脚，你给小吉试试看！"王灵秀一边给小雪穿着鞋子一边说。

"小吉的鞋也很合适，等等过年给他们穿吧！"李国庆说着把小吉脚上的鞋又脱了下来。

又曰：

夜半乐

枯叶飘零严冬至，雪花渐落，千里草原牧草黄。街巷人影稀，市井依旧，储备冬菜，各显神通，人人迎雪匆忙。这家晾晒，那家腌制，处处情谊长。

李氏腌菜奇香飘，黄瓜嫩绿，豆荚长长。日暮下，邻舍偶来尝。问这问那，只觉奇香。夸李氏贤，姊妹情长。腌菜三三两两，逐个品尝，又点评，不觉天已凉。

老人念孙，千里送福，隔代情长。只是路远心亦慌。龙凤枕，只盼儿孙多思乡。千层底，针针沥心血，一片牵挂随风荡。

五、百天照

万物寂寥风雪寒，事事顺达日日逝。
亨享人间亲子情，达曲留影思故里。

一年又是一年，自从小雪和小吉出生后，李国庆和王灵秀就觉得时间过得飞快，不觉又到了新的一年，墙上的撕历已经撕到了一九七八年一月五日。

王林秀念叨着说："老三和老四生下来这时间过得可真快，明天就是小寒了，也是这两孩子的百天了！"

李国庆一边看书一边说："是啊！都一百天了，在老家的话这是要过个事的，咱们在这又没有什么亲戚，明天你给咱们擀顿长面吃吧！咱们一家六口好好的给老三和老四过个满月！"

王灵秀说："也好。明天中午还是下午？我提前准备！"

"还有一件大事我怎么忘了！老大和老二过满月都拍了照片，咱们给老三和老四还没有拍照呢，那就明天下午吧！吃完面，咱们一起去拍个全家福，再给老三和老四两人拍个百天照！"李国庆呷着烟道。

第二天，李国庆按时下班接着老大和老二就赶忙回到了家里。

王灵秀饭已经做好了，茶几上放着两盘咸菜和一盘炒好的肉臊子、韭菜料料。

"小勇、小强，还有他爸你们赶紧把手洗了，过来吃饭，今天我们吃长面给妹妹和弟弟过百天，肉臊子和韭菜料料我放到茶几上了，一会儿吃面的时候你们自己放。"王灵秀说着就把一把擀好的面条丢到了锅里。

面端上来了，李国庆和老大、老二各自往自己碗里加了些肉臊子和韭菜料料就开始吃了，吃到一半老二说："爸！今天是妹妹和弟弟的百天，怎么不给他们吃面啊？"

"妹妹和弟弟还那么小，不会吃饭呢！怎么吃啊？我们今天这都是沾了妹妹和弟弟的光了！快吃吧，吃完咱们还要去照相呢！"

老二说："感觉今天不是妹妹和弟弟的百天，是我们的百天面啊！"

"别胡说了！快吃，一会儿我们可不等你！"王灵秀又端来了一碗面。

吃完饭，李国庆和王灵秀正收拾打扮着这几个孩子。

老二突然说："爸！今天拍照让弟弟把我以前的小皮鞋穿上吧！我的满月照都穿的是皮鞋呢！"老大也跟着说："爸！让弟弟穿皮鞋吧！我也觉得穿着皮鞋洋气！"

"好吧！穿啥都可以，本来我们还想着让弟弟把奶奶做的新鞋穿上呢！那就妹妹穿奶奶新做的鞋，弟弟穿小勇以前的皮鞋吧！他妈，小勇以前的皮鞋还在吗？你给找找，收拾下穿上。"

"在呢，我找。小勇和小强穿戴过的我都留着呢！"王灵秀说着就从床下的柜子里面拿出了小勇当年满月时候穿过的皮鞋，用刷子刷了刷给小吉穿上了。

李国庆抱起了小雪，牵着老大，王灵秀抱起了小吉，牵着老二，他们就奔着大什字的人民照相馆去了。

进了照相馆看看人还不多，李国庆走到营业台跟前说："师傅，我们拍个百天照和全家福！"

一个女服务员说："同志，好的！先办下手续，一会儿到了叫你们！你们两个大人看着把每个孩子都穿戴收拾整齐。"

李国庆把老大和小雪的衣服、鞋子挨着收拾了一下，王灵秀把老二和小吉的穿戴整了整。

整理完，他俩和孩子坐在营业台旁边的木制长凳子上等待。老大和老二开始逗老三和老四玩。

"李国庆！全家福！在不在？到里面来，准备照相。"里面的照相师傅喊道。

"在！在！在！"李国庆站起来连忙回应。

王灵秀也站了起来，两人抱着、牵着四个孩子走进了后面拍照的屋子。

"这里面热，大人和孩子都把帽子和围巾取下来，两个大人抱着小的孩子坐到前面的椅子上，另外两个孩子分别站到爸爸和妈妈旁边。"照相的师傅一边摆弄着镜头一边说。

"好了！大家抬头看我这里，不要眨眼，一！二！三！"

只听得一声"咔嚓"，照相师傅说："好了！两个大孩子出来玩一会儿，两个大人把两个小的孩子放到幕布前的木制推车上，然后过来逗孩子笑一笑。"

李国庆和王灵秀按照照相师傅说的把小雪和小吉放到了幕布前的木制推车上。

照相师傅走了过来，他调整了一下推车的位置和孩子的姿态，又回到了照相机后面。

"他爸，他妈，你们注意逗孩子笑一笑！我喊一二三就拍了。"照相师傅低着头边调整镜头边说。

王灵秀拿起了旁边的一束花，李国庆拿起旁边的一个洋娃娃，老大和老二也分别在爸爸、妈妈旁边扮起了鬼脸。

"一！二！三！咔嚓！咔嚓！咔嚓！好了！效果非常好！可以抱孩子下来了！"照相师傅笑着说。

李国庆凑到照相师傅跟前递了根烟说："师傅！刚才照片好着吧？这可是两个孩子第一张照片啊！"

照相师傅接过烟在鼻子上闻闻说："你个大男人真啰唆，我刚给你说效果非常好！我以前可是上海照相馆的，我干这行都三十多个年头了，一般我只拍一次，刚给你们这俩孩子拍了三次，到时候挑个效果最好的冲洗，绝对万无一失！你们就放一万个心吧！"

李国庆赶紧划了根火柴给照相师傅把香烟点着说："师傅，照片啥时候能取上？"

"最近人不多，下周一吧！你们带着缴费的小票到前面营业台上取就好！"照相师傅吐着烟圈说。

又曰：

桂枝香

不觉小寒，孩提已百天，喜上眉头。窗外时时飞雪，又忆乡愁。千里外李母牵挂，望北风、狂掠四周。思孙心切，何时团聚，遥眺琼楼。

炉火旺、慈母手巧，续火擀面忙，不惧简陋。六口同乐，忘却诸多忧愁。只愿今朝年年有，他日观月上层楼。酒已微热，频频小酌，今夜醉否？

六、回老家过年

欢歌笑语盼春节，聚离一朝又一朝。

一路风雪归故里，堂前老者畅怀笑。

春节，俗称过年，这是中国人最大的节日，也是每年中国人口最大规模的流动。不管有钱没钱，在外混得好与不好，大多数中国人都会选择在这个时候回老家。

那里有老人，有故土，有永远挥之不去的记忆，那里是在外游子的根。

再有一周多时间就要过年了，李国庆一家也忙碌了起来。王灵秀忙碌地收拾着家里的一切和孩子们回老家期间穿的、戴的，李国庆忙着采购些当地的土特产准备带给老人和亲戚。

最让李国庆头痛的还是回家的车票了，每年这个时候都是格外的紧张，而且还要倒好几趟车，耽搁三四天才能回去。

这天，好不容易通过汽车站的老岳买到了两张去金州的车票，明天就发车。

中午下班，李国庆去找车间主任老郭办理了请假手续，他请了一周的探亲假，办完手续就匆匆赶回家了。

到了家里，李国庆说："他妈！我今天找汽车站老岳终于把明天去金州的车票买上了！我请了一周的探亲假，今天下午就不去上班了！咱们下午收拾收拾明天就可以出发了。"

王灵秀说："你下午把这几个孩子看好，我把需要带的东西收拾到一起，完了你给咱们统一打包。"

"好的！"李国庆一边逗着小雪和小吉一边答应着。

第二天，天刚麻麻亮，李国庆一家就起床了，草草地吃了早餐。

李国庆清点了下行李说："好了！我们可以出发了，八点半的班车。"

李国庆背上背了很大的一个麻袋，左手抱着小雪，肩上斜挎着一个标有"上海"字样的大提包，右手拉着老大小强。

王灵秀背着一个标有"北京"字样的很大的帆布包，左手抱着小吉，右手拉着老二小勇。

两个孩子也没有闲着，每人斜挎着一个绿色军用帆布包，里面也都装得鼓鼓的；每人还斜挎着一个绿色军用水壶。

这一家六口出门一路直奔达曲县汽车站。

到了汽车站才八点，他们等了一会儿，八点二十汽车站的喇叭里通知开始检票了，他们办理了检票手续。

上了车，但他们有些为难，只有两张大人的票，一人抱一个孩子，还有两个孩子怎么坐啊？

车上的司机师傅看到了这一切，喊道："刚才上来带着四个孩子的，你们来抱着两个孩子坐到我的后面，两个大点的孩子就坐到我车的引擎盖子上吧！这样你们好照顾孩子，这地方一会儿车走起来还蛮暖和的呢！"

李国庆一家转身过来坐下，李国庆赶忙掏出一支烟递给司机师傅说："谢谢大哥！我这可真是遇到贵人了！抽根烟！"

"出门大家都不容易，尤其是你这么一大家子出门，实在费事啊！"司机师傅点燃了香烟。

李国庆说："没有办法啊！这俩小的今年才出生，家里的老娘还没有见过呢！家里老人年龄也大了，这过年，想着把一大家子带回去和老娘团圆下，孩子小，明后年暂时就不回去了！"

司机师傅说："也是！儿行千里母担忧啊！尤其有了小孙子，老人的心思都在孙子身上了！应该的，人之常情啊！"

"叮铃铃"的声音响起了，司机师傅说："时间到了，该发车了！"

司机师傅发动了车，开始向着金州方向行驶。

李国庆和司机师傅天上、地上的聊了一路，一直到下午两点多到了金州汽车站，李国庆感激地向司机师傅挥手告别就下车了。

下车后他们直接去了候车室，找了个人少的长条椅子坐了下来。

小雪和小吉开始"哇哇"地哭起来。

"这俩孩子一定是饿了，他爸！你找些热水给这两个孩子冲些奶粉吃吧！我招呼老大和老二吃点东西。"王灵秀边说边在背包里找着奶瓶和奶粉。

李国庆从王灵秀手里接过两个奶瓶就去找热水了。

不一会儿李国庆回来了，他拿起军用水壶往里面加了些温水，放了些奶粉，摇一摇递给了两个孩子。

王灵秀扶着两个孩子的奶瓶说："他爸，你也抓紧吃点吧，去看看有没有票？"

李国庆从包里掏出一块干粮边吃边向售票窗口走过去，咨询了半天，他终于买到了两张第二天早上六点半去凉城的车票。

李国庆走了过来从老大身上取下水壶"咕咕咕"地喝了几大口说："今天还算顺利，去凉城的票也买到了，是明天早上六点半的，看来今天晚上我们要在这里对付一宿了！"

王灵秀说："能买上票就已经很不错了，那就在这对付一宿吧！"

吃过饭，他们盼星星盼月亮终于等到了第二天早上，他们简单收拾，吃了点东西，给军用水壶加满水后又登上了去凉城的班车。

这一路更是坎坷，都是山路，时不时又有冰雪路面，走走停停的，从白天到黑夜，从黑夜又到白天，足足走了两个昼夜才到了凉城汽车站。

这时已经是第三天中午了，李国庆随着大家纷纷下了车，又来到了候车室，简单地收拾并吃了些食物。

李国庆去售票窗口排队，买到了两张下午一点半的车票。

稍作休整，上车的时间到了，李国庆一家又登上了发往密县的班车。这趟车也是非常拥挤，走道里也都站满了人。两人在车上谁也不敢打盹，不但要抱着手里的孩子，还要实时盯着站在走道里的两个孩子。

走到半路，两个孩子实在站不住了，开始哭泣起来。旁边的老两口实在看不下去，将两个孩子叫了过来，抱在怀里。李国庆赶紧向两位老人道谢。

这辆车就这么慢悠悠地晃着，一直到晚上七点多才到了密县境内，不一会儿司机喊道："瓦峪到了！有没有下车的？"

李国庆赶紧答道："有！师傅麻烦停一下！我们下车！"

师傅缓缓地将车停在了瓦峪的三岔路口。

这一家六口走下了车，李国庆让王灵秀抱着两个孩子，他从后面爬上班车顶部取下了他们携带的行李。

李国庆说："师傅！我行李取下来了！你们慢走。"

刚说完，司机加了一脚油，这辆班车排气管冒出了一股黑烟朝着密县的方向去了。

李国庆和王灵秀继续背起了包袱和提包，他们抱着小的，牵着大的向着老家的方向走去。

这十几里路，因为老大和老二也走不动了，走走停停，他们走了将近三个小时。

"看！这条路的尽头就是马楞，就是我们的老家了！"李国庆兴奋地说道。

王灵秀说："终于快到了！我们稍微休息会儿再走吧！"

大家在这休息了一会儿又起身了，这条路上的灯光越来越近，时不时传来了狗的阵阵叫声。

老二不由自主地往王灵秀怀里靠了靠说："妈！我害怕！"

"小勇！不怕，你看前面有亮光的地方就是奶奶家！"王灵秀把小勇的头往自己的身上搂了搂。

又曰：

千秋岁

腊月天寒，千里冰封，处处游子盼团圆。北雁南国思故里，南地异客身心倦。备年货，置新衣，望东川。

千里归乡路坎坷，一票难求万人抢，始觉风月渐渐远。赶春节长路漫漫，只求一家人平安。辗转难，路蜿蜒，雪封山。

七、除夕大团圆

五九寒冬几辗转，光阴渐逝归故里。
十户家门聚一堂，色香味美人自迷。

回到老家，这天夜里全家人在窑洞里的热炕上美美地睡了一晚上，炕热乎乎的，这是他们这几天睡得最好的一觉了。

不觉，几缕阳光已经从窗户透了进来，王灵秀睁开眼看看表已经九点四十五了。

"他爸！都快十点了，快起来吧！妈怎么也没有叫我们！"王灵秀一边说一边穿着衣服。

李国庆也翻了起来说："就是，要赶紧起床啊！今天事情还多着呢！"

李国庆穿上衣服下床，又穿起鞋端起昨晚上的尿盆走了出去。

他朝着门口的粪堆走去，将尿盆的尿泼在了粪堆上，返回将尿盆放了大门走廊的椽下面。

李国庆的妈正在另一个窑洞做着饭，看到了李国庆，老太太喊道："庆娃！起来了！昨晚睡的冷不？媳妇和娃都起来了没有？我面都已经擀好，菜也熟了，就等着你们起来吃饭了，这几天你们饿坏了吧！今天多吃些。"

"妈！都起来了！马上就过来。"李国庆边说边走进了他们睡觉的窑洞。

"他妈！孩子们都收拾好了吧！妈把饭已经做好了，催咱们吃饭呢！"李国庆进来在炕边逗着小雪。

王灵秀边给小吉收拾裤腿边说："好了！你给小勇和小强洗脸，我这马上就好了。"

不一会儿，李国庆和王灵秀及四个孩子都穿戴、洗漱结束了，他们一起抱着小的，领着大的来到了旁边的窑洞。

菜都摆放在了风箱的面子上，有葱花土鸡蛋、炒洋芋片、咸白菜、凉拌苜蓿、炒豆芽。

小勇、小强走进窑洞迫不及待地用手抓着鸡蛋就放到了嘴里。

王灵秀说："小勇，小强，怎么用手抓着吃呢？多没礼貌！"

李国庆的妈说："孩子小嘛！没事！咱们这是自己家里，孩子怎么都行，只要吃饱。"

李国庆走到案板跟前拿过来了几双筷子分给了大家，他坐了下来说："他妈，把小雪递给我吧！你也吃饭。"

正说着李国庆的妈已经用酸汤浇好了几碗饭，又往每个碗里放了些肉臊子和绿菜料料，递到了他们的面前。

这一家四口狼吞虎咽地吃起了长面，小雪和小吉嘴里流着涎水，不由自主地把自己的手都放到嘴里吮了起来。

李国庆的妈看到了这一幕说："看把我的小雪和小吉给香的，怎么没人管你们呢！来，奶奶管你们。"

正说着，老人夹了块鸡蛋放到自己嘴里尝尝不烫，用手撕开给小雪和小吉各一小块。

两个孩子很自然地把手里的鸡蛋放到嘴里吮食起来。

"我这几个孙子吃饭的样子真好看！奶奶可想你们了！"老人说着又给大家一人浇了一碗面。

"妈！奶奶做的长面比你做的细多了，真香！我还要再吃几碗！"小勇一边夹着菜一边说。

王灵秀说："那是肯定的了！你妈我做面还是跟你奶奶学的呢！香就多吃点！"

"汤你们喝着调料咋样，我这年龄大了，胡做呢！时不时就少盐缺醋的！还有宽的呢，我给你们每人再拌些干的。"老人边说边在一个粗瓷的大碗里面捞了些过了水的宽面条，往里面加了些盐、醋、辣椒、肉臊子和绿菜料料，用筷子拌了起来。

老人给每人碗里分了些拌好的面，一边分一边说："你爷爷活着的时候最喜欢用这个大粗碗吃面了，每次吃完饭，都把这个碗舔得光亮光亮的，比我洗的还干净呢！"说着老人的眼睛开始湿润。

李国庆抱着孩子起身从裤兜里掏出了一个揉在一起的手帕，给老人擦拭了下眼角说："妈！都多少年的事了，你就别说了！这大过年的！"

老人仰起头眨了眨眼睛说："好了！不说了！人老了，就开始颠顿了！你们回来我就高兴，看我这孙子一个比一个漂亮！"

饭吃完了，王灵秀说："小勇、小强，你们在院子里玩会。他爸，你把小雪和小吉都看着，我帮妈把厨房收拾下。"

"灵秀，不用，你们这一路挺辛苦的，我常年一个人，我慢慢收拾！"老人用高粱扫帚扫着案板上的面渣子。

王灵秀撸起袖子，用马勺从锅里往外刮着面汤说："妈，平时都是你一个人，过年我们回来了，我给咱做饭！你就好好享受下！"

婆媳两人边说边干着家务，厨房不时传来爽朗的笑声。

小勇和小强在院子里滚铁环，丢皮球，两个人可玩欢了。

李国庆拿了个板凳，坐在厨房门口抱着小雪和小吉晒太阳。

李国庆说："妈，今天乡上有集吗？我去转转，你看还需要置办些啥？"

老人说："今天腊月二十八，是咱们这最后一个集，你寄回来的钱我让你大伯给咱们已经置办了些肉和零碎，应该都差不多了！这东西多了，你们一走，我一个人也吃不了！"

"难得回来，我带小勇和小强去集上转转，我再随便买点啥。"李国庆说。

厨房收拾完了，王灵秀从窑洞里走了出来，弯下腰来接小雪和小吉时说："把两个孩子给我吧！你领小勇和小强去，这腊月的集开得早，收得也早，你们早去早回，把两个孩子可看好了。"

李国庆说："好的，你就多陪陪妈。"

他又喊道："妈，我带小勇和小强去集上转转。"

老人说："好的，你们去吧。腊月集上贼多，小心点。"

李国庆把小勇和小强喊过来，去他们睡觉的窑洞里给两个孩子洗了脸和手，给两人涂抹了些棒棒油就出门了。

这乡上的集可真热闹，各式各样的小摊摆了足足有一公里长，卖菜的、卖小吃的、卖粉条的、卖瓜子和花生的，还有卖花炮的，卖对联的等。

李国庆带着两个孩子转了一圈，开始往回走，回去的路上带着孩子在小吃摊吃了几个油糕，又买了些猪头肉、瓜子、花生、鞭炮、对联、白纸、冥币、蜡烛、香等，最后又买了两个小拨浪鼓，就领着两个孩子回家了。

忙忙碌碌两天时间就这么过去，今天腊月三十了。

中午吃过饭，李国庆带着小勇和小强给家里的大窑洞、小窑洞、厨房、放柴火的窑洞、养猪的窑洞、上茅房的窑洞共六个窑洞口挨着贴满了红彤彤的对联，贴完后又放了一串鞭炮。

这时，周边人家的鞭炮声也是此起彼伏，这里的风俗是贴完对联后，家家户户都要放鞭炮驱散晦气。

听到鞭炮声，老太太出来在院子转了一圈说："这满院子红红的真好看，你们回来就有人气了！哎！庆娃，你怎么给猪圈、茅房、放柴火的地方都把对联贴上了，多费钱啊！"

李国庆说："妈！喜庆就好，这些东西都不值钱的！"

"庆娃，你这孩子总是乱花钱！哪像你爹……好了，不说了，过年回来就好！"老太太在院子里边走边说。

王灵秀收拾收拾从厨房出来说："他爸，时间不早了，咱们这地方给先辈上坟早，你拾掇下，咱们带着孩子去给爸上坟吧！让爸也看看小雪和小吉！"

李国庆说："就是，我出去准备些东西，咱们就走。"

李国庆在院子里找了个桃条筐，出门上坡到场里的麦草垛上撕了几把麦草，提着回到家里。

王灵秀说："票子、香、纸、酒还有泼撒的我都准备好了，咱们走吧！"

这一家子六口出门向着李国庆父亲的坟地走去，这里的人去世了，大都埋葬在自己家的承包地里，走了十几分钟就到了。

李国庆走到父亲的坟前说："小勇、小强咱们都跪下来给爷爷烧个纸！"

小勇、小强听话地跪了下来，李国庆抱着小雪、王灵秀抱着小吉也跪了下去。

李国庆从筐子里取出一些麦草用火柴点着，又往上面撒了些白纸和冥币说："爸，今天又腊月三十了，我领着媳妇和四个孩子来您了。您看，您又增加了两个孙子，小雪和小吉。我们都好好的，您在下面就照顾好自己！"说着李国庆不由自主地落下了眼泪。

李国庆擦了擦眼泪说："你们在这点纸，我到旁边的埂上去给孩子的太爷、太太爷及其他先辈们也烧些纸。"

李国庆抱着小雪，右手拿了张白纸引了些火种，又拿了几扎票子去旁边的埂上烧了起来，完了磕了三个头，他又回到了父亲坟前。

王灵秀说："那边我没有看到有坟谷堆，你怎么烧啊？另外，这么多年了，我一直没敢问，爸是怎么去世的？"

李国庆在地里找了根树枝挑着没有烧尽的纸和票子说："我们家从我太爷辈起就已经是这里最大的地主了，在我爷爷、我爸这辈还是。但我听说那时候我的太爷、爷爷、我爸那都是很抠门啊！家里的财富都是一分一厘节俭出来的。大概我七八岁的时候这里大搞运动，当时因为我们是地主家庭，爸就被天天带出去游行、戴高帽子、交代罪行，晚上住牛棚。这样大概持续了快一年，爸实在受不了了，在一天夜里趁着没人就在牛棚里上吊了，后来，我妈就独自一个人把我和几个姐姐养活大了！"

王灵秀说："原来是这样啊！怪不得你们都不愿意提起，我再不问了！妈真是不容易啊！以后我们在达曲能有个大点的住所，咱们就把妈接过去，让她也过过好日子！"

筐子里的麦草、纸、票子也烧完了，李国庆抱着孩子起身给坟前泼撒了些吃的，又倒了些白酒，点了一把香插在了坟前说："爸，您在下面吃好、喝好、穿好！没钱花就给我托梦。我妈，我和灵秀会照顾好的！您的孙子们也都很健康，您就放心吧！"

说罢，李国庆带着孩子们磕了三个头。

然后，大家拍了拍身上的土就回家去了。

老太太在家里已经准备好了除夕的晚饭，准备了六个凉菜，包了几大盘子饺子，锅里的水也开了。

李国庆他们走进了厨房，小勇说："奶奶！我都快饿死了，今晚吃啥啊？"

老太太说："小勇、小强来先吃个油果子吧！垫一垫，有好多好吃的，一会儿咱们吃饺子。今天是年三十，要守夜。庆娃你把咱们大窑洞里面的方桌腾腾，今天咱们在那里吃饭吧！炉子我也早生上了，里面热乎着呢！"

李国庆把小雪递到王灵秀怀里，转身就去大窑洞了。

李国庆过去清理了方桌上的物品，看着父亲的遗像说："爸！今天年三十，我们在这里吃饭陪您，我把您往旁边桌子上移一移。"

说着，李国庆把父亲的遗像移到了旁边的桌子上，把盛着多半碗小麦的碗也挪了过去，点了三炷香插在了盛有小麦的碗里说："爸！您先休息会儿，一会儿我给您弄些吃的，再给您敬酒。"

接着，李国庆把方桌往出挪了挪，将两把椅子放在了上席方向，其余三面搬了三个长条木板凳。

王灵秀和老大、老二把菜也端了过来，桌子上摆放了六个凉菜，四个热菜，一盘油饼和油果子，八双筷子。

李国庆和王灵秀把老人推让在了上席椅子上，王灵秀抱着小吉坐在了方桌左侧，李国庆抱着小雪坐在了方桌右侧，小勇、小强坐在了下席的条凳上。

老太太说："怎么放了这么多的筷子和碗啊？"

李国庆说："我给爸也备了双筷子，咱们今年三十也就团圆了！"

王灵秀说："那怎么还长出两套碗筷，小雪和小吉又不会吃饭？"

李国庆说："咱们今儿大团圆啊！不会吃饭，有这个氛围就好！"

李国庆给母亲、父亲、自己各倒了一杯白酒，给媳妇、小勇、小强各倒了一杯白开水，站了起来说："妈！爸！过年了！咱们一起庆祝下，还有他妈、小强、小勇咱们一起！过年快乐！"

碰罢，李国庆端起桌前父亲位置的酒杯，走到父亲的遗像前，他鞠了一个躬将酒泼洒在地上说："爸！过年了，您也喝杯酒，过年快乐！"

这一大家子围着方桌说长道短的吃起了蛇年的除夕饭。

小勇说："奶奶啥时候吃饺子啊？我饿了！"

老人说："看把我高兴的！把我的孙子都忘了，我这就去下饺子！"

老人起身出门了，王灵秀把小吉塞给了李国庆说："你把两个娃抱好，我给妈搭把手去。"

一会儿工夫，两人就端着四盘饺子过来了。

小勇抢先夹了一个放到碗里咬了一口，他赶紧喝了口水说："真烫啊！烫死我了！"

老人说："不急，慢慢吃！"正说着她站起身夹起小勇碗里的饺子放到自己嘴边吹了吹，又放到了小勇碗里。

小勇夹起饺子又咬了一口说："现在不烫了，这个饺子真好吃，我以前怎么没有吃过，这是啥馅啊？"

老太太说："这是苣做的馅，好吃的话，你们走的时候奶奶给你带上些，到时候回去让你妈做给你吃！"

吃完饺子，李国庆和王灵秀陪老人聊着天。小勇和小强一会儿逗逗两个小的，一会儿两人自己玩游戏，不觉几个小时过去了。

小勇和小强玩着、玩着开始不时地打着瞌睡。

老太太看到了说："哎呀！我的两个宝贝孙子瞌睡了，就去睡吧！奶奶给我每个孙子发个年钱。"说着给小强、小勇、小雪、小吉四个孙子每人数了十张崭新的一角钱。

小勇接过年钱说："谢谢奶奶！奶奶过年快乐！"小强也跟着说："谢谢奶奶！奶奶永远快乐！"

王灵秀转身去包里取出了一张黑白照片递给老太太说："妈！我也送你个礼物，这是小雪和小吉百天的时候我们在达曲县拍的照片，我们走了，你想我们的时候你就看看，就跟你直接看到我们一样了！"

老太太一边用手轻轻触摸着照片，一边把照片往眼睛跟前放了放，仔细看看说："真好！真好看！这个礼物好！"

"妈！我带着孩子先去睡了。他爸，你陪妈再说说话。"王灵秀抱着两个小的，老大和老二跟在后面去旁边的窑洞了。

李国庆陪着母亲一边回忆自己小时候，一边说自己现在的工作，说着说着，听到外面鞭炮声不断。

"应该十二点了吧！我去放炮！"李国庆看看表已经十二点过一分了。

"噼里啪啦，噼里啪啦！"李国庆放完鞭炮走了进来说："妈！不早了，你也早点休息，桌子上的这些我们明天早上收拾吧！我也过去睡觉了。"

又曰：

蝶恋花

千里蜿蜒归故里，老人暗喜，游子洗簌忙。星空高悬全家聚，只愿此日年年长。

赶集买烛贴对联，忙忙碌碌，鞭炮声回荡。难得除夕一堂欢，浊酒频频忆沧桑。

八、故土总是那么依依不舍

依屋长叹几惆怅，依恋慈母养育恩。

不觉已是春节逝，舍亲别乡心亦冷。

大年初一了，李国庆六点就早早的起来挨着在大门口、主窑洞、次窑洞门口各放了一串鞭炮。然后拿起扫把把整个院子及大门口通往外面的道路齐齐扫了一遍。

收拾完院子和外面，李国庆又把主窑洞和次窑洞的卫生挨着打扫了一遍，然后开始洗漱。洗漱结束后又给每个窑洞的土地上均匀地泼洒了一些水，以防止冬季干燥，尘土飞扬。

这时候已经快八点了，老人、王灵秀和孩子们也都起了床，他们简单地吃了些早餐。

老人说："庆娃！今天大年初一了，平时你们都不在，咱们的这些家门对我都挺关照的，你和灵秀去给咱们这些家门挨着拜个年。"

李国庆说："好的！我回来的时候给他们拜年的东西都准备好了，我去分开装好，我和灵秀、孩子们去给家门拜拜年。"

李国庆准备了八份礼物，然后带着媳妇和四个孩子挨着去给他二爷、四爷、六爷、小爷、大爹、二爹、四爹、五爹家挨着拜年，拜年的过程中每个长辈们都给他的四个孩子二角到五角不等的年钱，李国庆也给二十多个孩子每人散了一元的年钱。

一上午大半时间走完了这八家亲戚，最后到五爹家的时候已经是午饭时分了，五爹说什么也不让走，他们实在推脱不了就在五爹家吃饭。

吃饭的时候王灵秀说："他爸！咱们在这吃了，还有妈呢！她怎么吃啊？"

"那我过去把新姐叫过来咱们一起吃饭！"五爹说着就要起身。

"我妈，那脾气犟着呢！肯定不过来，要不媳妇和你们吃，我回去陪会老人吧！"李国庆一边抖着小雪一边说。

"就是，新姐一般不去别人家吃饭，咱们先吃吧！一会儿我让你五妈给新姐做碗烩菜再端上几个油饼过去。"五爹端起酒杯说。

众人纷纷端起了酒杯，大家碰了一杯酒，就开饭了。

接着，李国庆的几个表弟纷纷起身给李国庆和王灵秀敬酒，王灵秀因为给两个小的喂奶不能喝酒，李国庆又拗不过表弟们的劝酒词，他一人喝下了两个人的酒。

然后，李国庆起身挨着给五爹、五妈和这几个表弟敬了酒。完了在大家的怂恿下又代表媳妇给大家每人敬了一杯酒。

大家很久没见，聊了许多，几个年轻的表弟带头又打起关，开始划拳喝酒。

不一会儿，大家都喝得脸红耳赤，几个表弟说话的声音也比平时大了许多。

李国庆这时候也觉得有些晕，起身说："我平时不怎么喝酒，今天喝得有些多！你们再玩会儿，我要回去陪老人了。"

五爹说："长面就上了！你跟孩子、灵秀吃完面再回去，这是咱们这的讲究，不能空着肚子回去啊！"

正说着，五妈就端着一大盘子长面上来了。

李国庆可真是饿了，一连吃了六碗，连碗里的汤都喝完了。

王灵秀看李国庆吃了这么多，不好意思地拉拉李国庆的袖角，在李国庆的耳边悄悄说："你都吃了六碗了！别让人家笑话你！"

"这是我五爹家，和咱们家一样，没人笑话我！"李国庆说着就一口喝完了碗里的酸汤。

"哥！再来一碗吧！"五爹的大儿子又端起一碗面就要往李国庆的碗里倒。

李国庆赶忙用手挡住这碗面说："我当这是自己家里，一点都没有客气，真再吃不了了！"

李国庆抱着小雪站了起来，端起一杯酒说："感谢五爹、五妈、各位弟弟平时对老人的照顾，今天给大家拜年了！明天我就要回达曲了，我敬大家一杯酒，欢迎大家以后有机会到达曲来转转。"

说着，李国庆和大家每人碰了一下杯，自己又喝下了这杯酒。

王灵秀也抱着小吉站了起来，挨着和大家说了些感激的话，他们一家就领着孩子们回家了。

回到家里，老人正在炉子边上吃烩菜。

"妈！我们回来了。"李国庆说着就将小雪放到了炕上。

"你喝酒了吧！是不是有些多了？看你！差点把小雪摔到炕上！"老太太吃着烩菜说。

李国庆也脱了鞋上了炕，顺势就躺在了小雪的旁边。

王灵秀说："他爸！看你喝得有些多！咱们明天就要走了，你和妈把小吉和小雪看着，我领着小强和小勇去我娘家看看爸和妈！"

李国庆说："我确实有些晕，我就不去了，你带我向爸、妈问好！我来年回来再去看望他们！我给爸带了两瓶上好的青稞酒，还有一条达曲当地产的圣雄牌香烟，在咱们睡的窑洞里。你记得给妈点零花钱！"

老太太说："等等我，我给亲家们还留了两斤五花肉，还有我炸的油饼和油果子带上，代我向亲家问好！"

王灵秀将小吉也放到了炕上说："他爸！你把两个小的看好，我收拾下，带着小强、小勇就走了，我赶天黑就回来了！明天我们就要走，今天你可再不能喝酒了！"

李国庆逗孩子玩了会，就搂着两个孩子睡觉了。

黄昏时候，王灵秀带着小勇和小强回来了！

听到有孩子的吵闹声，李国庆也醒了过来。

老太太正在炕上逗着小雪和小吉玩，两个孩子不时"咯咯咯"地笑着。

王灵秀进门说："小勇、小强你们自己去玩！我给咱们去做饭。"

老太太听着了，急忙就要下床。

王灵秀过来挡住了老太太说："妈！明天我们就要走了，今晚您就别争，我给咱们做顿饭，您也好好享受下！"

"好吧！那我老太太真就不客气了！"老太太转身盘起腿又和小雪、小吉玩了起来。

一会儿工夫王灵秀端着一大盆大盘鸡进来了。

"今晚孩子们都在炕上，咱们就在炕上吃饭吧！这里热乎些！"老太太在炕角将炕桌挪了过来。

王灵秀将这盘大盘鸡放在了炕桌上。

老太太看看说："这是烩鸡肉吗？这么大一盆子！"

王灵秀说："这是我刚学会的大盘鸡，可好吃了！您尝尝，一会儿还有扯面呢，拌到里面可香了。"

一大家子其乐融融地吃完了新年的第一顿晚饭。

吃完饭，一大家子在炕上说了许久的话，不觉已经十点多了。

李国庆说："明天早早还要走，早点休息吧！今晚我和妈、小强、小勇一起就睡到这了，我们再陪陪妈，你就和小雪、小吉到那面去睡吧！"

"也好！妈，我带着小雪、小吉去睡了，你们说说话也早点睡！"王灵秀说罢就抱着小雪和小吉出去了。

小强和小勇一会儿就进入了梦乡，李国庆和老人聊天一直聊到了十二点多才休息。

第二天早上公鸡刚打鸣，老人就轻轻地穿上衣服去了厨房。

老人在厨房里生了火，小锅煮了二十多个鸡蛋，又在大锅里做了一锅荷包鸡蛋，拌了四个凉菜。

不一会儿李国庆、王灵秀起床收拾好，他们带着四个孩子来到了厨房和老人一起吃了早餐。

李国庆匆匆吃完就去收拾行囊了，老人也跟了出来，这也让拿，那也让带上……

又收拾了一大麻袋和两大皮包的东西。

李国庆背起了麻袋和大提包，王灵秀背起了帆布包，两人一人抱着一个孩子，又各拉着一个孩子出发了。

老人执意要将他们送到村口，李国庆他们一家就渐渐的远去了。走出了好远，他们朝后看看，老人扛着一根木棍还站在原地望着他们。

李国庆和王灵秀不觉的同时落下了泪花！两人互相安慰着说："走吧！来年我们还会回来的！"

又曰：

木兰花

春节伊始飞雪临，炮仗声声催人醒。左邻右舍拜年忙，今朝晨曦不得宁。

家族相聚话天地，几杯烧酒任我行。不觉已随绿蚁去，酒醒又将千里行。

九、我也要拿个红本子

喜鹊今春喳喳叫，上蹿下跳绕屋檐。

眉飞燕舞兆吉祥，头遭交运心灿烂。

回达曲县的路依旧是那么遥远、曲折，从密县坐车到凉城，凉城车站待了一宿坐车去金州，金州又熬了一夜倒车才去了达曲，这一路经历了四天三夜，终于回去了。

这个正月回家费用可真是太高了，李国庆觉得有些周转不开，最近生活很是拮据。

这段时间除了在攻坚技术组加班外，李国庆总是主动给其他工友或者其他车间熟悉的同事帮忙，想着把这个正月的亏空尽快补回来。

李国庆这两个月每天回家都很晚，基本上都在晚上十点以后，有好几次回来都十二点以后了。经常回来脱了衣服连脚都顾不上洗，爬上床就睡着了。

王灵秀这段时间也格外地忙碌，除了每天日常操持家务，照顾孩子外，经常每天下午还得用推车推着小雪和小吉去幼儿园接小强和小勇。

今天，李国庆下班早早地去接了小强和小勇，又带着孩子们去了趟蔬菜门市部，回到家的时候手里拿着一斤五花肉和一些蔬菜。

王灵秀正在做饭，李国庆把肉和菜放到了案板上说："他妈，今天炒个肉菜吧！这都几个月没有见点肉渣子了，孩子们都馋了！"

王灵秀说："最近咱们这么紧张，今个你怎么买起肉来了？"

"今天发工资了，我还多拿了些奖金和加班费。过年的亏空我都给人还清了！想着你辛苦了，孩子也馋了，给你们改善下！今儿炒个肉菜，剩下的做点肉臊子吧！"

王灵秀说："行呢！那就来个白菜、粉条炒肉片吧！一会儿吃完饭，我把剩下的做成肉臊子。"

吃过饭，王灵秀炒完臊子洗着锅，李国庆在床边逗着小雪和小吉玩。

李国庆说："商量个事情！我这车间副主任也有年头了，可待遇老上不去，老郭给厂里推荐了好几次，一直都没有消息！攻坚技术小组的活马上也就完了！厂里年底要组建一个汽车运输队，队长已经有了，需要调整一个副队长和一些开车的师傅们过去，大家都抢着报名呢！"

王灵秀说："那副队长能轮上你吗？你又不会开车！"

李国庆说："我的资历应该可以，我车间副主任多年了，这和车队副队长是一个级别的。这次调整的副队长主要是配合队长做好车队的政治思想教育和人事组织工作，这些我都在行呢！我主要是考虑车队的待遇比车间要高，同级别基本工资都一样，但车队每人每个月多出三元的奖金，若出差每天都还有补助呢！我今天已经给厂里办公室打了申请，老郭也签字了，明天我再去厂工会杨主席和主管人事的刘副厂长那里说说咱们的实际情况。"

第二天上班，李国庆早早就去了厂里，他直接去工会杨主席门口候着。

八点二十几分杨主席来了，掏出钥匙开着门说："小李！这大清早的你不到车间去，找我有事吗？"

李国庆跟着进了办公室说："有点事情。您看，我在厂里也十多年了，老婆也没有工作，现在家里还有四个孩子，每个月的开销都很大，这次咱们厂里组建车队，我准备申请去车队工作，请组织考察，予以适当照顾！"说着李国庆将一条杠果牌香烟塞进了杨主席办公桌的抽屉。

杨主席佯装推让着说："小李，不要这样！你的实际情况组织会考虑的。"

李国庆赶紧溜出了办公室，边走边说："谢谢杨主席！请组织多考察！"

出了门，李国庆又匆匆去了刘副厂长那里，他汇报了自己想要调整工作的想法及家里的实际情况，临走时给刘副厂长也送了一条杠果牌香烟。

事情很顺利，过了一周厂里就下发了通知，厂里筹建汽车运输队，王大可任队长，李国庆任副队长，其他车辆驾驶人员从全县各个系统择优抽调。

下午，李国庆就去车间办理了交接手续。

车间按照惯例给李国庆搞了个简单的欢送仪式，一起拍了个合影，大家又凑份子给李国庆买了一条毛毯。

临走时，老郭拍打着李国庆的肩膀说："这次你小子脑子总算灵活了。你看,这上面活动下效果就是不一样吧!这话……今个儿就打住了,只能你知,我知,给谁都不能说!放心去报到吧!有啥需要的随时过来!"

第二天早上,李国庆去厂办公室参加了"关于任命厂汽车运输队相关人员"的会议,会议上刘副厂长介绍了厂汽车队的组建情况:队长王大可,他以前在县汽车运输公司任一队队长,根据工作需要调动到县农机修造厂任汽车运输队队长,原厂机床二车间副主任李国庆,调整为副队长,原厂生产资料科文书朱伟,调整为文书,其他工作人员尚在调整之中。

会后,办公室辛主任带着王大可、李国庆、朱伟三个人去了临时调整的办公室,又安排了一些办公用品就走了,这三个人认认真真地打扫了一上午卫生。

车队因为正在筹建,人员和车辆都还没有到位,这三人每天到办公室也就是打扫卫生,看看文件、通知、报纸,聊聊天,李国庆竟觉得有些不适应了。

这天,又上班了,三个人和以往一样还是打扫卫生、看文件、报纸、通知和聊天。

王大可开车走南闯北多年了,本来故事和段子就多,这两天都讲着开车遇到的一些奇闻怪事,听得李国庆和朱伟心里痒痒。

李国庆说:"我们俩现在也是汽车队的了,以后等车辆到位,我们是不是也可以开车去走南闯北了?"

朱伟忙答应着:"就是!王队,我俩是不是也能升车?"

王大可说:"这可得一个过程,得拿上红本子才能开车。"说着从上衣口袋掏出了自己红色的车辆驾驶执照。

李国庆和朱伟头伸了过去,接过来仔细地看了半天。

"小心,别给我撕坏了!"王大可从他们手里抽走了红色的本子。

"我也要拿个红本子！"李国庆和朱伟几乎同时说出了这一句话。

王大可说："这本子可值钱着呢！咱县上有这红本子的人一共也就几十个人。要拿红本子，先得学习半年拿上白本子，也就是实习驾照，然后再跟车实习半年，没有任何交通事故才能拿到红本子。"

"不过你俩这也提醒了我，咱们这车队组建估计人员车辆完全到位也得半年左右，我们车队的人应该都有红本子，我跟领导汇报下，最近工作也不多，看你俩能不能抽出半天时间去先学白本子？"王大可一边点着烟斗，一边说。

"那可太好了！王队就看你的了！"李国庆起身给王大可杯子加了些水。

朱伟也凑了过来给王大可捏着肩膀说："我们的红本子就靠王队了！"

王大可说："先都别胡思乱想了！我们先干好厂里的工作，我给厂里汇报了再说。"

日子就这么一天天地过着，大概过了一个多月，天气也渐渐暖和起来，路边的杨柳也开始吐绿，大家渐渐都忘记了当时说的红本子的事情。

这天下午上班，王大可走了进来说："给你俩说个好消息，上次咱们说的红本子的事情，我给厂里汇报了，厂里同意给我们一个指标去县交通局学习驾照！厂里安排李副队长先去学习，朱伟等下期吧！"

"真的吗？"李国庆高兴得正喝的一口水差点喷了出来。

朱伟这会儿有些闷闷不乐，一言不发。

"都是革命同志，不要在一点小事情上就闹情绪，我王大可粗人一个，咱们的工作人员和车辆陆续就到位了，你俩都去了，我这工作还干不干了？这是组织的决定，就这样了！"王大可猛吸了一口烟。

李国庆说："老王，要不让年轻人先去，我先配合你工作？"

朱伟说："李队，我们还是听王队和组织的吧！"

王大可说："年轻人这就对了，来给我揉揉肩，下批次我们优先推荐你去。我们汽车队的肯定要人人都有红本子呢！国庆，就这么定了！你明天就去县交通局报到，每天上午你在厂里上半天班，下午去县交通局学习白本子！"

又曰：

清平乐

蜿蜒曲折，终回达曲县。佳节过后些许拮据，处处尽是节俭。

又闻车队组建，日日运筹不闲。岗位调整加薪，只盼一生平安。

一〇、刁钻古怪的汽车教练

无惧凡尘几多难，事事皆我能顺应。
生活时遇刁钻鬼，非凡人生砥砺行。

李国庆去达曲县交通局驾驶员培训中心报到，报到很顺利，报完名培训中心给李国庆发了两本教材，一本《汽车机械基础原理》，一本《道路交通规则汇编》。

报完名临走时，报名负责人说："你是组织推荐过来的，政审资料我们就不再复审了！来咱们中心培训本来是要全脱产学习的，每天上午学习理论知识，下午跟车学习，累计学习半年课时，考核通过就可以核发驾驶员实习证明。你情况特殊，理论书籍你就拿回去自己抽空多看看，每周六我们都有一次集中的全天理论学习，你一定要按时参加，学时如果不够会影响最后考试的。你明天下午两点半过来我们给你安排学习车辆和教练。"

"同志！谢谢！明天我一定按时过来！"李国庆给这位负责报名的同志递上了一根香烟。

第二天下午，李国庆换了身干净的工服，早早的就来到了达曲县交通局培训中心，一直等到两点半工作人员才来上班。

一个小伙子将李国庆领到了车辆教练场，走到了一个车牌号"学027"的老款解放车跟前说："你就跟27号车吧！"

"牛师傅！给你插进来一个学员，这是咱们县农机修造厂推荐过来的，叫李国庆，这人我就交给你了。"小伙说完扭头就走了。

牛师傅叼着一个旱烟嘴子从车上跳了下来，打量了一下李国庆说："你叫李国庆？是从农机修造厂来的！以前开过拖拉机吗？怎么想起开汽车了？"

李国庆说："我叫李国庆，县农机修造厂的，以前我在车工车间，不会开拖拉机！我刚调到厂汽车运输队了，为了工作方便，就想着拿个红本子。"

牛师傅在车马槽边上敲打着旱烟锅头说："没碰过车啊！这车别看开着风光，学起来可不简单，不是人人都能学的。"

李国庆赶忙给牛师傅递了根烟说："就是生手，还靠您多照顾呢！"

牛师傅摆摆手将香烟推了回去说："你们文化人那玩意我吃不习惯，我一口烟渣子就好。"

牛师傅又压了一锅旱烟，李国庆赶忙掏出火柴擦着点了起来。

"还是个灵光娃！"牛师傅紧吸了两口旱烟说。

"你先围着车转一转，随便看一看，然后过来，我给你讲讲这里的规矩和学习内容。"牛师傅蹲在旁边的一块石头上抽起了烟。

李国庆还是第一次这么近距离地观察汽车，他从车头到车尾，左侧到右侧，又跳上驾驶室看了半天，跳了下来。

"这汽车可真是比拖拉机精致多了，看了这么多年拖拉机，还是第一次参观汽车呢！"李国庆走到了牛师傅跟前。

"小康！过来。你们把车开过去练习移库去！"牛师傅喊道。

"好嘞！"小康答应着，小跑了过来。

牛师傅蹲着说："小李啊！这学车可不比一般的，一点点都马虎不得！今天你刚来，我就给你多唠叨会儿！这学车先从洗车开始，一会儿他们练完了，你就跟着洗车，这车每天练习结束，早晚各洗一次，这周你就跟着洗。下来就是盘车，也就是用摇把摇车，每天早上跟着他们每人摇十分钟。完了每天打开汽车的引擎盖子，我教你们认识汽车发动机每个配件的名称和工作原理，再开始学习汽车的启动、停止。然后学习汽车的钻杆、移库。最后带你们去马路上上路驾驶，这些统统学习结束，考试合格就可以拿到实习驾驶证明了。这些都做完、做好，也就约摸半年的日子，我也就把你们这批次带出来了。"

"差点忘了！你每天下午只有半天，那两本理论书籍你抽空要好好看看，别到时候我讲汽车构造和原理的时候，你啥都不知道！还有，这半年你每天下午跟着他们一起把车洗了，只有学会洗车，才能学会开车。"牛师傅缓缓地站了起来。

李国庆也跟着站了起来说："那我现在做啥？"

牛师傅说："今天我就给你讲这些了，讲得多了也是对牛弹琴！你就到车跟前去看看他们怎么移库吧，看着他们练习完了，你们一起把车洗干净。"

"好吧！"李国庆心里嘀咕着，这真是哪个山上唱哪个山上的歌啊！真还把我当成个洗车的了。

这周时间，李国庆每天下午都准时过来，牛师傅给他啥练习都没有安排，就是每天傻傻地看着，等大家练习完了一起去洗车。

这天，洗完车李国庆走到了牛师傅跟前说："师傅，都一周了。你这天天除了让我洗车，啥都没学，这学到哪年哪月啊？"

牛师傅蹲着斜眼看了李国庆一眼说："小伙子，我给你说的先学会洗车，才能学会开车！忘了吗？我看你洗车都还不过关，不过没事，慢慢学，洗车你每天都有学习的机会呢！从下周开始你就学习盘车！哦！这每天早上你都不在，盘车还学不了，那就从下周开始你跟着他们，谁移库熄火了，你就学着摇车吧！这和盘车也差不多。"

其他几个学员听到，都冲着李国庆诡异地笑笑就走了。

李国庆纳闷极了，他们朝我这么笑，是啥意思？

很快就到下一周了，李国庆一如既往地过来学习。

牛师傅把几个学员叫到了一起说："上周咱们这插了一个新学员李国庆，他现在学习的主要内容是每天练习结束和你们一起学习洗车，这周你们移库的时候谁要是汽车熄火了，不能用电启动，这电瓶可贵着呢！小冯负责给小李教摇车和监督摇车，这要是有十分钟我听不到车的发动机声音，我这烟锅头可就朝着你们的头砸下来了！好了，我在这看着，你们去练车吧！"

大家纷纷跟着 27 号解放车走向了车辆钻杆、移库的场地。

到了场地车停了下来，小冯从车上的驾驶室里拿下来了一个摇把塞进了车头下方的一个孔里。

小冯说："老哥！这个会用吗？我教教你！"

李国庆走了过来左手扶在保险杠上，右手握着摇把说："这个和我们厂里东方红拖拉机的差不多！"

说着，李国庆就摇了起来，可是摇了还不到一半，摇把就反转了过来，重重地打在了李国庆的胳膊上，连整个人也摔倒了。

小冯赶忙扶起了李国庆问："没事吧？"

李国庆感觉整个右胳膊已经抬不起来了，一阵阵剧痛从大胳膊传到小胳膊。

李国庆说："这东西咋和我们的东方红拖拉机不一样呢？平时我稍微用点力，转一圈就点着了！这怎么还反转呢？"

牛师傅叼着烟锅走了过来，他用手捏了一下李国庆的右胳膊。

李国庆大叫一声："哎呦！痛死了！你这人，看着人家胳膊动不了，还使劲地捏！"

牛师傅看看说："农机厂的，还东方红拖拉机呢！咋了？你还嫩着呢！回去休息吧！这周不用来了，下周再来！这课时不耽搁，我就给你画上了。"

李国庆听完，他给牛师傅和其他学员连招呼也没有打，就用左手捂着右胳膊上方走了。

又曰：

虞美人

学艺求得几道关，终随个人愿。理论教本敲前门，组织推荐优先、前路难。

天天洗车犹似辱，内心多不安。初入它行撑孤胆，敢与引擎叫横，祸难免。

一一、拿到白本子了

天降祸端乏筋骨，道路泥泞前途明。

酬唱人生似老酒，勤煮细酌伴我行。

李国庆气呼呼地回到了家，一屁股坐到沙发上，艰难地用左手抽出了一根烟，轻轻地抬起右手划了好几次，才划着火柴点燃了这根烟。

王灵秀正在收拾家务，看到李国庆这副样子说："他爸！今天你这是怎么了？还不到下班时间就回来了？咋和我连句话都不说啊？"

"驾培中心这老怂纯粹和我过意不去，不管咋说我也是个车间副主任，车队副队长，从去培训到现在啥都不教我，就是让我天天跟着几个年轻人洗车，这气我也就受了！今天又让我摇车，让我当众出丑，我看这都是他们串通一起商量好的！你看，把我这右胳膊打成啥了！"李国庆大口大口地抽着烟。

王灵秀停下了手里的活，走过来捏了下李国庆的右胳膊。

李国庆"啊！"地跳了起来说："痛死我了，你怎么也是成心的！"

"你这人今天吃火药了吗？怎么这样！你说胳膊被打了，人家好心来看看，你这啥态度？让人打死活该！"王灵秀说着转身去干手里的活了。

"你这婆娘！胡说啥呢！我胳膊摇车被摇把反转过来打了，什么被人打死呢？你一天怎么这么咒我呢？"李国庆站起来用手指着王灵秀。

王灵秀转过身说："就你这本事，也就是个车间副主任的命，走到哪都是副的！还想拿红本子呢，也不尿泡尿看看自己是个啥东西！"

李国庆举起右手准备去扇王灵秀一耳光，可右手还没举到一半就痛得放了下来，他说："真是妇人和小人难养也！你们看着，这个红本子我拿定了。"

两人的动静太大，把两个孩子吵得"哇哇哇"哭了起来。

王灵秀过去看了看，两个孩子都没有拉屎，也没有尿尿。

"好了！看在这两孩子的分上，懒得和你吵！我手里活还没有做完，你去把两个孩子看着！"王灵秀又转身去干起了手里的活。

李国庆左手搬了一个板凳，右胳膊夹着一本《汽车机械基础原理》走到了孩子床边。

他看着孩子说："小雪、小吉！乖乖的不哭哦！爸爸看会书，这次我一定要拿到红本子，到时候带着你们去坐汽车。"

两个孩子好像能听懂似的，"咯咯咯"地笑了起来，尤其是小雪笑的表情丰富极了，两条小腿蹬个不停，小吉一边笑一边目不转睛地盯着李国庆看。

李国庆右手搭在床边，左手拿着书开始看了起来。

不一会儿听到"咚"的一声！

两人不由自主地都循着声音的方向看了过去，原来是小雪滚到了床下面，这会哭个不停。

李国庆慌忙扔了手中的书，赶紧低下头伸手抱起了小雪说："小雪，摔痛了没有，爸爸看看，爸爸不好，不哭啊！"

李国庆说着用右手摸摸小雪的头，小雪的额头上鼓起了一个大包，依旧"哇哇哇"的哭个不停。

这时，小吉也跟着"哇哇哇"地哭了起来。

"真是个废物，连个孩子也看不好，滚！不要拿孩子出气！"王灵秀气凶凶地过来从李国庆手里抢过了小雪。

"滚就滚！我看今天你和那老头都是合着伙来欺负我了！"李国庆忿忿地从屋里走了出去。

李国庆出门朝着厂里的方向走去。

"叮铃铃……"厂里的下班铃响起了！大喇叭里传出阵阵革命歌曲的旋律。

"老郭！"李国庆在厂门口抽着烟喊道。

"国庆啊！好久不见了，好着吗？怎么在这呢？有啥事？"老郭给李国庆递了根烟。

"走！好久不见了，兄弟心里闷得慌，咱们到大食堂喝几杯去！"李国庆伸手接过了老郭的烟。

"行啊！走呗！好久不见你，还想得慌呢！今天我请客！"老郭抽着烟说。

"老郭，你平时照顾我够多的了，今天我请客！"两人朝着大食堂的方向走去。

走到大食堂，两人点了一盘牛肉，一盘油炸花生米，一盘鱼香肉丝，一盘木樨肉，又要了一瓶金徽二曲白酒。

两人你一杯我一杯的碰了几下，李国庆就把自己这段时间的工作经历及老牛故意给自己使坏和今天在家里发生的事情给老郭讲了一遍。

老郭主动和李国庆又碰了一杯说："国庆兄弟，这外面人心险恶，你刚去的这又是个有油水的部门，刚去就培训拿红本子，这事多少个人盯着呢！以后说话、做事一定多长个心眼！别是个直肠子。其他不说了，咱们再走一个！"

两人碰了一杯酒，老郭继续说道："咱们就说说今天这事，这两件事都是你不对！培训中心老牛和我也熟悉，这人是出了名的刀子嘴豆腐心，没害过人，你这么恶毒地说人家就不对，你想想人家怎么故意整你了？还不都是对你好！好了！再碰一个，改天我见了老牛给说说你是我的好兄弟，让他照顾下你。"

两人又碰了一杯酒，李国庆说："好像他真是这么回事，难道是我误会老牛了？你老哥也不仗义！早认识老牛也不提前打个招呼，让我出这丑！来，我们再走一个！"

两人又碰了一杯，老郭说："国庆，我还要继续说你呢！你一天是身在福中不知福，弟妹长得漂亮，还那么贤惠，一个人又主内又主外的,还给你生了三儿一女！平时都任劳任怨的，啥时候说过你不是，埋怨过你？你可真是，这清闲活没干几天，倒是脾气大了不少！你在外面误解了老牛，还跑回去给弟妹撒气，这你得罚酒三杯。"

老郭说着给李国庆嘴边端过去一杯酒，看着他喝了三杯才罢休。

两人继续说笑着，你敬我，我敬你。

一瓶酒很快就喝完了，老郭说："你本来酒量就一般，今天听我的，就喝到这，早早回去给弟妹道个歉，好好过日子！这世上就老婆和孩子是自己的，其他都是假的。"

老郭喊服务员过来结账，李国庆赶忙阻止。

老郭说："咱俩别客气，好久不见了，今天我结账，下次你来！你再抢，就没有我这个老哥了！"

李国庆喝得有些晕，站起来摇摇晃晃地说："好吧！听老哥的，下次可得听我的！"

老郭送李国庆回了家，这一路两个男人你扶着我，我扶着你到了李国庆的家。

"弟妹！我今天说了国庆，今天都是他的不对，你别生气，好好过日子，以后他再敢耍横，你给我说，我收拾他。"老郭将李国庆扶到了屋里的沙发上。

王灵秀来搭了把手说："郭哥，让您见笑了！您坐会吧！我给您倒杯茶。"

"不了！我也有些晕，早早回去睡了！国庆喝多了，你就让他睡沙发吧！再见！"老郭走出了李国庆家。

王灵秀关上门，李国庆已经在沙发上打起了呼噜。

睡到半夜，李国庆迷迷糊糊地说着什么。

王灵秀拿了条毯子下床给李国庆盖上，仔细听了听。

李国庆说："他妈！他妈！今天是我不对，我误解牛师傅了，回来还跟你撒气，我不对，我不是人，我做得真的不对……"

"别胡说了！不能喝就别喝了，别把孩子吵醒了！"王灵秀摇了摇李国庆，李国庆还真再没有说话。

过了几天，李国庆觉得胳膊好了许多，又去县交通局培训中心，这次去牛师傅好似变了个人，对李国庆格外的关心，和他说话老是笑呵呵的，也不知道是老郭给打了招呼，还是上次的事情牛师傅有些愧疚。

半年时间真快，又是一年秋末了，路上的黄叶一天比一天多了起来，大街上叫卖各种水果的声音也比平时响亮了许多。

李国庆厂里汽车队的车辆和司机师傅也陆续到位，他的工作也比平时忙了许多。

上周进行了汽车理论和路考的考核，也不知道考得怎么样，李国庆心里七上八下的。

就在这当口，李国庆接到通知，今天下午去县交通局培训中心查考试结果。

李国庆心里忐忑不安，他下午两点半准时到了县交通局培训中心办公室。

门开着，李国庆敲敲门走了进去。

"我是李国庆，上周参加的汽车理论考试和路考，我来看看通过了没有？"李国庆小心翼翼地给工作人员递上了一根烟。

"我看看！"工作人员接过烟，翻着桌子上的资料。

"过了！恭喜你！这是你可以驾驶汽车的实习证明。"工作人员说着递给了李国庆一张盖有县交通局红色公章，打着铅字的公文纸。

又曰：

水调歌头

苦海几时休？忙碌皆生计。不知世间冷暖，今夕何所依。欲得技艺多难，勤问亦觉不耻。传授人习钻，初学心难安，惟盼早日完。

心多虑，责旁人，生异事。又怒家人，可曾亦是吾无理？路遇老友寒暄，多年友情依旧，小酌几多忆。冷暖莫猜测，真心总相依。

第二章
斗转密县
（1978~1980 年）

雪打腊梅又一春，百花争妍彩旗展。

福祸相伴焉知时，千里返乡几多难。

一、小雪、小吉一岁了

细枝淋雨秋意浓，风萧萧兮日月逝，
和气持家万事顺，畅怀几杯醉眼迷。

秋风潇潇，每天早上街道两侧都多了些许的黄叶，天气也渐渐的凉了起来，又是一年秋叶落，又是一年瓜果香。

达曲县农机修造厂汽车队的车辆和人员已经到位，现在已经有了12台解放牌货车，27名工作人员，13名驾驶员，13名实习驾驶员。其中含车队王大可队长，他有驾驶证，李国庆副队长，他有实习驾驶证。车队每次出车每辆车辆执行任务均配备两名工作人员，一名驾驶员，一名实习驾驶员。在车辆执行任务人员短缺或者有人请假的时候，王大可和李国庆都会临时顶替去执行出车任务。

这次李国庆临时顶替同事去金州执行出车任务，他们出去了一周多时间才回到了达曲县。

下班李国庆提着四个纸盒和一个塑料袋回了家，进门他就一屁股坐到了沙发上。

"孩子们快来啊！爸爸给你们带礼物回来了，看看喜欢不？"李国庆从四个纸盒里往出掏着东西。

小强、小勇跑到了李国庆跟前，小吉也一步一蹒跚地缓缓走了过来，嘴里喊着："爸！爸！"

李国庆将三个孩子拥到怀里说："不急！你们每个人都有。"

李国庆将小吉抱到了腿上，脱下旧鞋，给穿上了新买的小皮鞋说："小吉，刚合适，喜欢不？"

"喜欢！"小吉抱着李国庆脖子亲了一口。

小强和小勇自己从盒子里掏出鞋，各自在自己的脚上比画着。

王灵秀从小推车里抱着小雪走了过来，弯下腰给小强试穿着小皮鞋，李国庆给小勇试穿着小皮鞋。

"哇！哇！哇！爸！哇！哇！哇……"小雪挥舞着小手哭喊着。

"我的宝贝小雪，看着没有人管你是吧！爸爸给你也买了双漂亮的红皮鞋，你看，是不是比他们的黑皮鞋漂亮多了！"李国庆从鞋盒子里又拿出了一双皮鞋。

小雪伸出小手抓住了一只皮鞋往嘴里塞。

李国庆赶紧用手挡了一下说："我的宝贝，这鞋是穿的，可不是吃的啊！"

这一说，小雪立马伸出了两只小脚。

"大小还真合适，漂亮极了！"李国庆脱下了小雪脚上的暗红色小布鞋，试着给穿起了新的红皮鞋。

王灵秀看了看几个孩子说："爸爸给你们买的皮鞋真漂亮！"

李国庆又打开了另外一个盒子，掏出一块红色的头巾给王灵秀递了过来说："他妈！天气冷了，我给你买了个红头巾，你试试，喜欢不？"

"挺好的，你眼光好，你买的东西我都喜欢！"王灵秀披起头巾整理着。

"咱们这么紧张，你怎么买了这么多东西，很贵吧？给孩子买就行了，以后别给我买了，多费钱啊！"王灵秀收拾着鞋盒子。

李国庆说："没花几个钱，这次去金州百货公司拉货，刚好人家给积压产品做活动呢！我看天冷了，就给孩子们买了皮鞋，给你买了头巾。钱，你不要考虑了，我在这工资还可以，出车又有补助，这些东西都是我拿这次出差的补助买的！咱们的日子会一天比一天好的。"

"今天是啥日子你知道不？咱们收拾一下赶紧吃饭吧！"王灵秀拉开鼓风机烧着锅里的水。

李国庆说："这日子怎么能忘呢！要不我怎么赶着今天回来了呢！今天这皮鞋就是给这几个孩子的生日礼物，咱们这几个孩子都是秋天生的，按农历说小雪、小吉九月十三，小强九月十五，小勇九月二十二，都在一个月呢！也没有差几天，咱们以后就给四个孩子一起过生日吧！也热闹！"

"过生日了，吃长面了！"小勇和小强听到过生日高兴地喊着，在屋里转起了圈圈，小吉也跟在后面缓慢地挪着步子。

李国庆说："今天吃啥呢？"

王灵秀说："你真是书读多了！小勇和小强都喊着说过生日吃长面呢！你还问我，就是今天你不回来，我给孩子们也要吃个长面过生日啊！"

"快把孩子们安排坐好，我面就好了！"王灵秀端过来了准备好的四个凉菜和四个热菜。

"小强、小勇不要玩了！搬两个凳子过来吃饭。"

一家六口围着茶几开始吃饭，李国庆抱着小雪，王灵秀抱着小吉，两人不断地给小勇和小强夹着菜，这几个孩子的生日就这么过了。

天冷了，运输队的工作任务也逐渐多了起来，李国庆每天都忙忙碌碌的，时不时还回来得很迟，有几次回来还有些许醉意，在外面的应酬开始多了起来。

今天，这个师傅让调整个好的运输线路。明天，那个单位让帮忙安排车给他们拉些煤回来。后天，厂里刘副厂长买了新家具去庆贺……总之，时不时的就会有事情出去吃饭，喝酒。

每次出去吃饭李国庆手里都会拎着一些东西回来，有时候两瓶酒，有时候一斤牛肉，有时候一条烟，有时候几瓶罐头等等。

这天晚上九点过些，李国庆手里拎着一斤腊肉摇摇晃晃的走了进来，王灵秀一看又喝酒了，把李国庆扶到了沙发上，接过了手里的腊肉，倒了一杯白开水递了过去。

李国庆有些醉意地说：“他妈！你看咱们的日子这不就渐渐的好起来了吗！你把咱们的四个娃照顾好，我们吃的，喝的，用的都会有的。”

“小雪呢？我的闺女让我抱会儿！”李国庆躺在沙发上说。

“孩子们都睡了，小雪也睡着了，你别说话了！”王灵秀边哄着孩子边说。

不一会儿李国庆已经在沙发上“呼！呼！呼！”地打起了呼噜。

天气越来越冷了，李国庆给家里买了些大炭，换了一个新的炉子生了起来。

这天单位事情不太多，李国庆早走了会儿，他去市场肉铺子买了块肉，又去接上了小勇。小强已经二年级了，从这学期开始一直跟着厂里的其他小朋友自己回家。

进门李国庆把肉放在了案板上说：“他妈，天气冷了，今天我买了些肉，挺新鲜的，你今儿给咱们做个红烧肉，咱们蒸个米饭吃！"

王灵秀说："行呢！你今天怎么想起吃红烧肉？"

李国庆走到了王灵秀跟前从上衣口袋掏出了一个奖状说："你看，我被评为今年的先进生产工作者了！是不是得庆贺下！"

王灵秀接过来看看说："他爸你辛苦了！我又不认识字，你给我看，我也看不懂，你放好，我完了给贴到咱们墙上。"

"好的！我来抱抱小雪和小吉。"李国庆从床上抱起了小雪和小吉在屋子里转起来。

王灵秀溜下床就去做饭了，不一会儿整个房子都弥漫着一股红烧肉的香气。

小强回来了，放下书包，循着香味闻了闻说："妈！今天做的啥饭，怎么这么香！"

"你爸今天买的新鲜猪肉，我给你们炖的红烧肉，快去洗手，饭马上就熟了！"王灵秀炒起了菜。

不一会儿饭就熟了，一家人围着茶几吃起了饭。

"国庆，好久不见了！今天你们做的啥啊？这么香！"老申端着碗烩菜在窗户外说。

李国庆起身去开了门说："今天做了个红烧肉，你老哥也尝尝！"

"那我就不客气了！"老申走了进来，从碟子里夹了一块红烧肉放到了嘴里。

"真香啊！弟妹这手艺就是好！今儿你婶子不在，我随便弄了些烩菜吃，结果你们家红烧肉的香味就把我给引诱过来了！"老申在屋子里转着。

"老弟，你这柜子里好酒不少啊！"老申转到一个玻璃柜子跟前。

"最近出差，去了好几处地方，我看这些酒都没喝过，就带了几瓶回来，啥时候有空我陪老哥喝几杯。"李国庆扒拉着饭。

"老申！要不坐下一起吃吧，反正婶子也不在，完了咱俩喝两口！"李国庆站了起来。

"不了，改天吧！你们这一大家子正吃得热乎呢！我吃过了。"老申端着碗走了出去。

王灵秀说："这老申今天进来怎么和平时不大一样，老转来转去，看这看那的！"

李国庆说："你想多了，咱们邻居多年，他就是爱喝两口，惦记我那几瓶酒呢！改天你做几个凉菜我约老申喝几杯！"

外面开始飘起了雪花，这一大家子继续温馨地吃着晚饭。

又曰：

念奴娇

秋风萧萧，枯叶落，又是一年丰收。昼夜忙碌，奔波忙，了却人间忧愁。偶闯金州，百货优惠，几人捡漏凑。舟车劳顿，只为更上层楼。

不觉孩提周岁，风火入家门，解万千愁。六口相聚，其乐融，共祝子女无忧。一碗长面，情系家乡源，兄妹尚幼。人生无常，彩虹在风雨后。

二、约老申喝了场酒

变数无常亲情在，幻雨化风度光阴。

无数念头昼夜起，常思家人行动敏。

周末了，李国庆和四个孩子睡了个好觉，一直睡到自然醒才准备起床。

李国庆摸出枕头下的上海牌手表看看已经九点四十了，他伸了伸懒腰，转了个身看到小雪和小吉早早就起来了，已经穿上了衣服，两个人手里各拿着一小块洋芋，一边往嘴里塞，一边在床上蹦个不停。

王灵秀正在锅台上收拾着什么，看到两个孩子在床上蹦跶，喊道："小雪、小吉你俩疯了吗？床上这么蹦，蹦坏了怎么睡啊！快停下来。""孩子高兴就让多蹦一会儿，没事！蹦坏了我修。"李国庆给小强和小勇穿起了衣服。

"你修？啥时候等得着你啊！咱们那沙发当时就是老陈搬家时给的，都这么多年了，你看到处都破了，我都缝补了好多次！你这么大体重经常喝醉酒睡在上面，睡得上面都好几个窝塌下去了。"王灵秀在锅台上做着荷包鸡蛋。

"你说的这倒是个大事，最近我看锻造车间老冯用厂里设备的废旧弹簧，设备包装箱的木材和废帆布做的那个三人沙发挺不错的。改天我去请他吃饭、取个经，我给咱们也做个沙发，咱们的沙发确实也该换换了。"王国庆给小勇洗着脸。

"孩子们，快过来吃饭了！"王灵秀往茶几上端来一盘腌的咸韭菜、一盘腌制的黄瓜片和一盆子馒头。

小强、小勇自己搬着小板凳坐了过去，李国庆过去抱起了小雪，王灵秀抱着小吉也过来了。

李国庆夹了一小块馒头渣放到了小雪嘴里，小雪小嘴动了动。

李国庆看着高兴地说："我们小雪会吃东西了！"

"孩子这么小，还不能吃我们的食物，你别给乱喂东西！"王灵秀赶紧从小雪嘴里掏出了刚才喂进去的馒头渣。

"哇！哇！哇！吃。"小雪挤出了几滴眼泪，用小手指指着馒头。

李国庆把鸡蛋用筷子戳开，又用筷子头从里面沾了点蛋黄放到了小雪嘴里说："你妈不让吃馒头，咱们吃蛋黄，这个好，有营养，还好消化。"

小雪吧啦几下小嘴笑了起来，小吉也用手指着李国庆碗里的鸡蛋说："爸！吃！"

"还有我的小吉呢！爸爸给你也喂口蛋黄，来！好吃吧！"李国庆给小吉也喂了一口。

吃完饭了，小强趴到茶几上写起了作业，李国庆陪着小勇、小雪、小吉玩了起来。

李国庆说："他妈，一会儿洗完锅，你拌上几个凉菜，把我上次拿回来的腊肉切点，我去隔壁叫老申过来喝几杯酒。"

王灵秀说："约他做啥？那天他过来，我看着怪怪的，你这大白天的喝的什么酒啊？"

李国庆说："老申这人不坏，好着呢！这么多年邻居，平时对咱们都挺照顾的。估计是最近老看着我时不时提着几瓶酒回来，馋酒了，上次才那么说的，你只管做菜就好了！今天周末，刚好没有啥事情，中午约他家里喝酒，晚上过来闹腾得孩子们休息不好。"

"好吧！"王灵秀在锅台上开始拌起了凉菜。

李国庆抱着小雪，拉着小吉去了隔壁。

"老申，在吗？"李国庆敲着老申家的门。

"在呢！国庆吗？快进来！外面冷。"老申打开了门。

"快叫伯伯！"李国庆带着孩子进了门。

"别为难孩子了，这么小还不会叫呢！"老申摸摸小雪的小脸蛋。

李国庆说："一会儿没啥事吧？我让你弟妹拌了几个凉菜，我上次出车去了趟北京，顺路带回了两瓶正宗的北京二锅头，今天周末咱俩喝几杯！"

老申说："北京二锅头？好酒啊！你先过，我收拾下就过来了。"

"好的！快些哦，菜都拌好了。"李国庆带着两个孩子回了自己家。

一会儿工夫，老申就过来了，手里提着一个网兜，里面装着一盒午餐肉、一盒鱼肉罐头、一瓶橘子罐头和一瓶雪梨罐头。

李国庆迎了过去，接住了老申手里的东西说："你老哥过来就好了，还带这些做啥？快坐下！"

"这干喝你的好酒，不好意思啊！咱们喝酒总不能让孩子们干瞅着吧！弟妹，你帮忙把那几个罐头打开吧，让孩子们吃。"老申坐在了沙发上，一不留神闪了一下。

"你这沙发也太老了，不行了啊！差点闪了我的老腰。"老申往前挪了挪，坐在了沙发边上。

"就是，沙发久了，可能下面的弹簧断了几根，正想着学习做个沙发呢！你坐到我这头吧，这头好些，我搬个板凳。"李国庆起身把老申拉到了这一头。

"来你们家，怎么好意思让东家坐下面呢？"老申坐了下来。

"咱们就不这么客气了，这么说，您还是客人呢！您又是老大哥，坐上面合适的。"李国庆坐在了对面的小板凳上开始拧酒瓶盖子。

王灵秀打开一盒午餐肉切成片，又打开了一瓶橘子罐头，分别倒在几个盘子里端到了茶几上。

李国庆掇了两杯酒，和老申碰了起来。

"小勇、小强、小雪、小吉你们几个娃也来吃些。"老申拿起酒瓶倒着酒。

小强和小勇跑过来在盘子里各抓了一片午餐肉就去玩了，小雪和小吉也摇摇晃晃的走了过了。

老申给两个孩子一人夹了一片午餐肉。

"小雪、小吉还小可不敢这么吃啊！"王灵秀从两个孩子手中抽走了午餐肉，掐成了两个午餐肉条给每人手里塞了一条。

两个孩子把午餐肉放到嘴里不停地吮了起来。

酒过三巡，李国庆和老申话都多起来。

老申说："国庆啊！我这些年可待你不薄啊！你现在可真是发达了，每天天南海北的转，吃好的，喝好的。看你时时还能捞些油水回来，不错啊！连老哥都羡慕你了！以后要是再发达了，你可不能忘了老哥啊！"

"老哥！你这可就见外了，我这也是运气好，刚好碰上这个岗位，时不时还有点小油水，都是大家互相给给面子帮点小忙而已。其实还是你老哥好啊！这老革命一辈子了，再混几年就能退休，我们以后还不知道啥样呢！您是我的老哥，这么多年一直对我和弟妹都不错，有用得着我的地方你就说，我绝对不说二话！来，咱俩再碰一杯。"李国庆举起酒杯和老申碰了一下。

老申说："来，好兄弟咱俩再来一个，好兄弟一辈子。"

李国庆斟满酒，两人又碰了一杯。

老申说："兄弟！你前面说的沙发的事情，我还想请教你呢！我们家沙发还是我十几年前做的，现在也和你们家沙发的成色差不多了，你婶子也催着我趁手脚还灵活，抓紧找些材料再做个沙发，可是咱们厂这材料不好找啊！废弹簧在锻压车间，包装的木料和布料在库房，这两个负责人现在都是你们年轻人，一个比一个难说话，我都去要了好几次了，都说没有。可我看着厂里好几个和他们关系好的都要出来材料，把沙发做好都坐上了！我这是人老了，别人用不着，也没人给面子了！材料你有办法找上吗？可以的话，我有做沙发的经验，你找两套沙发材料，咱俩每天晚上赶个夜，有个把月新的沙发也就做出来了！今年过年咱们两家就能坐新沙发了！"

李国庆满满的倒了两杯酒，给老申递过去一杯说："老哥！我敬你一杯！材料的事情应该问题不大，他们老找我们调度车辆呢！这事就包兄弟身上了！我做沙发可没啥经验，你说的咱两一起个把月就能做好，你可得保证啊！"

"材料你只要保障了，我这技术绝对没有问题，我们家那沙发就是当年我一个人打的，你放心好了！那咱们就这么定了。"老申端起酒杯又和李国庆碰了一杯。

两人喝得脸都红了，说话声音也逐渐的大了起来，两人碰酒的频率也更快了。

"老申！你这死鬼，见了酒就没命！你又喝醉了！我在隔壁都听见你开始胡说八道了，快快回家去！人家孩子们都笑话你呢！"老申老婆走了过来，揪着老申的耳朵出了门。

"他爸！我看你也喝醉了，快休息会吧！"王灵秀夺下了李国庆的酒杯，将他搡倒在了沙发上。

李国庆头刚一着沙发就开始打起了呼噜。

又曰：

洞仙歌

懒阳斜照，不觉已正午。两孩无猜尽乱舞。嬉闹欢，慈母一脸无奈，又数落，片刻工夫饭熟。

孩提不能食，四人就坐，分餐此时少话语。静思沙发否？此意已决，寻物料、择人互助。屈指数、老申才艺全，邀小酌，推盏换盅长叙。

三、春节的礼物

废料整合碌碌忙，寝不能眠伴日月。

忘却艰辛肩并肩，食风饮雪身心悦。

这天上午，一台绿色的解放牌卡车驶进了修造厂家属区。

小雪和小吉听到了汽车的声音，他俩拉着王灵秀说："妈！外面啥声音？"

"好像是汽车的声音，妈领你们出去看看是不是汽车。"王灵秀领着两个孩子走了出来。

门口真停着一辆大卡车，李国庆从上面跳了下来。

两个孩子喊着："妈！坐！车！"

"小雪、小吉还是第一次看到汽车吧！爸爸抱你们上去，坐汽车！"李国庆把两个孩子挨着抱上了汽车驾驶室。

"他妈，我和老申从厂里弄了些做沙发的材料，抽空拉回来了！你赶紧上车去看着两个孩子，我和老申抓紧把东西卸下来！一会儿厂里还急着用车呢！"李国庆打开了车辆左边的马槽把手。

"小雪、小吉，汽车好不好？你们好好玩，伯伯和爸爸去干活了！"老申也跳下了车。

"好！好！"小雪和小吉稚嫩的声音答复着。

不一会儿就卸下来了一大堆。

李国庆说："卸下来这么多啊！这放哪呢？找个保险些的地方，为这东西求爷爷告奶奶的，可费事了！"

两人转着看看，老申说："就放你和我屋子中间的屋檐下吧！这样垒起来，白天咱们都有人，晚上有啥动静也听得见。再者，咱俩加把劲，不到一个月就能做好沙发。"

"这地方好！就这么着了！"李国庆开始搬东西。

一会儿，整整齐齐的码了一堆，两人用拿来的篷布和包装布匹遮盖好，就匆匆的返回厂里了。

晚上下班吃过饭后，两人就在院子里忙碌起来。

老申把拉回来的大弹簧、小弹簧和扎丝都拿了出来。

"这做沙发啊！首先得从绕弹簧做起，用小弹簧把大弹簧和小弹簧连接起来，再用扎丝把它们紧紧地拧在一起，这可要拧结实，咱们这沙发指不准还要用几十年呢！这绕弹簧可是做沙发最重要的一个环节，咱们今天就从这里干起吧！"老申手里拿着尖嘴钳子和弹簧比画着。

李国庆也跟着照猫画虎地做了起来。

"这绕弹簧得多久啊？下来做什么？"李国庆用钳子拧着扎丝。

"绕弹簧这是最关键的，我估摸着得一周多时间。下来就是整理木材，做沙发框子，这简单，有一周时间就够了。再下来就是裁剪布料，缝制沙发套子，这就得你婶子和弟妹帮忙了，咱俩大老粗可干不了，估计也得一周。最后就是沙发的组装，这可是个细活，应该也得一周多时间。"老申嘴里咬着几根扎丝摆弄着弹簧。

"这么说就得一个来月啊！再有一个来月也就过年了！赶过年咱们就能坐上新沙发了吧！"李国庆笑着说。

老申说："只要你和我每天坚持，不要有其他的啥事情搅扰，一个月时间差不多，咱们赶过年肯定可以坐上新沙发。"

这段时间，老申和李国庆可真是风雨无阻地在干，就是天上飘着雪花，两人也不休息，继续在外面夜以继日地干着。实在冻得不行了，跑进屋里烤会手就又跑了出来继续干。

不觉已经三周多时间过去了，做好的各种半成品在屋檐下堆了一大堆。他们已经到了最后的关键阶段，开始组装了。

这天好不容易组装好了一个三人沙发，两人高兴极了。

"他妈！孩子们！快来看看，我们的新沙发做好了！"李国庆望着屋子喊。

"他婶！快来看看我这手艺还不错吧！"老申说。

两家人纷纷都走了出来，你摸摸这，我摸摸那，几个孩子无所顾忌地坐了下来，小雪和小吉好不容易爬上去，又在上面跳了起来。

"孩子们，这可不能跳啊！"几个大人几乎异口同声地喊了起来。

王灵秀和李国庆赶紧把小雪和小吉抱了下来。

王灵秀说："这是伯伯和你爸刚做的新沙发，你们可不能弄坏啊！"

李国庆说："老哥，这是咱们第一个胜利果实，你就先享受吧！走，把你屋的旧沙发抬出来！"

"这可使不得，这次沙发材料都多亏你了，还是你先来。"老申挡住了李国庆。

王灵秀说："老哥，你年龄大，这次沙发还多靠你的手艺了。还是你和婶子先享受，就不要客气了。"

王灵秀过去掀起了老申家的门帘，李国庆和老申抬出了老申家的旧沙发，将新的沙发抬了进去。

两人出来收拾外面的战场。

老申说："明天你的那个沙发也就成型了，那我就提前一天先享受了！"

"你老哥客气了，你先享受，怎么说都是应该的！我琢磨着这还有些弹簧和一点材料，咱们完了看看我的那个旧沙发能不能维修，收拾下，扔了怪可惜的。"李国庆望着屋檐下剩的弹簧和材料。

老申说："也是！明天你那个沙发搞好，我们把旧沙发拆开看看，尽量收拾下，也还能凑合坐个十来年呢！顺便把我那个旧沙发也收拾下，你这么一说，我也舍不得扔了。"

又过了一周时间。

这天晚上，李国庆和老申维修好了两个旧的沙发，终于松了一口气。

两人把两个旧的沙发扣到了一起，放在屋檐下面，用剩下的旧篷布遮盖了个严实。

"老申！这旧沙发你准备咋处理呢？"李国庆给老申递了一根烟。

"我再熬上两年也就退休了，我准备搬回老家住，把这些都搬回老家去吧！到时候还要仰仗你兄弟给我派个车呢！"老申深深地吸了一口烟。

李国庆抽着烟说："车？只要我还在这个岗位，你老哥的事就是我的事，没问题！我也想着，啥时候能去老家那面出差的话，我把这个旧沙发也带回老家去，老娘这么大岁数了，还没有见过沙发呢！更别提坐了，让老娘也享受下！"

两人的烟都快要抽完了。

老申老婆在喊了："老申！外面这么冷，你俩唠叨啥呢？要么进来说话，暖和些。"

李国庆说："也不早了！咱俩都回去休息吧！再有两天就过年了！这段时间多亏了老哥你，我媳妇和孩子过年才能坐上新沙发。"

"好了不说了，多亏兄弟你了！咱们都回屋吧。"老申拍拍李国庆的肩膀。

又曰：

永遇乐

喇叭声声，货车入院，众人围观。七脚八手，物资归位，道声谢连连。二人合计，变废为宝，心中时有为难。夜深深，几多追忆，此夜辗转难眠。

寒冬腊月，雪纷纷飞，昼夜点灯加班。勤俭持家，忠孝难全，老人孤身单。邻里互敬，争分夺秒，为家具换新颜。半月余，终圆梦想，两家皆欢。

四、在达曲过春节

逢雪迎春枯草寒，时光流逝又除夕。

异乡游子皆孤单，节日思乡几千里。

要过年了，今年李国庆一家没有回老家，选择留在了达曲县过年。

今天是大年三十，各个单位的大门上都贴着各种字样的大红色对联，街道基本上就没人，铺面大多数都关了门，只有零星的几个店开着。

李国庆和王灵秀带着四个孩子在街上转了一圈，看着街上很是冷清，风雪也逐渐大了起来，他们早早就回家了。

王灵秀收拾着这几天给四个孩子赶制的新衣服，小勇跑了过来说："哪件衣服是我的呢？"

"这件蓝色的小一点的是你的！"王灵秀拿起一件蓝色的外套。

小勇从王灵秀手里拿过衣服就往身上套，王灵秀过来帮小勇整理了下衣服说："大小还合适，脱下来吧，明天早上穿。"

小勇脱下衣服扔了过来，看到还有两件红色小花布做的衣裳。

小勇说："这两件花衣裳是谁的呢？"

"过年你和哥哥穿新衣服，妹妹和弟弟也要穿新衣服啊！"王灵秀手里叠着小勇刚才扔过来的衣服。

"弟弟是男孩子怎么也穿小花布的衣服啊？真好笑！弟弟要变女孩子了！"小勇趴下来逗着小吉玩。

"他爸，时间也不早了，你把茶几收拾一下，我给咱们包饺子吧。你剥些蒜，把小雪和小吉看好。"

"好勒！今天你准备的啥馅？"李国庆去找蒜了。

"去年过年我看两个孩子爱吃妈用荏做的饺子，妈给的荏还有些，我拌的荏馅子。这一说还有些想妈了，在老家一个人也不知道怎么过呢！"王灵秀擀着饺子皮。

李国庆说："就是啊！这大过年的妈一个人在家里，肯定想我们呢！我前几天去邮局给妈汇了些钱，估计应该收到了吧！今儿个晚上吃饭四爹肯定叫妈到他们家去了！等小雪和小吉再大些，我们还是每年过年都回老家吧！"

王灵秀把饺子包好，又去炒了四个菜。

"小强、小勇快去洗手，我们要吃饭了。"王灵秀收拾着碗筷。

"妈！今天的饺子真好吃，我特别爱吃这个荏馅的。"小勇咬了一口饺子说。

"他爸，今天年三十你不喝些酒吗？"王灵秀试探着问。

"一个人喝没意思，不喝了！要不你陪着喝几盅？"李国庆笑着说。

王灵秀说："我这辈子可没有这福气，我闻见就晕。"

一会儿他们就吃完了饭，李国庆起身去洗了一篮子苹果端到了茶几上。

"来！孩子们！过来吃点果子，这是前段时间我到成纪县去出差买的苹果，甜得很。"李国庆给小强和小勇一人递过去了一个苹果。

"我的小雪和小吉也吃个苹果。"李国庆拿起一把小刀认真地削起了苹果皮。

"他爸，啥时候还有这手艺了？多少年也都没有给我削过苹果，你这隐藏得深啊！大家都说苹果削得好，当年肯定对象谈得多，你这当年没少处对象吧！"王灵秀笑着说。

"孩子们都在呢，别胡说了！我这不是看小雪和小吉咬不动苹果皮，这才寻思着把这皮给削了，切成小块他们吃着顺手些。"李国庆依旧低头认真地削着苹果皮。

游子们在异地的年三十就是这么简单，李国庆和王灵秀陪着孩子们玩了一会儿也就早早地休息了。

"噼里啪啦！噼里啪啦！"屋外由远及近传来了零星的鞭炮声。

春节到了，已经是大年初一。李国庆轻轻地起床，披上上衣去屋外放了一串鞭炮。

这屋外可真冷，李国庆放完鞭炮匆匆地进了屋，又躺到了床上。

王灵秀每天忙碌着操持家务，准备着六个人的一日三餐。小强每天写会作业，剩下的时间和小勇一起玩耍，时不时两人去逗逗妹妹和弟弟。李国庆除了照顾孩子外，这段时间又挨着把《汽车机械原理》《道路交通规则》两本书仔细地看了一遍。

在异地过春节，李国庆总觉得日子过得很慢，过年这七天时间恍惚一个月似的。

又曰：

卜算子

不觉又除夕，户户贴春联。大街小巷人影稀，唯风雪连绵。
一家聚异乡，忽忆老人单。今朝春节别样寒，尽觉光阴慢。

五、终于拿到红本子了

喜迎春风腊梅艳，出入平安勿相忘。
望穿江水鱼潜底，外传喜讯心情爽。

初八了，李国庆收假开始上班，街上人逐渐的多了起来，商铺也都纷纷开门营业，这座小县城也恢复了往日的热闹。

李国庆这段时间总是主动给车队的师傅们帮忙或顶班，他想着抓紧把规定的项目和里程早点实习完就可以拿到红本子了。

这天李国庆拿着汽车驾驶实习项目表走到了车队办公室，王大可怀里抱着旱烟斗和烟袋正靠着椅子打盹。

李国庆绕到王大可身后"嗖"的一下，抽走了他手里的旱烟斗。

"谁？谁？"王大可被惊醒了。

"我还当是厂里谁来查岗了，你可吓死我了！"王大可揉了揉眼睛。

"王队，你得帮我签个字！"李国庆将汽车驾驶实习项目表摊平放到了王大可跟前的办公桌上，又从左上角的工作服口袋掏出来一支上海牌钢笔，打开笔帽甩了甩，恭恭敬敬地把钢笔放在了表格上。

"哎呦！你这小子，这么快实习期就结束了，我估摸着还有好几个月呢！好啊！这是好事情，这字我给你签上。"王大可拿起钢笔在实习部门负责人处签上了自己的名字。

"小朱，快给这表格把咱们的条章盖上。"王大可举着表格说。

朱伟走来接过了表格，回到自己的办公桌上边盖章子边说："人家李副队长这都要换红本子了，我啥时候才能去啊？"

李国庆说："你小子，别急，下次有机会我和王队就推荐你去！"

王大可也说："咱汽车队的人早晚都能拿到红本子，就是个迟早的事，我和国庆惦记着你呢！"

朱伟说："感谢领导们惦记，可不要让我等得花儿也谢了哦！"

王大可说："好好干工作，别耍贫嘴了。"

朱伟拿着表格说："李队！咱们这章子盖好了，你还得去找趟刘副厂长签个字，然后去厂办公室盖个章子送到县交通局培训中心，审核通过就可以拿到红本子了！你这可是咱们车队今年拿的第一个红本子，到时候可得好好的庆贺下啊！"

"没问题，等换到红本子，就咱仨去大食堂，请你们好好搓一顿，我再备上两瓶好酒。"李国庆接过了表格。

"好了！不和你们说了，我去厂办签字、盖章子了。"李国庆匆匆走出了车队。

事情很顺利，刘副厂长看也没看就签了字，李国庆顺道去厂办盖了章子就赶到县交通局去了。

这日子又过了一周，王大可、李国庆正在办公室聊天。

"叮铃铃……"朱伟桌头的电话响了。

"汽车队吗？县交通局通知李国庆的驾照红本子下来了，让他今天抽空过去取回来。"电话的那一头说着，这应该是厂办打过来的，他们的电话只能接打内线电话。

"对！是车队！我朱伟，我马上通知他，谢谢！"朱伟挂了电话。

朱伟说："李队！你的红本子下来了，厂办通知让你今天去县交通局取回来。这可是大事啊，今天我们可以改善一下伙食了吧！"

李国庆说："没问题，我下午上班就去取证，下班咱仨就去大食堂喝两杯，中午回家你们都给家里打个招呼，今晚不醉不归。"

"今天晚上这饭，国庆你给咱们安顿，酒我来吧！我这柜子还有两瓶别人给我带的汾酒，我拿上。"王大可抽着旱烟。

朱伟说："我可没有啥赞助的，我给李队搭个礼吧！"

李国庆说："汾酒可是好酒，我就不推辞了，就让王队破费了！小朱，礼不搭了，都是自己人，你工资也不高，还要养家糊口呢，都不容易，今晚咱仨聚聚就好。"

下午下班，三个人早早收拾了办公室，他们就朝着大什字的大食堂去了。

进了食堂他们径直朝着一个安静的角落过去坐下。

李国庆招呼着说："今天感谢大家捧场，我做东，大家想吃啥，别客气，尽管点。"

王大可和朱伟看着小黑板上的菜单互相推辞着。

李国庆说："咱们三个都是自己人，就不要客气了，至少每人点一个菜，不然我可就不高兴了，今天可不能扫我的兴啊！"

"那我就不客气了！来盘凉拌牦牛肉，雪盖火焰山，我就点好了。朱伟你看再点个啥？"王大可看了看朱伟。

"我看窗台上刚卤的猪头肉挺香的，就来盘凉拌猪头肉吧！"朱伟看着食堂的窗台。

"再点个啥吧！"李国庆看着朱伟说。

"好了！你看再加点啥吧！"朱伟给大家倒着茶。

"那我就去点菜了，你们先喝水。"李国庆走向了服务台。

"服务员！点几个菜，来个凉拌牦牛肉、雪盖火焰山、凉拌猪头肉、糖醋鲤鱼、青椒炒肉、鱼香肉丝，外加三份米饭。再给我一个酒壶、一个平底盘子和六个酒杯。"李国庆看着今日供应的小黑板。

说罢，李国庆从服务台拿了一个酒壶，平底盘子里面放了六个小酒杯端了过去。他又从裤兜里摸出了两包大前门牌香烟放到了餐桌上。

朱伟赶忙用开水洗了洗酒壶和酒杯子。

王大可打开了一瓶汾酒。

"今天我招呼你们，怎么让你们自己招呼开了，这可使不得。"李国庆说着从王大可手里接过酒瓶往酒壶里倒了些酒，再用酒壶挨着给每个小酒杯里斟酒。

服务员端来了凉拌牦牛肉、凉拌猪头肉和雪盖火焰山。

"今天我们仨在一起聚餐，恭祝国庆顺利拿上红本子！我年龄最大，我先给大家提一杯。"王大可端起一杯酒和李国庆、朱伟碰了一下。

接着李国庆、朱伟纷纷端起酒杯提议碰杯。

王大可说："我们先吃会儿吧！垫一垫再喝。"

这时几个热菜和米饭也端了上来。

这三个人吃着、喝着，你敬着我，我敬着你，不觉已经一瓶酒下肚。

王大可又拧开了第二瓶酒。

"今天高兴，我们每人打个关吧！这酒喝得安静的，我带头打关。"王大可伸出手指和李国庆比画了起来。

三人挨着打了一圈关，都已经开始有些醉意。

"国庆拿到了红本子，今天这酒喝得高兴，我老了，再撑不了几年也就退休了，你们俩好好干，我也就能交班了，赶我退休我举荐国庆把我这队长接了。朱伟你也好好干，找机会给你也搞个红本子，我提议你做副队长。"王大可端起酒杯摇晃着。

李国庆、朱伟站起来举杯和王大可碰了一下杯，不约而同地一齐说："我们敬老哥一杯，我们永远都跟着老哥走。"

"坐！坐！坐！我们坐下喝！这修造厂的明天都是你们的了！"王大可正说着就趴在桌子上睡着了。

李国庆摇了摇王大可，王大可只是"嗯！嗯！"地答应着，但却纹丝不动。

"小朱！你还好着吧？你看着王队，我去算账，完了咱俩一起把他送回去。"李国庆摇晃着起身向服务台走去结账。

过来时李国庆拿了几个塑料袋，把剩下的几个肉菜分开装了起来。

"小朱！今天都是咱们自己人吃的，你把这个猪头肉拿回去，其余的我带上，我们在外面吃了，还得惦记孩子们呢！"李国庆说着将装有猪头肉的袋子递给了朱伟。

李国庆和朱伟扶起了王大可，三个人一摇一晃地朝着县修造厂家属区走去。

又曰：

青玉案

不觉腊月初八至，又返岗，风雪急。夜以继日顶岗忙，东行山峦，西去戈壁、横跨几千里。

终究熬得红本归，已过流年几百日。三人相议应小酌，共赴市井，畅饮汾酒，酒酣始分离。

六、忽如一夜春风来

春意渐浓飘万里，风拂杨柳俱妖娆。

雨季纷纷沥沥来，露水湿叶花蕾饱。

十一届三中全会召开了，全国到处都沐浴着改革开放的春风，大街小巷的人们都在议论着改革开放，这个小县城也不例外。

时光流转，一九七九年到了。

张三说："小冯去年年底才去的深圳，回来的时候他西装革履，提着一个黑色密码箱，也不知道里面装的是什么。"

李四说："老刘今年过年才去沿海几个月时间，刚回来就买了一辆幸福250摩托车，连老家的房屋都翻修了。"

好奇的人们议论着眼跟前和道听途说的事，感觉去东南沿海城市好像捡钱似的，只要去一趟回来就都是暴发户了。

厂里一些时髦的女同志从沿海回来，买到了雪花膏，男同志买到了墨镜等以前见都没有见过的时尚玩意儿。

每周五晚上只要天黑下来，在修造厂外东侧的空旷地带就有一个自发的洋货市场，不少人推着自行车，或提着一个大提包就地摆起了地摊，用一个手电筒给这些物品照明，以方便来这里闲逛的人选购。

只要有人喊一声"公家人来了！"或者"红袖章来了！"

这些人瞬间就消失得无影无踪了。

这天车队的几个师傅一起在车队里抽着烟，聊着天。

突然有谁问道："王队啊，这最近从东南沿海回来的人都发财了，你啥时候也安排我们去那里出趟车吧！回来我们顺便带点啥，也发发财啊！"

"你们几个一天财迷心窍了吧！好好干工作，为人民服务才是根本，不要一天老想着钱！最近也不知道人们都怎么了，一个个听到钱就都魂不守舍的！都散了，若闲得没事干，就去擦擦车去。"王大可将这几个说闲话的师傅们推了出去。

看着这几个人走远了，王大可说："改革开放这阵风，我看把这年轻人脑子都吹歪了！你们两个可不能跟着学啊！"

李国庆说："这可是国家的大政方针，我们还是再观望吧！这会儿可不好定结论。"

朱伟说："政策都变天了，你俩真是老古董！以前那些倒爷叫投机倒把，现在叫搞活经济。我以前一个同学就在深圳罗湖，现在说在一个外资的什么贸易公司，一个月能拿我一年的工资呢！我都想去呢！"

王大可说："小朱啊！你可别被这糖衣炮弹给击中了，我们这把年龄了啥没见过，吃的盐可比你吃的米还多呢！"

李国庆说："政策不明朗，咱们都不争论了，反正我们跟着党走准没错。"

这天李国庆刚回家，小雪就拿着一块花丝巾跑了过来说："爸！你看这个好看不？"

"这丝巾真漂亮！真滑！这从哪里来的啊？"李国庆摸着丝巾。

"妈妈的！妈给我的！"小雪拿着丝巾在屋里跑着说。

王灵秀说："这是隔壁她婶子今天过来和我拉家常时送给

我的，说是她一个侄儿在深圳，过年给她带了条她觉得挺漂亮的，她就让侄儿又邮寄了几条过来，今儿送了我一条，我觉得还挺漂亮的，摸着手感也好。"

"这得多少钱啊？你记得把钱给人家！"李国庆从柜子里面随便翻了一本《政治经济学》来看。

"我问了，他婶子客气说这丝巾不值几个钱，我硬塞钱给人家也不要，说是上次做沙发给他们帮了这么大的忙，她也没啥表示，就拿条丝巾过来了。"

李国庆说："今天我们在办公室还聊着十一届三中全会的改革春风呢！不知道这是一阵风，还是以后形势要变了，反正听说身边不少人发财了，听得我也心里痒痒呢！再观望一阵子吧，如果这一切都是真的，我也想去那边看看，说不定发个财，让你和孩子们还过个好日子呢。"

王灵秀说："你现在工作好好的，收入好，也稳定，再不要胡跳腾了。我们这一大家子呢！小强上小学，小勇也快要上学了，再有一年时间小雪和小吉也该上幼儿园了，你可不能有一点点的闪失啊！"

"我就是随口说说，政策才开始，都还不明朗，我不会轻易就作出啥决定的，你们放心好了！我每天按时好好上班，按时领工资就好了。"李国庆翻着《政治经济学》这本书。

这一天，李国庆去厂里上班，看着厂区时不时有几个在窃窃私语，表情都挺怪异的。

李国庆到了车队，刚坐下，朱伟就帮忙沏了一杯茶走了过来。

"厂里这两天可发生大事了，你俩知道不？"

王大可说："啥事？厂里也没有开会啊！"

李国庆说："我今天上班感觉怪怪的，厂里的路上三人一伙，四人一簇的不知道都在窃窃私语着什么。"

朱伟说："王队、李队！你俩这消息可不灵通啊！今天早上整个厂里都炸开了锅，说葛厂长的儿子出事了。"

王大可说："葛厂长的儿子不是在县农行上班吗？我过年还看到过，还给我换了些零钱呢！"

李国庆说："小朱你就再别卖关子了！到底出啥事情了？"

朱伟说："我听说是葛厂长的儿子有个同学在深圳，说是那面的电子手表按斤称，很便宜的，倒到咱们这按块卖，肯定能挣大钱，他同学那面有现货，就是资金不足。葛厂长的儿子动了心，七借八凑筹了些钱，好像又从农行贷了些款，一共凑了一万，还怕不保险，又带了他一个老家的表哥一起去了深圳。听说一切都很顺利，货也看了，合同也签了，可付款的时候皮箱一打开，里面全是白纸。一万元现金啊，一张都没有了！不知道是在去的火车上，还是旅店，或者交易的时候被人给调包了。在那面也报案了，可是啥线索都没有，这都折腾了几个月了，还是没有结果，昨天葛厂长的儿子和他表哥都回来了，两人都耷拉着头，就跟霜打了似的。你们说，这货没提到，这么多钱还不知道被谁给调包了！"

"外面这世道乱着呢！我早就说了，好好上班，听党的话，不要胡思乱想！小葛啊，那娃也挺厚道的，整的这事！可怎么活啊。"王大可"吧嗒吧嗒"地抽着旱烟。

李国庆说："现在上面政策不明朗，南方人聪明得很，咱们都是老实人，咱还是上好咱的班，不要朝二暮四。"

又曰：

临江仙

一夜春风传九州，南去归来皆富。青年不安多躁动，心思追春风，多少想随去。

街巷日暮商贾忙，秉灯交易忙碌！夜色催更尚离去。谣言纷纷起，真假无人知。

七、我们家超生了吗

人心难测隔肚皮，言语得失一瞬间。

可遇今朝绯闻多，畏心无愧度流年。

七十年代末，政策变化就是多，前段时间厂里的喇叭里还在播放"十一届三中全会的改革春风沐浴了中华大地，从东南沿海到省会城市、到地县、到生产队、到田间地头，人人脸上都洋溢着幸福的笑容……"

近期厂里的喇叭又播放起了"计划生育是我国的一项重大国策，我们提倡晚婚晚育，一对夫妇只生一个孩子，广大同志们一定要严格遵守落实。精生、优生，不生第二个，坚决杜绝第三胎，不给家庭和国家拖后腿……"

李国庆上班、下班的路上经常可以听到广播在做计划生育的政策宣传，时不时老感觉好像有人指着他在说着什么，可是等他过去的时候大家装着什么也都没有发生，就匆匆地散去了。

回到车队办公室，几个师傅半蹲在办公室的地上抽着烟，他们也正聊着计划生育的消息。

"李队早！你们家几个孩子啊？"一个老师傅抽着烟说。

"哦！你们问这做啥？三个！不，四个！老三和老四是双胞胎。"李国庆用抹布擦拭着办公桌上的土。

"你们这几个懒惰，赶紧出去擦擦车，把车热一热，指不准一会儿就有出车任务呢！别整天没事，坐到我这里光嚼舌头！先干好自己眼前的事情，别老替别人瞎打听，瞎操心。"王大可举起旱烟头挥舞着赶走了这几个人。

"王队、李队你们这孩还是都生得及时啊！我这孩子才三岁，家里老人还催着我再生个带把的呢！这政策可真是说变就变，听说现在谁要生二胎都要开除公职，还要罚款呢！"朱伟说话的声音渐渐小了起来。

王大可说："你们这些年轻人，怎么就跟咱们刚才那几个老师傅一样，一天是吃饱了撑的，不操自己心，整天尽往别人家锅里看。别的部门、车间拉闲话，传谣言，我不管。咱们这车队的人好好干好组织、厂里交办的工作，别在这里瞎扯犊子。"

"开个玩笑嘛，王队你也这么大的火气，又不是你超生了！好了，我不说了，听领导的，多干工作，少说话。"朱伟拿起搪瓷缸子喝了口水。

"好了好了，我们都好好干工作吧！小朱别再说了。"李国庆心不在焉地翻着部门、车间工作日志。

李国庆这一整天上班都魂不守舍似的，一直琢磨这次的这个计划生育政策会不会牵扯到自己呢？

下午上班，李国庆喝了几搪瓷杯子水，心里也越发的不安。

他去了厂里的办公室咨询，厂里办公室工作人员答复：今年九月份收到了县上文件，通知各个单位都要成立计划生育办公室，设立专人负责此项工作，赶年底将厂里所有职工的生育情况摸底统一汇总上报。具体政策如何执行及操作，对违反规定的如何处罚都尚不清晰。

临下班，锻造车间老郭来到了车队。

"国庆，忙啥呢？下班有没啥事？"老郭进门喊着。

"老郭啊！好久不见了，今儿怎么想着到我们这来了！有啥事吧？"李国庆正在发呆，听到有人喊自己，他猛地抬起了头。

"没啥事！好久不见你了，来看看你，下班没啥事的话，咱俩喝两杯去。王队，你若没啥事，咱们一起。"老郭给王大可和李国庆每人发了一根烟。

"这烟我抽不习惯，你们喝酒我就不去了，晚上老伴包饺子呢！"王大可说着推过了老郭给的烟，晃了晃手中的旱烟锅子。

"今儿个我也正想喝个酒呢！"李国庆给老郭拉过来了一把椅子。

老郭在椅子上坐了下来，这三个人你一句，我一句地瞎聊了一会儿。

"叮铃铃……"下班的铃声响起了，厂里的大喇叭又传出了计划生育的宣传口号。

"王队，一起走呗！"李国庆看着王大可说。

王大可起身披上衣服说："老伴中午就说包饺子呢，下次一起，下次我请。"

李国庆和老郭朝着县城大什字大食堂的方向走去。

两人进去简单的要了几个菜，一瓶青稞酒，你一杯，我一杯的，两人碰着喝了起来。

李国庆说："老哥，你今天突然过来，是不是有啥事？有啥事你就说，你平时对我一直很照顾，有需要我做的，你尽管吩咐。"

"国庆啊！这怎么说呢？真还有事，我来就是想给你提个醒。"老郭端起一杯酒和李国庆碰了起来。

"啥事？你老哥一直照顾我，你就直接说吧！"李国庆又和老郭碰了一杯酒。

老郭说："最近厂里大喇叭里天天都在宣传计划生育，这你也听到了吧！现在这世道是人走茶凉，谁都看不得别人比自己混得好些。我听说咱们车间有些同志看你在车队风风光光，收入又高，很是不服气，准备举报你计划生育有问题呢！"

李国庆说："老哥，不瞒你说，这政策到底会不会影响到我，我也正琢磨呢！今个下午我还去了趟厂办公室，可是只是说收到县里文件成立计划生育办公室，全厂计划生育大摸底，赶年底上报呢！我这到底算不算撞红线呢？这计划生育政策是一九七三年开始倡导的，当时是提倡晚婚、晚育、少生、稀生的政策，我这小强是七一年的，还没有这政策呢！肯定没啥问题！小勇是七四年生的，那会儿这政策也刚开始宣传，咱也应该符合这少生、稀生的政策吧！当时又没有说几个孩子是少生，几个是稀生啊！小雪和小吉七七年生的，这计划生育政策也还没有这么严呢！应该不会牵扯到我们家吧！还是感谢老哥提醒！这别人对我有想法，咱也没啥办法啊！来，喝一杯！"

两人又碰了一杯酒。

老郭说："这人心隔肚皮，别人对你有想法，确实也没啥好办法，反正平时你为人做事还是多注意。你家小强和小勇应该没有啥问题，就怕有人在小雪和小吉这俩孩子身上做文章啊！再者就看后面这政策怎么解读和执行了！就怕有人说你作为党员和车间主要负责人还带头多生、多育，要是把这顶帽子给你戴上可就麻烦了！再者，若有人举报就更麻烦了。"

李国庆说："感谢老哥一直惦记着我，为这事还专程来提醒我。我这也没有啥好办法，也就只有听天由命了！"

又曰：

定风波

春风吹绿南北岸，喇叭声声惹人忧。总觉背后人指点，谁怕？一身正气何所愁。

路人议论言纷纷，微惧，老友总是情谊投。日暮举杯几小酌，微醉，梦里仗剑上层楼。

八、屋漏偏逢连夜雨

事事难心几多烦，与人无怨起争端。
世间总有坎坷路，愿得今生多平安。

李国庆最近上班老是没精打采的，只是默默地干着工作，空闲时候一根接一根地抽着香烟，时不时望着屋顶发呆。

这两天车队办公室只有李国庆和王大可两个人。

王大可端着一个搪瓷杯子走到了李国庆桌子对面，拉了把椅子坐了下来。

"国庆！发啥愣呢？"王大可用烟锅头敲了敲李国庆的桌面。

"王队啊！有啥事吗？"李国庆这才回过神来。

"这段时间老看你魂不守舍的！今儿办公室只有你和我，和你说说话！"王大可填了一烟锅旱烟渣子。

"说啥啊！最近干啥啥不顺。"李国庆说着从烟盒里抽出了一根香烟点了起来。

王大可说："你不就那点事吗？又还没有定性！你那几个孩子又不是七九年生的，计划生育政策从严执行，这是七九年底才开始的！你顶多也就给个党内处分，做做检讨！以后再不生娃了，怕啥呢？"

李国庆说："话是这么说，这可影响以后的进步啊！我听说指不定还要罚款呢！而且罚款金额巨大，我这一个人挣工资养活一大家子呢！唉！"

王大可说："没你说的那么严重，调整下心情，好好干工作，咱俩搭班子，我肯定支持你，力挺你！不要再出啥岔子。"

"借你吉言！我一定调整心情，不耽搁工作，这你放心！"李国庆看着王大可笑了笑。

电话铃又响起了，李国庆走过去抓起了电话。

"喂！车队，你哪里？"李国庆接着电话。

"厂办！李国庆在吗？让他现在到厂办来一趟！"电话那端说。

"我就是，好的！好的！马上！"李国庆放下电话疾步奔向了办公室。

工作人员看到李国庆说："刘副厂长有事找你！你赶紧到他那去一趟。"

"好的，我就去！"李国庆给工作人员递上了一根大前门牌香烟就出去了。

"当！当！当！"李国庆敲了敲刘副厂长的门。

"进来！"刘副厂长在里面说。

李国庆推开门走了进去，他直奔刘副厂长跟前递上了一根烟，又赶紧掏出来一个打火机打着给刘副厂长点起了烟。

"坐！坐！坐！"刘副厂长吸了口烟，挥了挥手。

刘副厂长说："国庆啊！你这小伙子我一直觉得你上进、诚实，工作也认真！可这最近怎么老是捅娄子呢？前段时间刚有人举报你不严格遵守计划生育政策，这事情正调查呢，还没有结论，这怎么就又有人举报你了？"

刘副厂长用右手夹着烟的手指头敲了敲桌子上的材料。

李国庆说："啥问题啊？请领导批评！"

刘副厂长说："两件事情！第一件是有人举报你申请学习驾照时故意隐瞒家庭成分，骗取学习指标。第二件是有人举报你以公谋私，损害集体利益，向兄弟车间索要好处，经常在外吃喝。还有人举报你公车私用，曾经拉了一车厂里的物资到自己家里。这都是怎么回事啊！你平时工作怎么就不注意呢？"

李国庆赶忙拿起暖瓶给刘副厂长的白瓷茶杯里加了些开水，又递上了一根香烟。

李国庆说："我这给厂里和您添加负担了！关于学习驾照是这样的，当时填写表格我填写的家庭成分是中农，县交通局当时说我是厂里推荐的就不再政审复核了！是不是有人说我的家庭成分有问题？这向兄弟车间索要的事情我可真没有，关于在外吃喝也没有经常啊！就是偶然和几个同事去大食堂吃过几次饭。公车私用是有次我用车队的车拉了些厂里的废旧物品做了一个沙发，可不是物资啊！这事情刘副厂长您可一定要明查啊！"

刘副厂长说："你看着办吧！回去好好想想！哪些是事实，哪些不是事实；哪些该说，哪些不该说。抓紧写份文字性材料给我拿过来，到时候要上厂务会，看怎么处理吧！总得给举报者和大家一个合理的交代。"

"谢谢刘副厂长，我回去一定认真地写份材料！"李国庆又给刘副厂长递过来了一根香烟。

下班后回到家，李国庆也很少说话，匆匆地吃了饭，收拾了茶几，拿出一叠稿纸，掏出支钢笔放到了茶几上，望着天花板开始抽烟、发呆。

小雪和小吉走了过来，小雪拿起钢笔在纸上胡画了起来，小吉拿了一张稿纸在撕。

李国庆突然感觉手指头被烟头烫了下，才反应过来这根烟燃烧完了，低下头弹烟灰，看到小雪拿着笔在稿纸上瞎画，小吉撕着稿纸。

李国庆不由得气从心来，突然一个胳膊挥了过去，把小雪和小吉打倒在地上"哇哇哇"地哭泣了起来。

"你疯了吗？拿孩子出什么气！"王灵秀扶起两个孩子拍打着身上的土。

李国庆听到王灵秀一声喊，他才清醒过来。他抱起两个孩子一边哄，一边自言自语流着泪说："爸不对！爸错了！爸神经病……"

又曰：

浣溪沙

事事不顺愁眉皱，那波未平这波起，人生劫难接连来。

有人劝导多宽心，不觉电话铃声响，又有烦事来关爱。

九、有个二叔在革委会

心怀惆怅度日难，烦恼总是接踵来。

意欲寻得静处去，乱者福祸两相猜。

第二天上班，一大早李国庆腋窝里夹着一条杞果牌香烟来到了刘副厂长的办公室，一进门李国庆直接到了刘副厂长的办公桌跟前。

"刘厂长早！这是我昨晚写的情况说明材料，您看看还有没有啥问题？请您多指导！"李国庆正说着就将腋窝里夹着的那条杞果牌香烟塞到了办公桌下的抽屉里。

"你这是做什么？材料先放到我这吧！我抽空再看！"刘副厂长抓住了李国庆塞烟的手。

"我这事还要您多操心呢！这是应该的！"李国庆用另外一只手推开了刘副厂长的手，顺手推回了抽屉。

"小李，不要多想，回车队好好工作，我尽我的努力，厂里会秉公处理的。"刘副厂长整理着手里李国庆写的材料。

"谢谢刘厂长！"李国庆出门轻轻的关上了门。

这材料交上去已经一个多月了，刘副厂长没有再找李国庆，厂办公室也再没有通知他过去，李国庆心里总是很忐忑，不知道下一步自己的工作和生活会发生什么样的变化？

又快到"五一"了，每年"五一"前一天修造厂都会召集所有的职工在工人大礼堂召开全体员工大会，传达县上的最新政策，表演各类庆祝节目，中间还会穿插表彰上一年度的先进劳动工作者。

李国庆每年的这个时候心情都是非常畅快的，当年在车间的时候他曾连续三年被评为先进劳动工作者。

那时候他站上主席台、胸戴红花、手捧大红的荣誉证书，领取搪瓷脸盆或者床单、被套等奖品时甭提有多高兴了。

今天又要召开一年一度的庆祝五一劳动节的全体职工大会了，可李国庆一点兴趣都没有，胡子都没有刮，就要出门上班。

"他爸！今天是劳动节了，你们要开会、看节目，你好歹也收拾下出去啊！往年都精神得很，今年怎么这样子啊？好歹也刮刮胡子，换件干净衣服出门啊！"王灵秀说着给李国庆扔过去一件新洗过的蓝色外套。

"今年和往年不一样啊，不换了，你把俩孩子看好，我下班就回来了。"李国庆说着顺手把这件外套放到沙发上出门了。

下午两点半，县修造厂所有的职工都准时来到了工人大礼堂。

今年依然是刘副厂长主持会议，首先是葛厂长讲话，接着工会方主席宣布了今年五一的先进个人和先进集体，最后刘副厂长又做了发言。

刘副厂长对前面的活动做了简单的总结性发言后说："往年我们的五一劳动节都是表彰先进，今年接到上级的通知，我们不但要表彰先进，而且要对违纪的同志和集体进行批评，我们要在褒贬的氛围中过好我们劳动者自己的节日！下面我就通报一下今年存在严重违纪的部门和个人：锻造车间、库房……日常管理松散，造成厂里一定的生产物资流失……王福祥、刘二狗、田三七等十七名同志严重违反计划生育政策……李国庆等三名同志身为党员带头违反计划生育政策……请以上同志加强批评和自我批评，正确认识自己的错误……今天会议的最后一项文艺汇演现在开始！"

李国庆其他的什么都没有听清楚，他听到的只有"李国庆同志身为共产党员不以身作则，带头多生子女，违反国家计划生育政策，经组织研究决定给予其党内记大过处分。李国庆同志在任车队副队长期间自由散漫，将厂里部分废旧物资据为己有，损害了集体利益，经厂务会研究决定撤销其车队副队长职务，同时处以罚款 20 元整。"

在念到"李国庆"的时候，李国庆慌忙地低下了头。他感觉全场百十号人好像都在看着他，瞬间好像有上万根钢针在扎着自己，他脸红耳烫，他恨不得找个老鼠洞钻进去。

今天的文艺汇演时间好长啊！李国庆时不时的看看自己的那块上海牌手表的分针，五分钟！十分钟！十五分钟……

好不容易熬了一个半小时，礼堂里人员躁动，大家在欢声笑语中开始纷纷离场。李国庆觉得很丢人，头也没有敢抬起来，一直听到没有人说话和走动了，他才缓缓地抬起头。

"国庆！人都走完了，走吧！这人活着就是这样！没有过不去的坎！"车工车间的老郭不知道啥时候坐在了李国庆的身旁。

"你！老郭！你啥时候坐到这里来了，我都这样了！你怎么还敢坐在我的身旁啊？"李国庆抬起头看到了老郭。

"我身正不怕影子歪！今天活动结束，大家都开始散场了，我经过这里，看着你耷拉着脑袋在这里趴着，我就坐到你旁边了。走吧，看你心情不好，我请你喝几杯去吧！"老郭站起来拍了拍李国庆的肩膀。

"老郭！感谢你这么多年的关心，今天我遇到这事你还敢来，还要喊我喝酒，唉！这酒今天就不喝了吧！没有心情，再者我这自由散漫的一条，就是有人说我经常在大食堂吃喝呢！这节骨眼上，我还是省省吧！但还是感激你。"李国庆站立起来。

"中间那两位同志，礼堂要关门了！你们怎么还不走啊？"礼堂的工作人员喊道。

"走！走！我们就走！"老郭边答应边推着李国庆。

两人并排着走出了礼堂，走到了车工车间门口。

老郭说："那就酒不喝了，到咱们车间休息室去抽根烟顺顺气再走吧！"

两人进了车工车间的休息室随便找个椅子坐了下来，老郭抽出了两根香烟给李国庆递过来一根。

"早就提醒你小心了，这次谁举报的你，你知道吗？"老郭抽着烟。

"还真不知道，你知道吗？"李国庆疑惑地看着老郭。

"咱们车间的我就不嚼舌头了，你们车队你还是小心着吧！"老郭弹了弹烟灰。

"我们车队？你说那几个老司机？老王平时也对我很好，也不可能啊！难道……朱伟……"李国庆给老郭递了一支烟。

"我听说是，那小子人不太厚道，你多注意就是了！今天你又扣了一个月工资，紧张的话，给我说，我这还有些呢！"老郭看着李国庆。

李国庆说："事情都发生了，啥都不说了，我多注意就是了！你时不时给我周转，我都不好意思了！我需要跟你再说吧！"

"走吧！明天放假好好休息休息！啥事情都会过去的！"老郭将烟屁股扔到地上用脚踩了踩。

走到厂门口公告栏的位置，左面贴着一个红色的公告，右面贴着一个白色的公告。

李国庆看周边没有人，他走到白色的公告前看了看自己的名字苦笑了下说："这下出名了！唉！"

"别看了，快走，这有啥好看的！"老郭拉着李国庆出了厂门。

一天的假期很快就结束了，大家都开始正常上班了。

走到车队办公室，李国庆习惯性的擦拭了自己的办公桌，用搪瓷杯子倒了杯水坐了下来。

"李队！早啊！"朱伟笑着看看李国庆。

"早！早！你也早！"李国庆头也没抬地答应着。

一会儿，厂办公室的进来给他们送了一份厂里人事调整的红头文件。

"啥文件啊？小朱给咱们念念！"王大可抽着旱烟说。

"那我就念了！"朱伟试探着问。

"念吧！念吧！"王大可和李国庆同时说着。

"关于王福祥等同志违反计划生育的通报及岗位调整的通知……"朱伟在念到李国庆时故意抬高了嗓门。

"好了！好了！收下就行了，不读了！你看着把文件收好！"王大可阻止了朱伟继续念下去。

"好吧！但这里的岗位调整我得读一下吧！免去李国庆同志车队副队长职务，任命朱伟同志为车队副队长，李国庆同志接替朱伟同志车队文书相关工作……"朱伟扬了扬手里的文件。

"老李，这个文件现在该你保存了吧！"朱伟把文件拿到了李国庆跟前。

"你这犊子！怎么这样？"王大可突然停止了抽烟。

"应该的！我们应该严格执行组织的决定！队里文件从

今天起我归档！朱队，我准备下，下午咱俩就做个工作交接吧！"李国庆强忍着说，他这会好似才看清楚眼前这个年轻人的本质。

下班回到家，李国庆把近期发生的一切和今天朱伟的所作所为跟王灵秀说了一遍。

王灵秀说："还是你太老实了，不适合当领导，我倒是觉得还是你以前在车工车间啥都不是时，最好了！"

李国庆说："就是啊！这人心险恶啊！我平时对这小子也不错啊，谁知道他在我后面使这一手，我在这车队是待不下去了！车工车间我也没有脸再回去！要不咱们回老家吧！看能不能谋个啥差事。"

王灵秀说："能回老家也好啊！毕竟咱们那的人实在些，再者妈老一个人在老家，也挺可怜的！可这怎么回去啊？"

"爸！老家是不是有奶奶啊？我想奶奶！"小雪抱着李国庆的腿摇晃着说。

"这孩子！自打记事来就没有见过奶奶，怎么也这么说呢？看来我们真该回去了！"李国庆抱起了小雪。

"你平时上班，我时不时给这两个孩子讲些老家的故事，我说老家有奶奶，可能就记住了吧！"王灵秀笑着摸起了小雪的头。

"回老家！回老家！"小吉也喊了起来。

"好吧！我们回老家了！我们回老家！"李国庆抱着小雪转了一圈。

李国庆说："你们今天还真提醒了我，回老家也好，也许这次坏事里还有好事呢！我有个远房的二爷在密县革委会是个什么主任，他年轻时和爸的关系很好，我打听下，我试着给写封信，看能不能帮上我们。"

王灵秀说："好了，你试试吧。其实我也不想在这里待了，我们早点休息吧！"

"你们先睡，我想想给二爹这信怎么写。"李国庆转身找起了稿纸。

第二天上班一大早，李国庆就早早起床去县邮局，把给二爹写的信投到了邮筒里。

又曰：

江城子

今朝五一别样寒，忆峥嵘，时光逝。步履沉重，不知怎度日。只觉千钧压肩头，心沮丧，多悲泣。

千人会场满堂欢，自惆怅，无所依。声声入耳，惟不见往昔。人心叵测世事难，再回首，思故里。

一〇、我准备调回老家工作

喜讯传来心情爽，出入街巷笑开颜。
望眼欲穿赴故里，外出几日心璀璨。

最近上班李国庆自我调整了心情，见了熟悉的人总是主动打着招呼，他自己故作轻松，好似什么事情也没有发生一样。

今天下班刚走到保卫室门口，就有人叫住了李国庆，递给他一封没有拆开的信，他接过手里扫了一眼邮寄地址是"甘肃省密县革委会"，他赶紧将信塞到了口袋里，心想这一定是二爹回复过来的信。

刚回到家，李国庆就将信高高地扬起来说："他妈！看这是啥？"

"一封信啊！怎么了？好久没有看到有人给你写信了，谁写的信啊？"王灵秀拾掇着孩子们的衣服。

小雪也举着小手说："爸！信是啥？好玩吗？"

"这应该是二爹回过来的信，我这段时间就等这封信了！来，小雪，爸爸和你一起来读，看看信上写的什么。"李国庆一只手摸着小雪的头。

"爸！我也要读信！"李国庆招呼着小吉过来。

两个孩子过来一人抱着李国庆的一条大腿。

李国庆读道："国庆贤侄你好！你的信我已经收到，因最近工作比较忙，今天才给你回信。本以为你在达曲县过得很好，这两天收到你的信才知道你们一家六口在外漂泊也很艰辛，如果下定决心回来，家乡欢迎你加入到这里的革命队伍中来，我印象你是专业技术院校毕业，这专业技术人才咱们这里现在也很紧缺。看到信里说你在那面做过当地修造厂车工车间副主任和车队副队长，咱们县上也有农机修造厂，当然没有达曲县的规模大，前段时间那里的厂长还来县里给我们说他们现在紧缺技术性人才，催着跟我们要人呢！你如果愿意，我举荐你到这里去，应该没有什么问题。你再认真考虑，同时和家属好好商量下，如果真能拿定主意，那就给我回封信，我就去举荐你……"

"他爸！这二爹还真厉害啊！听这意思是可以回去啊！我们就能见到妈了！那你赶紧给二爹回信，小吉和小雪这会儿我看着。"王灵秀停下了手里的活。

"小雪、小吉快到妈这来，这有好玩的！让你爸给二爷爷抓紧时间回封信。"王灵秀晃动着手里的玩具。

李国庆拿出了稿纸和钢笔想了想，一会儿就写好了回信，折叠好装到了胸前的口袋里，扣上了口袋的纽扣，又用手摸了摸，这才放心地脱下了外套。

这封信邮寄出去后，李国庆觉得似乎看到了回老家工作的曙光，这段时间他工作得格外卖力，周边一些说三道四的人也很少看到李国庆沮丧的样子，也都似乎渐渐淡忘了李国庆受到厂里处分的事情。

这天，李国庆收到了一封来自密县革委会的电报，电报内容为："同意接收，速回。"

李国庆到车队后写了个请假条找王大可签字说："王队，我刚收到电报，家里有急事，需要请假一周回去一趟。"

王大可说："啥事？有没有什么困难？"说着就在部门负责人处签上了字。

"三天以上请假还要厂里刘副厂长签字，你再去找趟他吧！"王大可将请假条递给了李国庆。

"事情我回来再说吧！我先去找刘副厂长了！"李国庆一路小跑地出了门。

"这老李啥情况啊？"朱伟喝着水望着李国庆的背影。

"你小子，操好你自己的心吧！"王大可抽起了旱烟。

李国庆找刘副厂长顺利地签了字，把请假条送到厂办公室又返回了车队。

李国庆匆匆地收拾了下自己的物品就出了门。

回到家里李国庆抱着小雪和小吉在房子里转了一个圈说："他妈！我今天收到二爹的电报了，让我赶紧回去办理调动手续，我请了一周假，明儿我早早出门回趟老家，咱们就快要和妈团圆了，我的孩子们都能看见奶奶了！"

"小雪、小吉快下来，压坏你爸了。"王灵秀将两个孩子接到了地上。

第二天早上李国庆早早就出门了，现在不是旺季车票不紧张，很容易买到了车票，经过了两天半时间的颠簸，终于到了。

这次李国庆没有先回老家去看老人，他坐车直接到了密县县城。

好多年没有来县城了，尽还有些生疏，问了几个人方向，他才走到了密县革委会门口。

门口的门卫挡住了李国庆问："你找谁？"

李国庆说："我找李主任！"

门卫说："哪个李主任，叫啥名字？做什么？你先登记下吧！"

"李玉祥主任！我刚从达曲县过来，送份资料。"李国庆填写着登记表。

门卫左手拿话筒，右手在电话上摇了一圈："喂！李主任！我是门卫，门口有个叫李国庆的找您，让进来不？"

"哦！让他进来吧！"李玉祥在电话那头说。

"李国庆，你可以进去了！向前走第一排平房的第四间房子。"门卫用手指着前面。

"好的！谢谢！"李国庆提着印有"上海"字样的提包向门卫指着的方向走去。

走到门口，李国庆敲了敲门。

"进来！"李玉祥说。

李国庆推开门走了进去。

李玉祥抬起头推了推眼镜说："国庆啊！来，你先坐。媳妇、孩子还好吧？"

"二爹！都好！"李国庆走到办公桌前给李玉祥让了一根

香烟。

"你稍等，我这批个文件，马上就好，你先坐。"李玉祥接过香烟放在了桌子上。

"好的！不急！我等等！"李国庆在沙发上坐了下来。

这时，一名身着蓝色中山装的工作人员走了进来，他用一个白色带盖的瓷杯子给李国庆沏了一杯茶。

过了约摸一根烟的工夫。

李玉祥说："国庆啊！好多年没有见了！你妈都还好吧？我这忙，本该抽空去看看嫂子的！"

"二爹！我妈应该还好，我有两个孩子还小，也两年多没有回老家了！这次回来我直接就到县上了,老家还没有去呢！"李国庆望着李玉祥说。

"这样啊！那咱们先就说你工作的事情吧！咱们县上刚好也缺人，我把你举荐到了咱们县修造厂，我这就联系。"李玉祥就准备拨打电话。

"哎呀！我真是老糊涂了！忘了给你说了，咱们这修造厂在什字塬上，工作生活都要在那里，你这县城待习惯了，那里能行不？要不你和家里再商量下。"李玉祥又放下了电话。

"我还想着修造厂和达曲县一样，都在县城呢，主要是孩子都在县上上学习惯了，这在乡上适应……怕有些困难。"李国庆又过来给李玉祥递了一根烟。

"我想想，最近县上单位紧缺技术性人员，好几个单位都缺人呢！我主要想着这修造厂刚好和你这专业吻合。"李玉祥抽着烟。

"县上倒是有个单位，县公安局前段时间说缺个开车的师傅，你这当过车队的副队长，你有没有红本子啊？能不能开车？"李玉祥看着李国庆。

李国庆说："二爹！行呢！红本子我有，只要在县上，不要让您侄媳和孩子受委屈，干啥都行呢！"李国庆深情地望着李玉祥。

"但这开车好像又委屈你了，和你专业不相符，发展空间有限啊！这样吧，你先回老家去看看我老嫂子，我先联系下县公安局，你也再回家好好考虑下，明天过来找我。"李玉祥在烟灰缸里摁着烟把子。

李国庆慌忙起身从包里取出了一条黄芒果香烟和两瓶圣雄牌青稞酒说："二爹！那我先去看趟我妈，明天我再过来，这事就靠您多操心了，这是一点心意，你看放哪方便？"

"国庆，都是自己人，你这做什么？你要回老家，你带回去吧！"李玉祥站起来推辞着。

"二爹！你真不要客气了，我是晚辈，这是应该的，这么多年都没有来看看你，这次还要你多操心，我回老家，我妈不抽烟、不喝酒，也用不着。"李国庆说着将烟和酒放到了刚才坐的沙发上。

"那就这样吧！这些先放我这给你存着，等这次事情办妥，你调动回来上班了，你再到我这来取，回去代我向你妈问好！"李玉祥给李国庆递了一根烟。

"好的！二爹，你先忙。"李国庆提着提包出了门。

又曰：

贺新郎

仲夏仍觉冷，格桑花，迎风起舞，昼夜骤寒。牛羊遍野寻嫩枝，偶有几只孤单。乌云起、天色渐暗。山路崎岖何时返？风雨急、一程多蹉跎，月无光，归途难。

崇山峻岭路蜿蜒。柳暗花明亦璀璨，何人相伴？家书一封急催促，归心似箭往返。两日行、不觉孤单。旧地又来多变化，贵人相助言语简。望慈母，泪闪闪。

一一、这个秋天举家搬迁密县

梦回故里千百次，想象家人齐团聚。

成事皆须多努力，真情化雨洒一路。

李国庆出门直接向密县汽车站走去，到车站就坐上了去瓦峪的班车，约莫四十来分钟就下车了，步行一个小时走到马堎村马堎队。

又来到了熟悉的地坑庄子，李国庆下了坡，大门直接开着，他估计老人应该在家里，他向院子里面走了进去。

"妈！妈！你在吗？我回来了。"李国庆向主窑洞走了进去。

"哎呦！国庆啊！你这不声不响的可吓了我一跳！这不过节不过年的你怎么就回来了？"老人放下手里的活计，跳下炕穿上鞋走到了李国庆面前。

"我的儿啊！你可回来了！这两年多没有见你了，可想死你了。"老人捧着李国庆的脸看了半天。

"妈！我这不回来了吗！来，咱俩坐炕上说话！"李国庆放下了大提包，他将老太太扶到炕上一起并肩坐了下来。

母子俩你看着我，我看着你，东家长西家短地聊了起来。

"哎呦！我可真是老了，孩！你还没有吃饭吧！我给你做长面吃。"老人溜下了炕。

"妈！不急，我和你一起去吧！"李国庆搀扶着老人一起去了厨房的窑洞。

老人和着面，李国庆开始择起菜来。

两人配合着，不一会儿饭就熟了。

李国庆今天吃了五碗酸汤面，两碗干拌面。

"妈！今天的饭可真香，好久没有吃过这么多了！"李国庆喝着面汤。

"国庆，这次回来你待多久啊？啥时候走？"老人在灶台上洗着碗。

"妈！明早我就去县上，办完事情我就直接回达曲了，一切顺利有一两个月我就和灵秀、四个孩子都回来了，这次回县上再不走了！我们就能经常和你在一起了。"李国庆坐在厨房的门槛上。

第二天早上李国庆早早地起来，挨着打扫了一圈院内院外的卫生，进来洗完了脸，老太太的早餐已经做好了。

李国庆吃了两个荷包蛋，一个馒头和些咸菜，他急匆匆地就要走了。

老太太从屋里拿出来了四双孩子的布鞋和几双大人的鞋垫往李国庆的大提包装了起来。

"国庆！家里也没有啥让你带的，这是我给孩子做的几双鞋给你装上，黑色条绒的三双是小强、小勇、小吉的，这红色条绒的是给小雪的，这几双鞋垫是我给你和灵秀做的，你带上。"老太太往提包里塞着鞋和鞋垫。

"妈！就不带了吧！过不了多久我们就都回来了。"李国庆走了过来。

"拿上吧！带上我就放心了！你们还指不准啥时候回来

呢！再等，我给几个孩子做的鞋穿上怕就小了。"老太太拉上了大提包的拉链。

"好吧！听妈的！那我就走了，过不了多久我们就都回来了！我还给你弄了张三人沙发呢！到时候带回来你也享受下。"李国庆提着包就出门了。

李国庆赶密县革委会上班赶到了李玉祥的办公室。

李玉祥说："国庆！你来得还早啊！你妈和家里都好着吗？"

李国庆说："二爹！我妈好着呢！家里也都好！"

李玉祥说："你工作的事情昨天我又落实了，县公安局这个开车师傅的岗位还在，但也催得很紧，一个月内必须到岗。我已经安排了，你一会儿去县公安局，他们给你出了工作调动接收函，你带上回达曲县你们单位出个同意工作调出的函件，带着回来就可以办理这面的上岗手续了，我一会儿还有个会，就不留你了。你去那面找邓局长，就说是我推荐的，我昨天和他电话里都说好了。"

"二爹，那我就去办手续了。"李国庆给李玉祥递了一根香烟。

李国庆从县革委会对面的小坡上去就到县公安局了，刚好邓局长也在，邓局长很热情，安排办公室文书不一会儿就办理好了同意接收工作调动的函件交给了李国庆。

李国庆将函件折叠放到了衣服里面衬衣的口袋里，又找了个别针将衬衣口袋口别了起来，然后迅速向县汽车站走去。

经过两天一夜的颠簸，李国庆终于回到了达曲县。

回去的第二天早上，李国庆洗漱时，刮了好几遍胡子，又洗了头，抹了点王灵秀的雪花膏，换了一身干净衣服，将皮鞋擦得锃亮。

"他爸，你这是要去相亲啊！当年你和我见面也没有这么兴师动众啊！"王灵秀抱着小雪走了过来帮忙将李国庆的衣领整理了下。

"这比相亲还重要啊！咱们就要回老家了！"李国庆逗着小雪。

"去了和人家厂里好好的说，这就要走了，可千万不能再有啥岔子了。"王灵秀看着李国庆。

李国庆到厂里直接去了刘副厂长的办公室。

李国庆向刘副厂长说明了自己的来意，说着又往刘副厂长的抽屉里塞了一条密须牌香烟说："刘厂长感谢你多年的照顾，这是我们老家生产的香烟，我给你带了一条，这次调动时间紧张，就拜托你多操心了。"

刘副厂长说："上次给你也没帮上啥忙！这次要走，我支持你，回老家好好发展。调令我安排办公室抓紧办理，你的档案我想办法给你把这次厂内处理的事情压了，就不给你往档案装了，这事可给谁都不能说，你就到那面好好发展吧！"

"谢谢刘厂长！你说的我知道！那我就走了。"李国庆向车队走去。

到了车队，李国庆按照厂里的规定办了销假手续，还和往常一样的工作。

王大可和朱伟问起回老家的事情，李国庆说家里啥都好，就是老娘想自己了，没有啥大事，大家也都没有在意。

过了一周时间，办公室的工作人员来到了车队，带来了调令和李国庆的档案资料说："王队！李国庆的调令厂里已经盖章，档案也提过来了，你们安排他移交下相关工作，等工作交接结束，这些手续你们交给他就可以了，文书工作朱副队长先代理上，新的文书厂里会尽快安排的。"

"好的！知道了！谢谢！"王大可接过了这些材料。

王大可说："国庆恭喜啊！朱伟，那你就抓紧接交下国庆的工作和手续。"

朱伟说："老李！你这本事大啊！我一点风声都没有听到，你就要走了，我还真舍不得你啊！"

王大可说："别假惺惺的了，抓紧配合接交工作，少说废话。"

李国庆说："唉！我这没本事，只能回老家去了。"

两人交接了一个下午的工作。

又到下班时间了。

王大可说："朱伟！你先走吧！我和国庆说几句话。"

"走就走吧！还神秘兮兮的！"朱伟嘟囔着出了门。

王大可说："咱这地方太复杂了，你回去也好，好好发展！等我退休了，我过来看你，你可要接待啊。"

李国庆说："王队！你老哥一直对我这么照顾，以后一定要来，带着嫂子一起来，我陪你们好好玩玩。"

王大可说："这移交今天已经差不多了！你准备啥时候走，怎么走呢！搬家可是个大工程呢！"

李国庆说："咱们这里只要交接妥当，我家里收拾收拾，有一周时间也就差不多了，这么多东西到时候找厂里申请，看能不能用下咱们车队的车，不然这搬不回去啊！"

王大可说："那你就抓紧，明天你就回去收拾吧！有啥事我给你顶着，车的事，我凭我这张老脸给厂里也申请下，估计问题不大，到时候我亲自开车送你，给你搬家，今晚方便不，我请你吃个饭。"

李国庆说："谢谢王队！那我明天就不来厂里了！吃饭就免了吧，你这好我心里记着呢！等回到老家，我好好请你吃顿饭。"

"也好！免得闲话多！那你就赶紧回家吧！"王大可在鞋底上敲了敲烟锅头。

又等了一周多，李国庆家里该搬的东西也都收拾得差不多了，小强和小勇的转学手续也都办理好了，又打电话和密县公安局沟通了回来的时间和家属子女的宿舍问题。

这天，李国庆说："他妈！这都准备得差不多了，一会儿我去厂里看车啥时候可以安排上，根据安排的时间我去汽车站提前给你和小强、小勇把票订上，你们坐班车。我带小雪、小吉坐王队的车回来，我们走慢些，晚上找个店住一起，咱们也就一起回去了。"

"行呢！你安排，这我不懂。"王灵秀收拾着零碎。

李国庆下午去了厂里，向平时联系多的几个车间和同事打了个招呼，说自己最近就要调回老家工作了。最后去了车队。

王大可说厂里已经同意安排车队的车给李国庆搬家，也同意王大可开车送李国庆，具体时间安排到了后天。

李国庆出了厂门长长地舒了一口气，走了几步，又回头看了一眼，竟还有些恋恋不舍呢。随后，他去汽车站订购了三张去金州的汽车票。

回到家里，李国庆告诉了王灵秀后天的车票已经买上，厂里也安排了车后天早上早早过来装东西。

这天，天刚麻麻亮，王大可开车载着车队四个开车师傅和车工车间的老郭来到了李国庆门口。

邻居老申夫妇听到门口有动静，也匆忙起床出来帮忙。

人多力量大，一个小时的工夫他们就已经把所有的东西装上了车，用篷布将车厢包了个结实，李国庆看看表刚七点一刻。

"大伙都辛苦了，我给大家准备了些早餐，一起吃些。"

老申搬出了一个小方桌，端了一盆馒头和几碟小菜出来，给大家一人盛了一碗小米稀饭。

李国庆匆匆地吃了几口，帮着王灵秀收拾了下几个孩子。

李国庆对大伙说："你们几个慢慢吃，我抓紧时间把他妈和小强、小勇送到汽车站去，马上就回来。"

大伙说："你忙！你先忙去吧！我们一会儿也就上班去了。以后常联系，有空常回来看看。"

"好的！小雪、小吉你们和申伯伯待一会儿，爸送完你妈他们就过来。"李国庆说着将小雪、小吉拉到了老申跟前。

不一会儿，李国庆就回来了，帮忙的人们也都已经去上班。

"王队！那我们也走吧！"李国庆挨着将小雪和小吉抱上了解放车的驾驶室，自己也上了车。

"国庆！有空再回来看看，以后有空我和你嫂子去看你们。"老申依依不舍地拉着李国庆的手。

"好了！走了！"王大可打了声喇叭，解放车缓缓地驶出了修造厂家属区。

又曰：

望海潮

千里奔波，故土依旧，东风吹散思念。辗转蜿蜒，百花飘香，黄土塬上相见。慈母多惊诧，吾儿怎归来？泪水袭面。亲人至亲，叔伯耿直勤俭。

此程万事顺达，疾驰返达曲，思绪万千。人逢喜事，精神倍爽，哪管世人俗眼。往事皆流年。唯挚友依旧，荣辱相伴。临别时分，鼎力相助最思念。

第三章
飞来横祸
（1980~1981 年）

千里逐乡谱新章，始觉团圆情融融。

怎料世事多弄人，撒手人寰留苦衷。

一、初来乍到举步维艰

千里奔波心悲切，辛劳一程路蜿蜒。

万日思乡终落地，苦尽甘来几多难。

经过两天的奔波，黄昏时分这两拨人终于在凉城车站会合在了一起。他们随便吃了点饭，就在车站门口的招待所登记了两间屋子住下了。

第二天早上李国庆早早就起床了，他看到王大可起来得比他还早，正披着衣服坐在床边抽旱烟呢。

"国庆！还早着呢！你起来做啥啊？"王大可"吧嗒"着旱烟。

"你这不起来的比我还早吗！"李国庆穿着衣服。

"我这人老了，没瞌睡，这么多年早起习惯了。"王大可起身拉开了窗帘。

"王队！和你商量个事，我想着今早起来早些，我开车带孩子们和他妈一起去凉城老马家吃个羊肉泡，这是当地特色，也让他们尝一尝，完了我把他们放到路边等班车，我回来接你，咱俩再一起走。"李国庆开始洗起了脸。

"去吧！这一路也辛苦他妈和孩子们了！这老马家的羊肉泡确实不错。"王大可看着窗外。

李国庆随便洗了把脸，就过去叫王灵秀和孩子们了。

红舞鞋

约摸过了两个小时，李国庆气喘吁吁地领着小雪和小吉到了招待所，进了王大可住的屋子。

"国庆！你这是怎么了？带着两个孩子跑成这样？出啥事了吗？泡馍吃上了吧！"王大可抽着旱烟锅子。

"这不是怕你等得着急吗？吃过了。在路边我看着他们上了班车，我就带着这俩孩子赶过来了。走吧！一会儿还到老马家泡馍店，我给你尽个心。"李国庆气喘吁吁地说。

"不用了！我刚才在招待所门口吃了个豆腐脑和油饼。你和孩子们喝口水，休息会儿，咱们再走吧！不急，咱比班车走得快些。"王大可起身给李国庆的杯子里加了些热水，招呼俩孩子来喝点水。

王大可又抽了一锅旱烟，他们就转身出发了。

这一上车，才一会儿工夫小雪和小吉左边一个，右边一个，趴在李国庆的大腿上就睡着了。

这一路走着，王大可抽了一路的烟，李国庆和王大可你一句我一句地聊着。

中午一点左右他们走到了密县境内，这里山路蜿蜒盘旋，但两侧的山上都绿油油的，时不时传来知了的叫声。

王大可说："你们这山清水秀好地方，就是这路不大好走，估计冬天下大雪，没几个敢上路的。"

李国庆说："就是路不太好，这路都还是解放前勘探修的，冬天下了大雪很少有车行驶，这一路可辛苦你了。"

王大可说："咱们自己人，就别客气了。你媳妇和孩子们应该到了吧？"

李国庆说："他们比咱们早走将近两个小时，应该到了！这已经是午饭时间了，咱们先去我的老家，老娘在家里，我早上叮咛孩子他妈回去先收拾下屋子，给我们擀个老家的特色酸汤长面尝尝，完了咱们去县上。"

王大可说："那可太麻烦弟妹和老人了。"

李国庆说："没事！来我们密县一定要尝尝地道的手擀酸汤长面，不然枉来密县，我妈调的那汤可香得很呢。"

王大可说："前面三岔路口了，你把路看好。"

李国庆说："前面向左侧走，右侧一会儿返回时，我们再走，一直下去就是密县县城了。"

又走了二十来分钟，进了一条土路，不一会儿到一个空旷的场里，李国庆说："到了。"

李国庆和王大可卸下了车上的三人沙发，两人抬着往地坑庄子走去。

李国庆喊道："小雪、小吉把爸跟好了！咱们到老家了！"

进门后他们把三人沙发抬到了主窑洞，找了个合适的地方放了下来。

李国庆向王大可介绍了自己的母亲。

王大可拉着老人的手说："老姨，你儿子回来了！高兴吧！这还给你专门做了个沙发，你老可以好好享受了。"

老人好奇地围着沙发边摸边看边自言自语。

王大可没有见过窑洞，他挨着转了一圈。

王灵秀喊过来李国庆把屋里的方桌抬到了院子里，又拿了几把长条凳子。

李国庆说："王队，我们这农村条件就这样，窑洞里面采光不好，咱们就到院子里面吃饭吧！"

"挺好的，我这还是第一次近距离地接触窑洞呢！"王大可坐了下来。

王灵秀和李国庆忙着端出了准备好的饭菜，看着小强、小勇也坐了下来，小雪和小吉在院子里跑着玩了起来。

"王队！你先来，这是我们这的手擀酸汤长面，你先尝尝。"李国庆用一个木制的方盘端来了四碗面。

"不错，面很劲道，也入味！就是这每碗量有些少！"王大可一边咬断着面条，一边喝着汤。

"王队，这可就是你不了解我们这的习俗了！这面的分量一定要少，只有一筷子可以捞完才恰到好处，而且这面吃的时候要一口吸到嘴里，不可以咬断的。以前，如果在这里做客被主家的女主人看到，她就会在后面下面的时候把面全部扯断下到锅里。另外，我们这里的汤是用来入味的，不是喝的，你如果汤喝得多了，后面的面可就吃不下去了，这汤面吃了，后面还有干拌面呢！"李国庆伸手接过了王大可手里的汤，递过来了一碗酸汤面，往里面加了一些肉臊子。

"国庆！你们这面的讲究可真多啊！这肉臊子酸酸辣辣的味道也很好，一点点肉的腥味都没有。"王大可用筷子头挑着碗里的肉。

今天，王大可一共吃了五碗汤面，两碗干拌面，吃完点了一锅旱烟抽了起来。

李国庆、王灵秀照顾着几个孩子抓紧吃完了饭。

李国庆说："妈！我这次工作调动回来了，厂里车辆也很紧张，我这赶着要到县上去把单位分配的宿舍抓紧收拾下，把车上的物品搬进去，王队也要赶着回去呢！这几个孩子下去有些乱，不好收拾房子，我就先把他们留在老家，等这两天我们把房子收拾妥当我就来接孩了们。"

"国庆，你和灵秀就放心去吧！孩子我给你们看好。"老人收拾着桌子。

"小勇，小强！爸爸和妈妈要到县上去收拾咱们的新房子，你们俩把弟弟和妹妹看好，到时候就来接你们，好吗？"

李国庆拉着小勇和小强说。

"小勇，小强！我和爸爸要赶紧去县上，你们和弟弟妹妹玩会捉迷藏吧，我们明后天就来接你们了。"王灵秀过来抓着两个孩子的手。

说罢，四个孩子就开始在院子了玩起了捉迷藏。

老人拿出来一陶瓷罐子肉臊子说："国庆，我看你们这领导爱吃家里的肉臊子，你就把这给他带上吧！"

"好的！妈！你就不出来了，要不孩子们跟着出来又闹腾得不行了。"李国庆接过了老人手里递过来的陶瓷罐子。

王大可、李国庆、王灵秀三个上坡到了场里，看到场里围了好多老人和孩子，他们都很少见过汽车，围着一边转，一边唠叨着。

李国庆给围观的男人每人发了根烟，和妇女、孩子们开了几句玩笑，他们一行三人就上了车。

不一会儿就到了密县公安局门口，李国庆进去办了相关手续和一个工作人员走了出来。

工作人员说："宿舍就在局对面，我领着你们过去，让车跟着就可以。"

李国庆说："王队！就在对面，你跟着我们走。"

李国庆他们走到了一个看着有些破旧的两间房屋前。

工作人员拿出两把钥匙递给李国庆说："就是这里了，这房子以前是局里的临时小库房，这两天刚搬空，还没有来得及收拾，就辛苦你们了！先收拾住下，完了房子有啥问题检查下，到时候局里派人过来再修补。这房子后面的荒地你们收拾下可以种些菜啊什么的。用水的话，直接来局里的水龙头上提就可以了。"

王大可跳下了车看看说："这房子也太破了吧！和咱们厂

里比可是一个天上，一个地上了。"

李国庆说："能调回来不容易，有住的地方就不错了，还有两间屋呢！在厂里我们一家六口一直挤在一个房子里呢！刚听说这后面还有块菜地，我看看去。王队，要不我给你在招待所腾间房子休息休息，这地方要收拾完我看也就迟了！"

王大可说："我也没事，我来帮你们收拾收拾吧！"

三个人开始收拾起了这两间屋子，这屋子可真是好久没有人住了，玻璃好几处都是破的，墙上墙皮也开始脱落，屋顶上到处都是蜘蛛网、处处弥漫着一股发霉的味道。

三个人一直收拾到天渐渐黑下来，这两间房子看着也干净整齐了许多，有了点人气。

李国庆说："也迟了，我们先去吃饭吧！吃完饭把车上东西卸下来，今晚我们就都住县招待所吧！"

王大可说："坚持会儿，东西卸了咱们再去吃饭吧。"

李国庆说："也好！一趟收拾完，我们大食堂吃个饭，我陪你喝点解解乏。"

三个人用了一个多小时终于将车上的东西卸下来都搬到了屋里。

李国庆说："终于卸完了，今天可把王队累坏了！我们抓紧洗漱下。"

"我早就习惯了，本来就车夫出身！倒是你在这地方初来乍到的……慢慢来吧！"王大可在脸盆里洗起了手。

李国庆关了灯，锁上了两个屋子的门，他们就开着解放车向县招待所驶去。

又曰：

八六子

忙赶路，夜驻凉城，凄凄黑夜无眠。晨曦起身送妻儿，匆匆又返客栈，疾驰密县。

沿途风景如画，只是道路蜿蜒，行车逐显艰难。晚霞起、终归故里境内，绿树成荫，一马平川。碗碗长面如丝酸爽，频频寒暄赞叹。夜已深，驱车孤月单。

二、县公安局公开选拔提干

眉头眨眨喜讯到，飞花纷纷落屋檐。

色彩绚丽闹仲夏，舞动人生盼平安。

到了县招待所，他们停妥了车，登记了两间房子，就去了县上的大食堂一起吃了顿饭。

吃饭期间，李国庆要了一瓶当地产的密县大曲酒，三人吃着饭聊着天，一直到食堂要打烊，他们才离开大食堂去了县招待所。

这一夜，李国庆和王大可畅聊了一夜，从黄羊镇上学聊到第一天在达曲县报名上班，从小小技术员到车工车间副主任，从车队副队长到受到党内和厂规的处分，又一路落脚密县，不觉已经十多年的时光过去了，李国庆感叹，出去这么多年没有想到又回到原点了。

王大可也回忆到：自己从长春第一机械制造厂参加工作，

半途又改行学习汽车驾驶，后面支持大西北经济建设来到了达曲县农机修造厂工作，这时间可真快，一晃就大半辈子过去了，再有两年时间也就要退休了。

不觉公鸡已经开始打鸣。

李国庆说："王队，你今天还要起程返回，我打扰你一夜了，我过那面房间去，你抓紧时间眯会儿吧！一会儿我过来找你吃早饭。"

王大可说："也是，我这和你聊高兴了！咱这跑车的每次出门可一定得休息好啊！不然咱们手里的这铁老虎若给伺候不好，出大麻烦呢！你过去也好好地睡一觉，还要收拾房子呢！我也抓紧眯一会儿。"

李国庆拿上外套走出房间，轻轻地关上了房门。

约莫八点半了，李国庆听到王大可抽着早烟的咳嗽声，他估计王大可已经起床了。

李国庆走出房间，看到王大可的房间门开着，他走了进去喊了王大可一起去吃饭。

三人来到县上的大食堂每人要了一份羊肉泡馍。

李国庆说："我们这小县城也没有啥吃的，早上好些的也就只有这羊肉泡了，您对我这几年一直很照顾，真的很感谢。这次还这么远的专程送我回来，这情不知道啥时候才能还，您到时候出差若还能路过，一定过来我们好好叙叙旧，等我这里啥都安排妥当了，我一定专程到达曲县来看望您。"

吃罢早饭后三人依依不舍的告别，王大可独自驾车返回了。这一别不知道什么时候还能再见。

第二天一大早，李国庆就带着调令去家属区对面的县公安局办公室报到了。一切顺利。

办完调动手续后，工作人员说："老李啊，你这早年的农校高才生，这次调来我们这里开面包车，可真是大材小用，委屈你了！不过你也来得巧，局里前段时间刚发了针对局内部系统的公开选拔提干文件，要求高中以上学历，十年以上工作经验，入党五年以上，就可以报名参与选拔，我看你档案条件不错，人也老实，我给你份文件你回去仔细看看，可能会对你有帮助。"

正说着，工作人员给李国庆递过来一份局里公开选拔干部的红头文件。

"谢谢！谢谢！咱老家还是好人多啊！我这报到第一天就遇到您这大贵人，我一定好好工作，我回去好好学习文件。"李国庆接过文件，一边道谢，一边给工作人员鞠着躬。

又曰：

满庭芳

夏风和畅，汗湿衣襟，家什物件到位。又至黄昏，三人已觉累。寻至小城就餐，半斤酒，八两肉肥。无醉意、入住客栈，正是烟雨霏。

不舍，月光明，老友畅谈，整夜未寐。只叹光阴逝，事无尽美。此别相聚无期泪。鸡打鸣、彩霞纷飞。终离别、天佑善者，枯枝绽寒梅。

三、小雪、小吉怎么办

出得达曲首战衰，师者百般多刁难。

不知所措心沮丧，利害得失孤身单。

不觉一周时间过去了，李国庆他们的住房和周边院子也都基本上收拾妥当，李国庆也进入了工作状态。

公安局的这辆面包车也是今年行署刚奖励来的新车，还没有怎么开过，这几天李国庆每天都早早的来把面包车擦得锃亮锃亮的，里边的各项操作也都熟悉了，最近局里安排跑了几趟乡镇检查工作，李国庆也还驾驶得得心应手，局里的领导们也都很满意。

这天下班后，回到家里李国庆和王灵秀开始讨论四个孩子的问题。

"灵秀，我这工作也基本上适应了，这车我也开得顺，领导们对我的这手艺也挺认可的。咱这几个孩子是不是该赶紧给办理上学手续和幼儿园手续，这孩子上学是大事，这可不能耽搁！"

"他爸你说的也是，家里这两天我也收拾得差不多了！我听隔壁说咱们这县里只有一个幼儿园，离单位这儿也不远，小学我听说倒是有两个，东边一所，西边一所，咱们这离东边的那个东关小学近点。但我听说每年幼儿园和小学指标都有限，挺紧张的，咱们这又是从外面刚回来人生地不熟的，而且又都是半路的插班生，怕是有难度吧！要不你再去找找革委会的那个二爹吧！"

李国庆靠在沙发上点燃了一根烟说："这次工作调动，咱这二爹可是帮了大忙了，公安局这面工作岗位和待遇也还不错。咱不能每次都麻烦人家啊！最近一切都安排妥当了，我寻思买点东西咱俩一起去二爹家里一趟，看看人家，把人家好好感谢一下！两个孩子上学的事情，明天上班我给领导请上半天假，我把这个幼儿园和那两个学校都去一趟，看看能不能正常办理再说吧！要不，每次都麻烦二爹，我都觉得不好意思了。"

王灵秀一边挑着毛衣一边说："我也没有念过几天书，见的世面也少，这外面的事和孩子上学的事情，就得你多操心了。你也说得对，二爹给咱帮了这么大的忙，咱们都还没有去感谢人家呢！就按你说的，明天你还是亲自去跑一趟吧！能正常办理最好，若不能办理的话咱再想办法吧！小勇和小强这就要上学了，小雪和小吉可怎么办啊！我还想着几个孩子花费都挺大的，安顿下来了，我到外面找个活干，也好贴补家用，不然你也太辛苦了。"

"你给咱们生下这几个娃就都已经功不可没了，还给李家生了三个带把的，我感激你都来不及呢！小雪和小吉这几天我也琢磨呢！这周末我跟领导请示下，看方便的话开车到塬上去把几个孩子们都接下来，把县上的环境都熟悉下。这几个娃都回来你能看住不？我白天上班经常不在家。"

"你这说的，在那面这几个娃你上班可都是我带着呢！小勇、小强都大了自己玩就是了，也就是操心个小雪和小吉，怎么还能看不住呢？都是自家的娃哪有看不住的。"

第二天，天刚刚亮，外面的公鸡也开始打鸣，李国庆和王灵秀都早早地起了床。

两人你看着我，我看着你同时说了句："今儿还早呢！怎么就起床了？"

"整晚想着孩子的事睡不着啊！这不想着早点起来单位去一趟，请个假，赶紧把这几个学校的事情去看看。"

"我也是，不管咋说，孩子上学总是最大的事情，我也一晚上没有睡着。你再躺会儿，我下去生火给咱俩做个早餐。"

"我也睡不着了，都起吧！你做早餐，我到屋后的菜地看看去，我昨天回来买了些白菜和萝卜籽，我去松松地，种上看能出来不。"

王灵秀穿上衣服洗了把脸，去生火做饭了，李国庆穿上衣服拿上菜籽直接去了后院。

约莫半个小时过去了。

"他爸，饭熟了！"王灵秀朝着后窗户喊。

"好，来了！"李国庆答应道。

两人匆匆吃过早餐，李国庆去了单位，王灵秀开始操持屋子里的家务。

李国庆到单位径直走向车库，把车库门打开将车开了出来。然后拿上水桶去局里的水龙头打了一桶水，开始了每天的第一件工作。车终于洗干净了，李国庆来到局里办公室请了半天假。

李国庆先去了县幼儿园，又去了县上的东关小学、西关小学。这次去似乎几个学校都不怎么顺利，都是要么没人，要么推托领导或者负责人不在，好容易找到一个管事的又说，你们这属于插班生，不像新生入学，不好办，得有指标才可以，但关键是现在都是一级一级升上来的，基本上都没有指标。

眼看已经到中午时分了，李国庆垂头丧气地回到了家。

李国庆外套搭在了肩膀上走进门喊道："我回来了！"

"他爸！快坐，来喝杯凉开水，今天孩子们上学的事情还顺利吧？"王灵秀给李国庆递过来装有凉开水的一个白搪瓷杯子。

"不说了，这县上的事情不好办啊！我挨着跑了一圈，要么找不到人，好不容易找到都说咱们这是插班生不好办。"李国庆喝了口凉开水。

"这不咱也料到了吗？先吃饭吧！这样的话我看咱们还是得找趟二爹去，这孩子上学可不能等啊！"

"也是，我再想想，不行就今天下午下班，咱俩去找找二爹，一来感谢人家这次工作调动对我的照顾，二来再麻烦下人家看孩子们上学的事情能不能协调。"

当天下午下班李国庆去供销社找人买了两条钟楼牌香烟就回家了。

回到家两人匆匆地吃了饭，就朝二爹家的方向走去。

好在不远，不到五分钟就到门口了。

李国庆刚准备敲门。

"他爸！你就只买了两条烟吗？再买点水果吧，要不这多难看！"王灵秀拉了拉李国庆的袖子。

"哪里有卖水果的？"

"你看！这坡下面就有好几个水果摊子呢！"王灵秀指着坡下面。

两人顺着坡走到了水果摊前买了一个二十多斤的西瓜，李国庆拎着西瓜，王灵秀拿着烟两人又来到了二爹家门口。

李国庆敲了敲门，有人来开了门。

来开门的是二婶。

"哎呀！是国庆啊！你们来就来了，咱们都是自己人，还拿的这啥呀！"二婶边说边笑眯眯地接过了两人手里的东西。

"他二爹，你侄儿和侄媳来看你了。"

李国庆和王灵秀走进了屋子，看到二爹正靠在沙发上看报纸。

"是国庆、灵秀啊！快坐！他二婶快来给孩子们把茶泡上。"二爹缓缓地放下了手中的报纸。

二婶端来了两杯茶，放在了茶几上。

这四个人你一句、我一句地拉起了家常。

说了许久，李国庆看看表已经九点多了。

"你们安顿下就好，工作生活上还有什么困难，就直接说，都是自己家里的事。"二爹摇着扇子说。

李国庆便把孩子们上学自己如何衔接，又没有结果的过程重复了一遍。

"原来是孙子们上学的事情啊！这个简单，我明天给县教育局罗局长打电话请他安排一下，你明天下去找他就说是我让你过来的。还有什么困难就都说出来，不要客气。"二爹望着李国庆。

"没有了！没有了！谢谢二爹！时间不早了，我们也就走了！"李国庆和王灵秀起身拉着二爹的手。

"也好！你们就早些回吧！你们这有啥事就早说，我年底就要退休了！"

"好的！谢谢二爹、二婶！"李国庆边走边说。

二爹和二婶将李国庆和王灵秀送到了门口。

又曰：

浣溪沙

初落密县人情疏，孩童入学多愁煞，辗转反侧不能眠。

偶有想起叔伯情，黄昏造访愁绪落，此恩驻心几十年。

四、我想去沿海城市看看

百花齐放夏意浓，事事顺心笑开颜。

大风起兮贵人挡，吉象环绕罩百难。

第二天下午刚上班，李国庆去办公室说去趟隔壁的教育局协调下孩子们上学的事情，办公室领导很爽快地答应了。

不到五分钟，李国庆就到了县教育局，找人打听后来到了罗局长的办公室门口。

李国庆看看门牌号是106，上面没有挂"局长"字样的牌子，他怯生生地敲了敲门。

"进来，门开着。"里面传来了罗局长生硬的声音。

李国庆轻轻推开门走了进去。

"你是谁啊？找我吗？"罗局长用右手向上扶了扶眼镜。

"罗局长好！我是李国庆，因为孩子上学的事情，革委会李主任让我过来找您！"李国庆凑过去给罗局长递上了一根香烟。

"你就是李国庆啊！这件事情李主任上午给我说了，我已经给县幼儿园的蒋园长和东关小学的朱校长都交代过了！李主任安排的事情不办也得办，你把孩子们的信息给我在这个纸上留一下，到时候你赶开学报名带孩子们去直接报名就好了！"罗局长又给李国庆回递了一根烟。

"来！坐会儿！我给你倒杯水。"罗局长起身就要去找杯子。

"不了，不了，看您还忙！感谢您给我解决孩子的事情，我就先走了。谢谢！"李国庆站了起来。

"也好！你赶报名去县幼儿园和东关小学就可以了，有啥事以后直接来找我就好。以后见着李主任代我问好。"罗局长起身笑眯眯地送李国庆出了门。

李国庆出门向着单位的方向走去，心想：这地方上可和以前的厂里不一样啊！以后工作、生活可得多长点心眼！这次孩子们上学可是多亏了二爹，这还是俗话讲得好，"朝里有人好办事"。

好不容易到了周末。

周六上午吃过早饭，李国庆开着车拉着王灵秀就回老家去了。

约莫一个小时，他们就到了，车停在了老家碾麦子的场里。

两人提着大包、小包吃的和用的下了土坡，来到了老家的院子里。

四个孩子正在院子里面面玩，看到大门里有人进来，便一起围了过去。

"爸！妈！爸妈！爸！妈！爸妈！"小勇、小强、小雪、小吉一个个地围过来喊着。

小强和小勇各接过来了李国庆和王灵秀手里的一个网兜。

"爸！妈！我也要一个网兜。"小雪和小吉跑过来喊着。

"你俩还小提不动，我们提进去，里面有好吃的，打开你们吃好吧！"王灵秀腾出一只手拉着小吉，李国庆也腾出一只手拉着小雪往里面走。

"好的！有好吃的了！"小吉和小雪不由自主地将小手放

到嘴里吧唧起来。

"国庆、灵秀你们回来了！"李国庆的母亲听到院子里有人，从厨房里走到了院子。

"妈！妈！我们回来了！"

"走，咱们到里面坐！"老人拉着王灵秀的手向主窑洞里走去。

"你们可回来了，孩子们这几天老喊着找你俩呢！天天跑到门口的场上看汽车！还没有吃饭吧？我去给你们擀长面吃。"老人拉着她进门在炕头上坐了下来。

"妈！不急，咱们说说话！时间还早呢！"王灵秀望着老人，拉着老人的手。

这时，小吉已经把几个网兜里的吃的翻了个遍，嘴里嚼着麻花，手里提着油糕满地跑，就是不给哥哥和姐姐们分享。

"小吉！你要有礼貌，赶紧给哥哥和姐姐也分些，你们大家一起吃。"李国庆夺过了小吉手里的袋子，给小强、小勇、小雪各分了一些吃的。

"灵秀，你们休息会儿，我去做饭吧！几个孩子也没有吃呢！"老人从炕头上下来。

"妈！你最近看这几个孙子也辛苦了，我去做饭，你休息会儿吧！"王灵秀也从炕上蹿了下来。

"我熬不过你们，灵秀那就咱俩去做饭吧！国庆你陪孩子玩，把这几个孩子看好。"老人拉着王灵秀出门向厨房的窑洞走去。

小强、小勇、小吉在院子里追着玩了起来。

小雪过来依偎在了李国庆的怀里。

"爸！你最近去哪里了啊？这么久也没有来看我们，我可想你了！你给我讲个故事好吗？"小雪望着李国庆的脸，用手拉扯着李国庆的衣领。

"爸也想你们啊！这段时间我和你妈去县上收拾咱们的新家了，这刚收拾好，我们今天就来接你们几个了！好了，爸给你讲故事，从前有座山，山上有……"

"小强、小雪饭熟了，快喊你爸过来，大家一起吃饭了。"王灵秀朝着门外喊着。

"小雪，你奶的饭熟了，咱们赶紧去吃饭，吃过饭我们就带你和哥哥、弟弟回家了。"李国庆托着小雪出了屋门。

吃饭的时候几个孩子又开始打闹了。

"你看我这几个孩子多乖，一个个都虎头虎脑的，今儿都多吃些，吃过饭你爸、你妈就要接你们去县上的新家了。"老人一边说话一边给小吉的碗里夹了一块凉拌猪头肉。

"妈，你也吃，我来照顾他们。"王灵秀又给老人的碗里夹了一块凉拌猪头肉。

不一会儿饭吃完了，王灵秀帮老人收拾厨房。

"妈，我们就要走了，你照顾好自己，现在我回县上了，离你也近，我随时都会来看你的，我们，你就不操心了。"李国庆说着给老人塞过来5元钱。

"我好着呢！你们走吧！你们也紧张，不要给我钱，我啥都有呢！"老人硬推着不要李国庆塞过来的钱。

"妈，我们平时不在，你就收下吧！平时你想吃啥让隔壁的家门上集市上给你买，我们有空就来看你。"王灵秀过来从李国庆手里拿过5元钱硬塞到了老人的手里。

李国庆和王灵秀拉着老人的手往坡上走去，几个孩子嬉闹着也走了上来。

又出现了熟悉的一幕。

汽车启动了，车里的人向老人挥着手。

老人依然站在原地注视着远去的汽车，时不时地挥着手，老人的眼睛渐渐湿润，眼眶里噙满不舍的泪水。

到县公安局家属院了。

几个孩子玩得不亦乐乎，这个屋里进去看看，那个床上上去蹦跶。

"小强、小勇、小吉，你们几个安静些，看妹妹都这么乖，你们怎么就这么不听话呢！再别跳了，看把床跳坏了，晚上可就没有办法睡觉了！"王灵秀倒拿着一个扫把走了过来。

几个孩子看到，一溜烟地跑到了李国庆的身后。

孩子们玩了一会儿，几个都感觉累了。

"爸，我想睡觉了！"小雪过来拉着李国庆的手。

"爸，我也想睡觉了！"小强、小勇、小吉也争着说。

"好的，爸带你们去睡觉，小强你睡上铺，小勇你还是睡下铺，小雪、小吉你俩睡爸的床上。"李国庆把小雪抱到了床边。

不一会儿，几个孩子就进入了梦乡。

李国庆和王灵秀收拾着几个孩子的衣服穿戴和杂物。

"孩子们总算来到我们身边了，上学的事也有着落了，你就安心上班，我把家里操持好，几个孩子有我，你就给咱安心上班吧！"王灵秀正叠着孩子们的衣服。

"就是，总算可以安心一阵子了！我还正有件事情和你商量呢！"

"啥事？"

"我以前有个同学叫罗军，你还记得吗？"

"记得，就那个不学好的，前些年因为偷盗不是被判了几年吗？"

"就是，人家现在可发达了，牢里出来后，前年底去了南方做生意，才一年多时间，回来抽着哈德门，穿着西装打着领带，听说一年就挣一万多呢，等于我十几二十年的工资呢！"

"你怎么知道的？"

"前几天来我们单位不知办什么事情，我碰到了，聊了聊，我看他和我们局长关系也熟得很啊！人家听我说刚回来，领着一大家子，说是念着上学时我对他的关照，他想帮我，让我考虑下，可以的话过段时间他过那边去把我带上一起发财。"

"这你可不能去，以前咱们厂长的儿子去南方被人骗了你忘了吗？这主意你赶紧打消了，你现在工作还算稳定，孩子还这么小，你走了我和孩子还有老人可怎么办啊？你好好的，咱们一家子在一起多好啊！"

"我也就是这么说说，我不去就是了！"李国庆深吸了一口烟。

又曰：

忆少年

无限希望，无尽期盼，无处行舟。贵人又相助，解几多忧愁。

老屋花开依吉祥，全家聚，故地重游。又闻罗兄迹，欲随登琼楼。

五、我要提干了

旧书明月伴流年，雨林芭蕉愈娇滴。

重山重水载万情，逢友小酌几痴迷。

暑假很快就结束了，又到了孩子们上学报名的时候。

小强和小勇因为有县教育局罗局长提前安排，上学报名时非常顺利，小强在县东关小学三年级报上了名，朱校长很是照顾，小勇也上了县幼儿园的大班，蒋园长也很是客气。

小雪和小吉因为是下半年出生的，年龄差一点，这学期还上不了幼儿园，只能等到明年再报名了。

李国庆在单位人缘也很不错，因为经常开车跟随领导下基层检查工作，各项工作干得也是得心应手。

王灵秀依然是专职家庭主妇，每天照料着四个孩子和整个家庭。

屋后的菜地也被她打理得秋意盎然，菜园里的西红柿、黄瓜、辣椒、茄子一应俱全，硕果累累。

这天下午还没有下班，李国庆就回到了家里。

"他妈！渴死了，快给我倒杯水，我回来给你说一下，我下班有点事情，就不回家吃饭了，你把几个孩子照顾好，我忙完就回来。"李国庆大汗淋漓的进了屋。

"你怎么满头大汗啊？快喝杯凉开水。"王灵秀递过来一个白色印有毛主席语录的大搪瓷缸子。

"这地方的秋老虎可真是厉害啊！比咱们草原上都热。"李国庆端起大搪瓷缸子"咕咚咚"地喝下了大半杯。

"这下可舒服了，我单位还有事，我先走了！晚上忙完我就回来了，孩子们就靠你了。"李国庆急匆匆的出了门。

"早点回来啊！"王灵秀喊着。

今天罗军回灵台了，上午来公安局办事又碰到了李国庆，他约李国庆下班一起去县大食堂吃饭、喝酒，说是有好事情和李国庆商量。

下班后，李国庆稍微收拾了下自己，就径直向大食堂方向走去。

到了大食堂门口，李国庆四处张望。

"国庆、国庆！这里呢！"大食堂西北角的一个穿着白色半袖、打着红色领带的男子向李国庆招手。

李国庆向着罗军坐的方向走了过去。

"老同学，快坐，看看菜单，想吃点啥？今天我再没有约别人，就咱俩好好喝场酒，聊聊天。"罗军站起来招呼李国庆，两人握了个手。

"不客气，随便，啥都行，你看着点就是了。"李国庆掏出了一根大前门香烟递给罗军。

"老同学！今天抽我的吧！"罗军给李国庆递过来一根红塔山香烟。

"那我就不客气了，今天抽个好的，这个很贵啊！"李国庆将自己的大前门香烟放回了烟盒，接过了罗军递过来的红塔山香烟。

"真不点菜啊，那我就随便安排了！老王，给我们俩看着配几个菜！"罗军朝着厨房喊着。

"好咧！还是老规矩？"老王应声道。

"可以，做好些，我和我哥今晚喝两杯。"罗军搂着李国庆的肩膀抽着烟。

"今晚咱俩可好好喝一场，不许不喝，不醉不归！"说着从桌下拿上来了来了两瓶陇南春酒。

"老同学发达了，好好喝 场，我也不客气了。"李国庆拍拍罗军的肩膀。

不一会儿，四荤两素几个菜端了上来。

罗军打开了白酒，要了一个盘子倒了三杯酒，两人你一杯，我一杯地喝了起来。

"老同学，要不给你先来晚炒面垫垫？"罗军端起端起酒杯笑嘻嘻地看着李国庆。

"你看不起人啊！就为喝你的好酒，你让我吃饱，怎么喝得下去呢！"李国庆脸已经又些微红。

"好，一醉方休，来，碰一个。"罗军和李国庆碰了一杯酒。

眼看着一瓶酒已经喝完，罗军又打开了第二瓶陇南春白酒。

"老同学，咱俩都多少年关系了，这次我回来，知道你也刚调回县上，养活几个娃和嫂子压力也很大，我这两年在南方和咱们内地做点小电器生意还不错。但一直是我一个人，最近生意比较忙，两头跑顾不过来，我想请哥哥出来咱们一起干，如何？"罗军又和李国庆碰了一杯酒。

"兄弟！你可高抬我了，我啥能力都没有，我帮不上啥。来，感谢还记得哥哥，咱们碰一个。"两人又碰了一杯酒。

"哥，你就说帮不帮我？我不会让你白帮的，你现在一个月工资多少？"罗军说话舌头已经有点大了。

"没多少，也就三四十元吧！"李国庆的脸也越发红了起来。

"哥！只要你愿意帮我，其实事情也简单，就是到南方常驻，帮我看着发发货物就好，进货和销售我都联系好了。我给你每月支付工资 500 元，年底咱们再分红，如何？"罗军搂着李国庆又碰了一杯酒。

"好兄弟！承蒙你看得起我，你这一个月就是我一年多的工资啊！我回去和你嫂子好好商量下！今晚咱俩先喝酒。"李国庆又举起了杯子。

"好，干了！今晚咱俩只喝酒，我等你消息。"罗军给两人斟起了酒。

两人都已经有些微醺，开始划起了拳。

不觉第二瓶白酒已经见底。

两人都空举着杯子，话也是越来越多。

"罗老板，不早了，我们要下班了！你们看再加点啥？"大食堂老王走了过来。

"不要了，不要了，你也来喝两杯。"两人一起寒暄着。

"不喝了，我身体不好，现在不能喝酒了。"老王给两人各发了一根烟。

"老王喝些嘛，我再开一瓶白酒。"罗军从桌子下面又拿上来一瓶白酒要扭开瓶盖。

"兄弟，我也喝不了了！老王不能喝就算了！老王，来把账算了。"李国庆伸手挡住了罗军拧瓶盖的手。

"老王，账算我的，我来！"说着罗军抽出20元钱给老王。

"不用找了！"罗军将钱塞到了老王手里。

老王客气了下，也就收下了罗军的钞票。

"兄弟！我也实在喝不了了，咱们走吧！"李国庆站了起来。

"好！你就走吧！老王给我一个网兜！"罗军从桌下又拿上来了两瓶白酒和一条红塔山香烟。

"老哥，这酒没有喝完你提回去，这烟是我给你专门准备的。"罗军将酒烟装到一个网兜里递给了李国庆。

李国庆推辞了半天，也拗不过，就欣然接受了。

两人一摇一晃地朝着县招待所方向走去。

不一会儿就到县招待所了，两人站在门口又寒暄了一会儿，罗军进了县招待所，李国庆提着东西回了家。

第二天早上起来，王灵秀开始张罗一大家子的早饭。

"你昨晚和谁喝酒去了，回来醉醺醺的，小雪都睡着了，你还要闹着玩，挡都挡不住，那些东西从哪里拿回来的？"王灵秀锅里煮着荷包蛋。

"罗军回来了，昨晚叫一起吃饭，东西他给的，还叫我去南方呢，说每月给我500块工资呢！"李国庆给小雪穿着衣服。

"爸！我想你，你不能去！"小雪搂着李国庆的脖子。

"他爸，咱们刚安定下，你可不要动什么歪心思，孩子还这么小，还有老人呢，我可照顾不过来，东西你给人家退回去吧！"王灵秀正切着黄瓜。

"小雪！爸不去，爸舍不得我的小雪啊！"李国庆抱着小雪在空中转了一圈。

"爸！说话要算数，拉钩！"小雪伸出手和李国庆拉钩。

"不去，不去，爸说话一定算数。"李国庆看着小雪笑了笑，顶了顶孩子的头。

"她妈，你放心！有你和孩子们我还舍不得呢，不去了！这东西不好退，都是老同学，人家肯定不要，就难看了，这几天抽空我请他来咱们家里吃顿饭、喝个酒，把这个人情给还了。"李国庆抱着小雪下了床。

一家人匆忙地吃了早饭，李国庆领着小强、小勇一起出门去上学。

送完孩子们，李国庆来到单位又开始擦车。

"老李，好事来了，赶紧到办公室来一趟。"局里的文员对着李国庆喊。

"好的。来了！"李国庆擦擦手，放下了手里的擦车毛巾。

"王文书，啥事啊？"李国庆走进了局办公室。

"老李，你过来看看，局里这次公开选拔提干报了10个人，最终定1个人，初步筛选留了3个人，中间就有你，最近进行再次政审考察，你可做好准备啊！以后提干了，可多关照我啊！"王文书拿出一份文件摊在了办公桌上用手指着。

"哪里啊！我还得感谢你对我的照顾呢！"李国庆凑到王文书跟前睁大眼睛看了看文件内容。

又曰：

洞仙歌

学子归巢，小城热风疾。彩蝶亦被花香迷。雨露足，后院果蔬茂盛，雁成行，对对行千里。

日暮遇发小，相约小酌，匆忙赴宴论高低。几杯绿蚁话语多，两颊微红，欲携手共谋其事。翌日酒醒好事连连，心情多澎湃，好似红日。

六、舍不得的 5 元钱补助

一心向善蜿蜒行，锤平当年桀骜性。
定当努力谋幸福，音色洪亮千里行。

转眼间又到了十月份，街上的水果也比平时多了许多，但这里的天气依旧还是那么炎热，白天最高温度有时候会达到将近四十度。

这天中午上班，李国庆先去车库检查清洗了车辆，来到办公室喝着水，摇着扇子和办公室的几个工作人员聊天。

王文书接了一个电话，急匆匆地就出去了。

一会儿，王文书回来了，手里拿着一份文件。

"老李啊！这回你可真提干了，刚才邓局给我安排工作说，目前局里这个指标初步确定的是你啊！他要和你谈个话，你这会儿收拾下抓紧到邓局长那里去一趟。"

"好的！我这就去。"李国庆放下了扇子，出门拍了拍身上的土，整理了下自己的着装向邓局长的办公室走去。

出门拐弯就到了门口。

"咚咚咚"，李国庆怯生生地敲了敲邓局长的门。

"进！"李国庆推门走了进去。

"小李啊！坐！"李国庆上前给邓局长递了一根香烟。

"邓局！你找我？"李国庆在沙发上坐了下来。

"对！关于局里公开提干的事情，目前名额确定的是你，我和你谈个话，你把你的工作经历给我简单地说说吧！"邓局长右手夹着香烟说。

"好的！我是……"李国庆把自己从上黄羊镇农校开始到参加工作及在达曲县的工作简历挨着复述了一遍，但他刻意地把达曲县农机厂给他处分的这一段隐瞒了，只字未提。

"哦！高才生啊！不错！那你为什么要调回这里呢？"邓局长疑惑地看着李国庆。

"还是家里的原因，我们家就我一个儿子，还有两个姐姐都出嫁到外地了，现在老家就我老母亲一个人，年龄也大了，身边没有人照顾。再者，我媳妇也是咱们当地人，外面待的久了，总觉得还是家乡好，这就想着调回来了。"李国庆抬头望着邓局长。

"不错，还是个孝子啊！其实咱们县上也挺好的，好好干，这次提干了一定要更加努力。"邓局长抿了一口茶。

"好的，我一定努力好好干！"李国庆不断地点着头。

"小李啊！但现在有这么个情况：局里本来就缺面包车司

机，这好不容易才把你要来，可这次你又要提干了，这面包车又没有人开了，这也是个头痛事。还有，咱们这你也算是个高才生，可是没有公安系统基层工作经验，提干后需要下基层锻炼，要到基层派出所熟悉下工作流程，积累工作经验。"邓局长无奈地看着李国庆。

"邓局，谢谢局里的器重和关心！局里司机到位以前，车我可以继续开着，啥时候司机到位我再调整也可以，我完全服从局里的安排。"李国庆很郑重地说。

"小李！好同志！那就委屈你了，司机你给咱们暂时先兼着，新的司机到位后我们立马就调整你的岗位。不过，最近到处专业人员都紧缺，这最快估计也到过完老历年了！没有啥问题吧？"邓局长微笑着。

"没问题，一点问题也没有！我完全服从组织的调配。"李国庆很认真地说。

"那就好，这段时间就辛苦你了！局里我们会上也研究了，你继续兼职司机没有问题的话，从下个月开始每月给你5块钱补助。"邓局长站起来给李国庆扔过去了一根香烟。

李国庆立马站起来，凑过去给邓局长点燃了香烟。

"感谢领导！谢谢领导！我一定服从安排，好好干。"李国庆不断地鞠着躬。

"好吧，你同意就好！就这么定了，你去忙你的吧！"邓局长摆着手。

"好的，邓局长我就走了！"李国庆向外走去。

"好！"邓局长又摆摆手。

李国庆出门高兴得跳了起来。

他压抑不住高兴的心情，嘴里哼着小曲直奔车库，打开车库门，把面包车里里外外又擦了一遍。

下班后，李国庆接上小勇回到了家。

"灵秀，给你说个好消息！今天局里找我谈话了，我提干的事情确定了，但局里的面包车目前没有司机，我暂时再兼职一段时间，等新司机来了，我就去新的工作岗位，可能要下基层派出所锻炼。另外，我兼职这段时间，局里每个月还给我5块钱的补助呢！"李国庆抱起了小雪。

"兼职多久啊？这耽搁的时间长了，提干的事情不会有变故吧？"王灵秀往土灶里添着火。

"说是等过完老历年，最多也就半年吧！这定了的事情，应该不会有问题！小雪你说呢？"李国庆逗着小雪。

"爸！你说的啥？我听不懂。"小雪望着李国庆。

"小雪啊！是你爸要当官了！"

"这外面都是局里的人，可不敢胡说。"李国庆继续逗着小雪。

"我觉得啊，你和领导再说说，还是不要再开车了，我总怕提干的事情有变故，毕竟多少人盯着着呢！"王灵秀切起了菜。

"不会的，我主要看上的是这每月还有5块钱的补助呢！咱们这几个娃现在正是花钱的时候，有这5块钱咱们每个月的菜钱就都够了啊！几个娃还能吃得好些！另外，正式提干的话还要去下基层呢！说句实话，一个是你顾不过来，再者我还放心不下你们五个呢！"李国庆抱着小雪来到了灶台跟前。

"也是，这5块钱对咱们来说也挺重要的，可以让孩子们吃好点，他们都正长身体呢！我一个女人家啥都不懂，你看着定吧！"王灵秀开始往锅里下面。

饭熟了，一家六口围着茶几吃起了饭。

"爸！我想吃肉。"小勇夹着一片黄瓜。

"我也想吃肉！"小吉、小雪也跟着喊了起来。

"好的！好的！爸爸下个月就给你们周周买肉吃，好吗？"李国庆望着几个孩子。

几个孩子们纷纷点点头，又开始低头吃饭了。

又曰：

惜分飞

阵阵热浪习习来，晨曦喜鹊喳喳。才闻喜讯到，原是智者能明察。

天降机遇眉头喜，抛却七七八八。怎奈多拮据，辗转难眠生华发。

七、小雪的手被门夹了

兰花幽幽清香溢，摧人心扉欲娇滴。

玉石裂痕连心肝，折枝伤痛仰天泣。

天气渐渐的冷了起来，树上的叶子开始发黄，不时有片片落叶飘零在街道，这里的温差也很明显，早上晚上感觉有些寒冷，而每天到了中午依然很炎热，好似仍在仲夏一样。

这天，王灵秀想着天气越来越冷了，该把后屋地里能收的菜收一下。

王灵秀锅里蒸着馒头，她先把鼓风机关了，又把灶台里面的火用铲子往一起拨了拨。

王灵秀告诫小雪、小吉在屋子里好好玩，两个人不要打架，不要到灶台跟前去。

说罢，王灵秀就到后屋的地里去了。

才一会儿工夫，就听到小雪扎心的哭声，不时地喊着："妈！妈妈！妈妈！妈！"

"妈！快！妈！快！"小吉跑到了后屋的菜地旁。

"小吉，怎么了？快说！"王灵秀拉着小吉往屋子走去。

"妈！我和姐姐正玩着，门自己就关上了，把姐姐关到了里面，你快看看，姐出不来了。"小吉边走边比画着。

王灵秀走到了屋子跟前，看到有灶台的这个屋子门紧闭着，里面蒸馒头的热气从开着的窗户散出来。

"小雪，小雪，不要害怕！妈来了，妈给你开门。"王灵秀摸摸口袋，可是里面没有钥匙，估计钥匙放在屋子里面。

"小雪，妈的钥匙可能在屋里，或者妈的外套口袋里，你找找。"王灵秀推了推门，门锁得死死的，纹丝不动。

"妈！没有钥匙啊！你的口袋里面没有，屋里我也看不到。"小雪哭着说。

王灵秀听着小雪在里面哭，她心里越发的着急。

"小雪！你往门跟前走，你看看门后面黑色的锁子上有一个大点的银色的能拧的东西，你试试能拧动不，可以拧动门就开了。"王灵秀趴在门缝上说。

"妈！拧不动！"

"你往左边拧，不要往右边。"

"妈！拧了，两边都拧不动。"

"小雪，旁边还有个小一点的开关，也是银色的，你看看，向右能不能拧动。"

"妈！都拧不动啊！"小雪的哭声更大了。

"这可怎么办啊？"王灵秀看看四周。

"小雪！你往后走，不要再拧了，妈想办法。"王灵秀向后推了一步。

"哐"的一声，门开了。

小雪被撞在了地上，哭泣的声音更大了。

"这孩子，就碰了下怎么哭得这么厉害呢！来妈看！"王灵秀蹲下抱起了小雪。

这时小雪的哭声仍然有增无减。

"妈！姐的手，血！"小吉边说边指着小雪的右手手指，他不由自主地往后退了退。

"我的娃啊，这是怎么了？"王灵秀右手扶起小雪的右手，看到小雪的右手中指端血肉模糊，半个指甲盖在旁边挂着。

"小吉，妈床上的筐子里有块白布，还有把剪刀，你拿过来，快！"王灵秀抱着小雪坐到了一把小凳子上。

"小雪，不哭！一会儿就不痛了，都怪妈！妈该死啊！"王灵秀心痛得也不由自主地流下了眼泪。

小吉拿来了白布和剪刀。

王灵秀匆忙地剪下了一长片白布，把小雪的指头包裹了起来。

"小雪，忍一会儿，就不痛了！妈带你去医院。"

"小吉，妈带你姐去医院，你在家里看家。"

"不，小吉！你去把隔壁的门锁上，你跟我和姐姐去医院。"

"好的！"小吉跑过去关上了隔壁屋的门。

王灵秀抱着小雪快速地往医院走去，小吉在后面跟着一路小跑。

"小吉，跟好我和姐姐，注意不要被绊倒了。"王灵秀一边走，一边时不时地扭头看着后面的小吉。

好在这小县城不大，约莫十来分钟就到了县医院的急诊室。

急诊室医生简单问了下事情经过，就开始处理伤口了。

这时，外面包裹的白布已经被里面的血渗透，小雪依旧在哭泣。

"这是把指甲盖给夹掉了半个，普通外伤问题不大，但为了恢复得好，我们一会儿要把剩下的半个指甲拔出来，消毒包裹下，回去就可以了。"医生开始往外拨包裹的白布。

"那很疼吧！孩子怎么受得了啊！"王灵秀把小雪的脸往自己脸上贴了贴。

"没事，一会儿我们会打针麻药，局部麻醉，孩子是感觉不到的，但回家麻药散了以后可能会有些疼，问题不大。"医生开始用酒精棉球和碘伏消毒。

"妈！疼！"小雪尖叫了起来。

"把孩子的右胳膊抓紧，我消毒清洗伤口，打了麻药就不疼了。"医生继续处理着伤口。

医生打完麻药，就开始拔剩下的指甲了。

王灵秀不忍心看，紧紧地抱着小雪扭过了头。

小吉开始往跟前凑。

"小吉，往后。"王灵秀把小吉往后拉了拉。

不一会儿，伤口就处理包扎完了。

"好了！回家这个指头不要见水，每周过来换一次药。"医生收拾着现场的器械。

"好的！谢谢啊！能长好吗？多久能好？"王灵秀急切地问。

"孩子长得快，有一个来月就差不多，指甲长出来和以前一样，没有啥区别，你就放心吧！这是小伤，很常见的。"医生笑着说。

"小姑娘，这会手指头还疼吗？"医生摸摸小雪的头。

"不疼了！"小雪用左手擦着眼泪。

"谢谢啊！那我们就走了！"王灵秀继续抱着小雪。

"妈！我不疼了，我能走，你放下我吧！"小雪从王灵秀怀里往下溜。

"真不疼了吗？那妈把你放下来。"王灵秀弯腰把小雪放了下来。

小吉用两只手从两侧拉大了自己的嘴巴朝着小雪做鬼脸，逗小雪开心。

"好好走，你俩不要玩了，来，我拉上走！"王灵秀左手拉着小吉，右手拉着小雪一起回家了。

他们三个回到家时，小强也回家了，李国庆下班接上小勇已经到了家里。

灶台的那间屋子传出一股浓烈的烟熏味，李国庆正在里面收拾。

"遭了，今天我蒸馒头，出门出得急，忘记把火灭了，快把馒头端出来。"王灵秀赶紧往锅台跟前走。

李国庆已经把馒头端了出来，锅已经烧干，蒸馒头的算子小半个也被烧得没有了。

"你们今天干啥去了？蒸馒头连人都不见了，不是我今天准时回来，连个家都烧得没有了！"李国庆边刷锅边说。

"爸！我们去医院了，姐指甲没有了。"小吉望着李国庆说。

"小雪！快来，爸看看！"李国庆扔下了刷锅的刷子。

李国庆走到小雪跟前，蹲下来，抓着小雪的右手轻轻抚摩了下。

"小雪，疼不疼？这怎么回事啊？"

"爸！不疼，你看我指头还能动呢！"小雪把受伤的指头在李国庆面前晃了晃。

"这到底怎么回事啊！家里烟熏火燎，孩子的指头又这样了？"李国庆抱着小雪坐到了沙发上点燃了一根香烟。

王灵秀一边收拾灶台，一边把孩子受伤和去医院的过程一五一十的复述了一遍。

"你就一天在家里操心个娃，做个饭，再啥事都没有。你看今天这是怎么了？家里起火了，孩子受伤了，你这妈当得可真到位！"李国庆狠狠地将烟头扔在了地上。

"爸！你不讲礼貌！"小吉过去用脚踩灭了李国庆扔下的烟头。

"去去去！别烦我，你们都离我远点！"李国庆将小雪紧紧地搂在怀里。

王灵秀甚是内疚，这会儿一句话也没有说，继续给一大家子准备着晚饭。

今天的晚饭吃得特别安静，大家你看着我，我看着你，谁都没再说一句话。

又曰：

洞仙歌

秋风潇潇，片片黄叶迎白霜。瓜果满园时时香。早晚分外寒，正午炎热，惹人烦，夜深一家亲情长。

后院秋收急，忽闻啼哭，急奔前屋多匆忙。原是门紧闭，一时莽撞惹横祸，鲜血惊吓为娘。忙就医、医嘱无大碍，又有浓烟起，催人断肠。

八、王灵秀谋了份工作

饱受风雨持家务，食为裹腹奔波忙。

终还故里尽孝道，日出而劳亲情长。

这天下午小雪、小吉刚刚睡醒，王灵秀把两个孩子收拾了一下，准备出去到县城的老街道买点菜和肉。

快到菜市场时天上淅淅沥沥地飘起了小雨，他们今天出门时天好好的，也没有带把雨伞。

这里秋天的天气可真是说变就变。

王灵秀带着孩子匆匆地买了点菜，称了一斤猪肉。

忽然，天上响起了炸雷，几道闪电从天边掠过。

顿时就下起了滂沱大雨，这雨就好像从天上往下泼水一般。

两个孩子吓坏了，紧紧地抱住了王灵秀的大腿。

王灵秀被两个孩子抱着大腿，走也走不动。

这时到了大食堂门口，好多人都进了大食堂避雨，王灵秀带着两个孩子也随着大伙进了大食堂。

柜台上方贴着一张红纸，上面写着什么。

王灵秀凑过去看，听别人说上面写着临时招聘洗碗、择菜工一名，男女不限，工作时间灵活，待遇面议。

"同志，你们这招人？看我行吗？"王灵秀拉着两个孩子问柜台里面的工作人员。

"招！你和我们食堂负责人谈，就在那呢！"工作人员指向对面角落的一个桌子。

对面角落的桌子上趴着一个身穿白大褂，头戴白色帽子，身材微胖的中年男人。

"老王，老王！有人干临时工呢！"工作人员扯开嗓子喊着。

王灵秀走到了那个桌子跟前。

"谁啊？你！你要干临时工吗？"老王抬起头，揉了揉眼睛。

"对！我看你们招临时工，上班时间灵活，我这带着两个孩子，我看我挺合适的。"王灵秀举举两个孩子的小手。

"带两个孩子啊！活不重，时间也灵活，就是每天上午、下午各过来一次，洗洗锅碗瓢盆，择择菜，洗洗菜，如果后边忙的话帮忙切切菜，每天大概工作四五个小时，挺自由的，但工资不高，每月15元，你看怎么样？只是你这孩子怎么办？还有人带吗？"老王往起坐了坐。

"活我能拿下，没有问题。只是我每天中午、下午要回家做饭，其他时间来都可以，但这两个娃没有人带，我得领上，他们很乖的，肯定不捣乱。"王灵秀急切地看着老王。

"这样啊！看你也是个实在人，我就破个例吧！本来上班时是不能带孩子的，那就上班时你带孩子在后院，不要让他们跑到前边来。可以的话，你就明天过来先干干看吧！每天上午就九点干到十一点，下午三点干到五点，活多的话适当加班，咱这可没有加班费。"老王看着王灵秀。

"好的，我没有啥问题，加班费无所谓，只要有活干就好，那我就明天上午九点准时过来。"王灵秀站了起来。

"好的，明天来干干看吧。"

老王微笑着心想：这招人半天找不到，今个这可真捡了个便宜。

这会儿工夫，外面的暴风雨也停了，王灵秀拉着小吉、小雪回了家。

晚上吃饭，王灵秀把自己要去大食堂干临工的事情给李国庆说了一遍。

"你一天给我们一大家子做饭，还要带小雪、小吉，就不去了吧！我这工资虽然紧张，但还基本上够咱们一大家子生活，我也不想你跟着我太累了。"李国庆扒拉着碗里的饭。

"孩子们，想不想每周吃两顿肉啊？"王灵秀给每个孩子的碗里夹了一片炒的肉片。

"想！想！想！想！"四个孩子附和着。

"我想天天吃肉，肉真好吃。"小吉夹着肉片在眼前晃着说。

"我也想天天有肉吃！"小雪看着王灵秀。

"好吧！为了孩子们天天能吃上肉，你就去看看吧！如果辛苦就算了，两个孩子你可要看好啊！孩子安全比啥都重要。"李国庆给王灵秀碗里夹了一片肉。

"太好了，太好了，能天天有肉吃了。"小吉高兴地喊着。

"每周吃两次就好，这肉也不能吃得太多，吃得太多，吃伤的话，以后就吃不下去了，这可就短了口福。"李国庆笑着看看小吉。

"就要吃，就要吃！"小吉用筷子在盘子上敲打着。

"好，吃！吃！吃！筷子不要敲打盘子了。"王灵秀又给小吉夹了一片肉，把小吉的筷子拨到了旁边。

吃罢饭，小强去写作业了。

王灵秀开始洗锅、收拾家务。

李国庆带着小勇、小雪、小吉去外面的院子教他们滚起了铁环。

又曰：

卜算子

秋雨阵阵起，秋雨时时驻。日日揣摩找活计，巧遇避雨处。

此活我可否？此地可久留？只要孩童可随身，此意定不负。

九、这个年过得真热闹

欢声笑语满堂欢，天气骤冷飞雪寒。

喜鹊临门报早春，地上爆竹红一片。

天气渐渐的冷了，地上黄色的落叶多了起来，但落得最多的还是梧桐树的叶子，不知这些梧桐树是早些年谁人种植的，难道也是为了引得凤凰来吗？

自从王灵秀在县上的大食堂上班后，也给家里的开支添色不少。不但没有影响日常的家务和带孩子，家里也开始每周有两顿肉菜来改善生活，四个孩子的气色逐渐的也比以前好了许多。

时间过得很快，不觉已经到了腊月，天上已经降下大雪，这里的雪很大，每次下的雪都有一尺多深。

小强、小勇已经开始了寒假生活，每次下了雪可是几个孩子最快乐的时光了。

王灵秀带领大家一起清扫门口的积雪，小强、小勇堆起了雪人，小雪、小吉追逐着打起了雪仗。

其间，小吉揪了雪人的鼻子，小雪抠了雪人的眼睛，小强和小勇可不高兴了，追逐着小吉、小雪也打起了雪仗。

你追我赶，一路笑声，一路的喊叫声。

最终，在王灵秀的训斥下，这快乐的时光拉下了帷幕。

最近，王灵秀每天都带着几个孩子们去街上，他们已经开始置办年货了。

这天下班吃过了晚饭，四个孩子围在一起玩。

"他妈，再有一周左右就过年了，你这给大家年货办得怎么样了？"李国庆坐在炉子跟前引了根柴火点燃了一根香烟抽着。

"差不多了，孩子们都做了新衣服，我给妈做了双棉鞋。我听说，妈给几个孩子一人做了一双新棉鞋，我就没再做。菜也准备得差不多了吧！家里有我前阵子晾晒腌制的黄瓜、豆角、茄子、萝卜干、韭菜，我还做了些泡菜、腌韭菜、腌糖蒜。最近我又买了些粉条、洋芋、白菜、菠菜、大葱，也应该差不多了吧！明天就腊月二十三了，卖猪肉的也就多了，我们再买上10斤猪肉，就行了！"王灵秀正做着针线活。

"明天我陪你，给你也买件新衣服吧！这都一年了，也没有见你穿过新衣服！买肉时再买上个猪头、两个猪肘了、四个猪蹄吧！要不，猪肉明天你问问给你们食堂送肉的，看看他们的肉怎么样，好的话从他们那里买上。"李国庆继续抽着烟。

"我天天在家里，衣服穿啥都一样，明儿个我给你买套新衣服吧！你天天在外面见的都是人物。买肉？我怎么把给我们送肉的忘了，明儿个我问问。"王灵秀还是做着针线活。

"爸，我饿了！我想吃烤洋芋片。"小吉走到李国庆跟前说。

"爸，我也饿了，我也想吃烤洋芋片。"小雪也走到李国庆跟前，张开小嘴用小手指着嘴巴。

"好！爸给你们烤洋芋片。"

"他妈！洗上几个洋芋，孩子们想吃洋芋片了。"

李国庆拿起火夹子摆弄了下里面的炭火，把炉盘上的盖子盖上，用抹布擦了擦上面的灰尘。

王灵秀的洋芋片也切好了。

小雪、小吉争着拿来了洋芋片。

李国庆一一接过，将洋芋片直接放在了炉盖和炉盘上。

不一会儿，满屋弥漫着洋芋片烤熟的香味。

四个孩子争先恐后地围了过来，一人拿着一片洋芋片狼吞虎咽地吃了起来。

第二天，王灵秀上班看近来给他们送的猪肉成色还不错，就和送肉的师傅聊了聊。

送肉师傅说都是自己人，价格就按照给大食堂的价格结算，这样下来也省了不少钱。

王灵秀便将要买的猪肉都预订在送肉师傅这里了。

下班后，王灵秀带着小雪、小吉去对面的百货大楼给李国庆买了一套藏蓝色的中山装。

腊月二十六了，这里的大雪依然纷纷扬扬地飘着。

李国庆缓缓走进了屋里。

"他妈，你把过年的年货都收拾一下，给孩子们都洗漱了换个衣服，我一会儿送领导去塬上检查工作。我给领导说了，把你和孩子们先送回去，我今年值班到年三十，忙完我也就回来了。"李国庆在屋里的炉子上烤了烤手。

"好的！我抓紧收拾东西和孩子们，你一会儿门口喊，我们就出来，你进来帮忙提提东西就好。"王灵秀收拾着床上的东西。

"小强、小勇、小雪、小吉，快起床了，一会儿你爸送我们回老家。"王灵秀把几个熟睡的孩子挨个叫了起来。

小强帮王灵秀收拾着要带走的东西，小勇、小雪、小吉在屋里打闹着。

门口响起了面包车的喇叭声。

"灵秀，准备出门了。"李国庆将车停在门口，走了进来。

局里出差的两个同事也跟了进来。

"你们这是搬家的节奏啊！怎么这么多的东西，不打算在这里过日子了吗？"两个同事抬着一个麻袋，边抬边说。

"唉！我们这家口大，没办法啊！另外，多少年没有在老家过年了，想着多置办些回去，让老娘也高兴高兴。"李国庆抱着一个包裹往车上走去。

东西很快就搬完了，王灵秀灭了灶台上的火，把炉子的火也压了，锁上了所有的门锁。

"下面冷，你们坐车上暖和会儿。这雪大得路滑，县里那个大坡可能不好上去，我把这几个防滑链子装上。"李国庆从面包车的后备厢取出了四条铁制的防滑链开始安装。

一切准备到位，李国庆驾驶着面包车就出发了。

这雪下得真大，平时一个小时的路程，今天走了差不多两个来小时，这才到了李国庆老家的场里。

两个同事帮忙一起把东西提到了李国庆的老家窑洞，几个人水也没有喝一口，就去周边的几个派出所了。

腊月的日子过得真快，今天已经是腊月三十。

李国庆早上上班第一件事就在办公室炉子上提了一大壶热水，认认真真地把面包车清洗了一遍，锁上了车库门。

回到办公室和其他几个同事给局里的大门贴上了大红对联，最后他们给车库还有过年期间不值班的办公室挨着贴上了封条。

不觉已经是中午时分，也没有啥事情，局里给大家早早放了假。

李国庆回到家里随便捣鼓吃了点东西，把炉子里的火拨拉灭了。

李国庆收拾了下要带走的东西，装满了一个大提包和一个鼓鼓的尼龙袋子。

临出门，又检查了一遍灶台和炉子里的火，确认都灭了，他才出门，挨着锁上了两个屋子的锁。

他扛着尼龙袋子，提着大提包径直向县上的汽车站走去。

今天车站的人很多，班车也加了好几趟，等了一个多小时终于登上了回老家的班车。

雪下得依旧很大，班车走得也很慢，走了三个多小时才到了李国庆家的村子口。

下了车，李国庆扛着尼龙袋子、提着大提包回到了老家的窑洞。

几个孩子听到窑洞外有动静，看是李国庆回来了。

"爸！爸！爸！爸！"几个孩子纷纷围了过来，小强和小勇接过李国庆手中的大提包抬了进来，小雪和小吉围着李国庆的腿转圈。

王灵秀和老娘正在炸油饼、油果子，院子里处处飘着油香的味道。

李国庆进窑洞放下了带的东西，收拾了一下炉子里的火。

"孩子们，该贴对联了！"李国庆拿出了包里的几副对联。

"他妈，给我打点糨糊，我和孩子去贴对联。"李国庆朝厨房喊着。

"给，刚好一人一副拿好了，过大年，贴对联了。"李国庆给小强、小勇、小吉各给了一副对联。

"爸！我呢！我也要对联！"小雪伸出小手喊着。

"有，有，都有呢！你人小志气大，把这个大门上的对联拿着。"李国庆给小雪也递过去了一副对联。

四副对联几个人一会儿工夫就贴完了，最后又给大门贴上了"秦琼""敬德"两个门神，随手放了一串鞭炮。

"完了没，洗洗手吃饭吧！"王灵秀在厨房喊着。

"还早呢啊！"李国庆洗着手。

"哎呦，都五点多了啊！"

"他妈，你和妈先收拾，我带几个孩子去给爸和过世的老人烧个纸就回来，回来咱们吃饭也就安心了。"李国庆在屋里找着纸和纸钱。

烧完纸回来，天已经开始黑了。

大家一起在主窑洞里吃起了年夜饭。

今天的这一桌子可真丰盛，凉菜有凉拌牛肉、午餐肉、凉拌猪头肉、卤猪蹄、橘子罐头、凉拌豆芽、凉拌菜碟、凉拌三丝、油炸花生米；热菜有蒸鸡肉、粉条炒肉、白菜炒肉、红烧肘子、糖醋鱼、甜米饭、红烧肉、炒鸡蛋、烧鱿鱼；主食也很丰富，有核桃饺子、馒头、花卷、油饼、油果子；还有一盆油香四溢的肉臊子。

李国庆起身从包里拿出来了一瓶陇南春白酒，找出一个小碟酒和三个杯子，倒了三杯白酒，给地上先泼洒了三杯。

"今儿个我们又团圆到一起过年了，过年图个气氛，妈、灵秀、咱们一起喝杯酒。"李国庆给老娘、王灵秀各递过去了一杯白酒，自己也端起了一杯。

"我就不喝了吧！这东西辣着！"老太太端起了酒杯。

"我也喝不下去，我们就不喝了。"王灵秀准备往盘子里面放酒杯。

"过年嘛，难得这么热闹，你和妈只喝三杯，就再不喝了！这可是好酒，上次罗军送我的，我一直没有舍得喝，今儿个才拿出来。大过年的，今个咱们喝个好的。"李国庆又和老人、王灵秀碰了一下。

三个人举杯喝下了这杯酒。

几个孩子可是吃高兴了，每个人跟前洒得到处都是，一个个也吃成了小花猫。

"今天的菜好吃不？多吃点！"老人给小吉夹了一个鸡腿。

"好吃，这么多的肉太好吃了，我要天天吃肉。"小吉啃着鸡腿。

"我也要吃鸡腿，吃鸡腿。"李国庆给小雪碗里夹了一块鸡腿。

这顿饭吃了一个多小时还有一半都没有吃完，几个孩子已经吃不动了，开始在屋子里玩起来。

"妈！你辛苦了，这点钱你拿着，也是个喜气。"王灵秀硬给老人塞了10元钱。

老太太非推脱着不要。

"妈，你就收下吧！一会儿还给你几个孙子发年钱呢！"李国庆笑着跟老人说。

"那我为了我几个孙子就收下了。"老太太收下了崭新的十张一元钱。

李国庆组织几个孩子一起给老太太拜年，每人磕三个头，老太太给孩子们每人1元年钱。

　　老太太和王灵秀就去收拾厨房了。

　　收拾完厨房出来，王灵秀找出了准备好的几身新衣服。

　　"妈！这是给你的过年新衣服，一件外套，一条裤子，你试试看合适不？"王灵秀将一身新衣服拿到了老人跟前，老人推脱了半天才收下。

　　"小强、小勇、小吉、小雪，你们的新衣服我也准备好了，明天早上给你们换上。"王灵秀将几个孩子的衣服整理在了一起。

　　"我给几个孙子还做了新棉鞋呢，看我这脑子。"老人下炕从柜子里面找出来了四双新做的棉鞋。

　　几个孙子听到跑了过来，一人拿了一双比画了起来。

　　"他爸，这还有你的呢！明天你把这身新的中山装换上，就更像个干部了。"王灵秀取出了一套藏蓝色的中山装拿给了李国庆。

　　"我就算了，单位有工作服呢！"李国庆接过衣服用手摸了摸。

　　"谢谢他妈了，还是他妈好啊！"

　　"差点忘了，我给你也准备了件新衣服。"李国庆在包里翻了起来。

　　李国庆拿出了一件长款的枣红色呢子大衣。

　　"他妈，试试看合身不？"李国庆帮王灵秀穿了起来。

　　"真漂亮、真好看！"几个孩子们喊着。

　　"他妈个子高，穿上就是好看。"老太太也跟着说。

　　"他爸，你真乱花钱，我一个女人家又不怎么出门。"王灵秀脱下了呢子大衣。

"天也不早了，睡吧，明儿个还要早早起来呢！明儿个早上可不能懒床啊！"老人盘着腿在炕上说。

"也是，我带几个孩子去放串鞭炮，咱们就睡觉。"李国庆在柜子上拿了一串鞭炮。

李国庆放完鞭炮后，周边的邻居家也此起彼伏的响起了鞭炮声。

小雪、小吉和奶奶一起睡在了主窑洞。

李国庆、王灵秀抱着明天要换的新衣服和小强、小勇去了厨房旁边的窑洞休息。

这里，大年初一的人们似乎都起床很早，才四五点钟，鸡都还没有打鸣，已经有人开始燃放鞭炮，引得到处都是鞭炮声和狗叫声。

六点了，李国庆划了根火柴点燃了炕头的煤油灯。

他穿起了衣服，在柜子盖上取了四串鞭炮依次在大门口、主窑洞门口、他们睡觉的窑洞门口、厨房门口各燃放了一串鞭炮。

雪依然在下，地上又是厚厚的一层。

李国庆又拿起了扫把，把院子里和院门口小坡上的积雪挨着扫了一遍，扫出的积雪都堆在了院子中间的柿子树下。

这时，已经七点多了，老人、王灵秀也都起了床。

"他爸，你快去把给你买的新衣服穿上啊！大过年的，几个孩子的新衣服、新鞋我都给换上了。"王灵秀出门端着一个尿盆往门外的粪堆上走去。

"不急，我刚铲了铲雪，今年的雪可真大啊！我收拾完就来洗脸、换衣服。"李国庆拍拍身上的雪花，走进了他们睡觉的窑洞。

"爸！爸！你早上放炮怎么不叫我们？"小雪、小吉穿着新衣服跑了进来。

"我放炮的时候你们还没有起来啊！炮还有，完了你们再放！"李国庆在一个花的搪瓷脸盆里洗着脸。

"现在就要放嘛！"小吉跳着。

"我也现在要放！"小雪用手拍打着李国庆的腿。

"好。放！放！放！"李国庆用毛巾擦着脸。

"小强！炮在柜子上，你取下来几个，去点根香，带着弟弟、妹妹去放炮。"

"好的。爸！"小强答应着。

小勇、小吉、小雪学着点炮，小强负责扔。

随着零星的鞭炮声，几个孩子在雪地里可耍美了。

"国庆，快叫孩子们过来吃些东西，咱们这大年初一亲房们都要互相走动来拜年，都来得早，估计一会儿就到咱们家了，你们赶紧来吃上些。"老娘在厨房打理着早餐。

"好的，就来了。"李国庆答应着。

他们吃完早餐正在收拾厨房和院落。

李国庆的二爹、三爹、四爹、五爹、六爹家的孩子们，有的也带着小孩，一伙二十来个人从院子里涌了进来。

每个人手里都提着大大小小的油纸包着的点心，或者网兜里提着什么。

"大娘！过年好。"

"国庆哥！过年好。"

"嫂子过年好。"

"小强、小勇、小雪、小吉，快问叔叔、伯伯们好。"王灵秀拉着几个孩子。

"叔叔、伯伯过年好。"几个孩子轮流打着招呼。

"这几个孩子普通话说得真好，一听就是城里来的。"不知哪个亲戚说着。

李国庆、王灵秀接过大家手里的礼物，将大家一个个地迎接到了主窑洞里。

李国庆早早的已经在窑洞里准备了三张桌子，茶几上一桌，方桌上一桌，炕上一桌。

大家纷纷坐了下来，几个年龄大点的亲戚上了炕。

李国庆带着小强招呼着大家，小强给大家倒水添茶。

李国庆忙着给几个亲戚发着烟。

小勇、小雪、小吉已经和亲戚家的几个孩子混熟了，跑到院子里玩了起来。

"国庆哥，今年抽的这烟可不错！金丝猴啊！这烟可不好买。"李国庆的一个表弟边抽边说。

"这不你们来了，一定抽个好的。"李国庆擦着桌子。

"国庆哥，今年喝啥酒啊？差酒可不喝啊！"李国庆的另外一个表弟笑着说。

"肯定喝好的，今天喝密县大曲，咱们县上的好酒，今天管够，吃好喝好，不醉不归。"李国庆应道。

"你们怎么让大哥擦桌子啊！大哥可马上就是所长了，你们几个还不赶紧巴结着。"李国庆的一个弟妹吃着瓜子说道。

"就是，可别把大哥的新衣服给弄脏了。"另外一个弟妹也开着玩笑。

"大哥人长得精神，这中山服穿着，一看就是个大领导。"又一个弟妹也开起了玩笑。

"我这地方小，你们来了就高兴，咱们讲究点。"李国庆用一个木制的托盘端来了几个凉菜。

几个年轻的表弟也跟着发放碗筷，端起了菜碟。

不一会儿，每个桌子上的凉菜都上齐了。

红舞鞋

170

李国庆给每个桌子上放了包金丝猴香烟，同时摆放了一瓶密县大曲酒。

"表弟们，咱们都是一家子，我就不客套了！辛苦各位把酒打开倒上，你们自己先招呼自己，一会儿我挨着给大家敬酒。"李国庆给炕上的亲戚们也打开了一瓶酒。

这会儿，热菜也上来了，共上了九道热菜。每桌又端上来了一盘花卷和油饼、油果子。

李国庆挨着给每个桌子、每个人三杯、三杯的敬起了酒。

"表弟们，你们多喝些，可别把你们国庆哥喝多了。"王灵秀端来了一大盘子酸汤长面。

"没事，我哥酒量大着呢！人家都是见过世面的人。"一个表弟说。

其他几个表弟也一起跟着起哄。

"他妈，我没事，我今儿个高兴！你招呼大家吃好就行，剩下的我来安排。"李国庆一边敬酒、一边红着脸说。

这时的李国庆说话舌头已经有些大，些许有了几分醉意。

宴席还在继续，李国庆喝得已经很醉，他去外面的茅房里吐了。

随后，不知怎么就直接去厨房旁边窑洞的炕上睡了下来。

这一觉可睡得真扎实，等他醒来时已经是晚上，天都已经黑了。

李国庆摸索着起来，摸着来到了主窑洞里。

他进去顺势在沙发上坐了下来。

"他爸，以后不能喝就少喝些，今儿个你看你丢人的样子！亲戚们都好好的，就把你给喝醉了。"王灵秀给李国庆端来了一碗面。

"好，好，好！听你的，这不是高兴吗！"李国庆大口地吃起了面。

初一就这么过完了，后面几天的时间李国庆、王灵秀领着孩子挨着转了几个叔叔、伯伯家及其他亲戚以及王灵秀家。

不觉已经大年初六了。

"妈、灵秀！今天有集，我听说集上有个照相馆开了，今儿个咱们去转转，顺路拍个照片吧！咱们全家到现在都没有拍过照呢！"李国庆沙发上抽着烟。

"好啊！全家拍个照片，以后孩子长大了也是个念想。"王灵秀附和着。

这一大家子收拾妥当，就去了集上。

这天他们拍了一张全家福，老娘和李国庆又各自单独拍了一张照片。

又曰：

瑞龙吟

天渐寒，枯枝黄叶满地，腊月又至。片片雪花纷坠，顽童嬉闹，积雪过尺。

春节近，户户置办年货，缝制新衣。逆雪蜿蜒盘旋，舟车几日，已是除夕。

贴对联放鞭炮，难得团圆，满桌佳肴，举杯叩拜焚香，一片祥气。不觉通宵，已是初一。着新衣，亲房走动，几度追忆？举杯频小酌，寒暄礼让，尽有醉意。一觉夜已深，食长面、隐隐又有睡意。混沌吃喝，不觉六日。

一〇、深夜传来噩耗

飞花渐逝春意浓，来年可否依旧艳？
横象险生一瞬间，祸及两代几多难。

辛酉鸡年就这么过完了，一切又都回到了以往的时光。

李国庆继续上着班，王灵秀每天除打理家务，都带着小雪、小吉去大食堂打着临工，小强、小勇也都已经开学。

不觉又是人间四月天，这里漫山遍野的桃花、杏花漂亮极了，孩子们也都天天喊着带他们去山上看花。

这天上午大食堂活结束得早，王灵秀带着小吉、小雪去了趟县上自己的二妹家。她们好久都没有走动。

二妹家也有两个和小吉、小雪一般大的孩子，这几个孩子遇到一起可是遇到了知己，几个孩子大闹天宫似的玩得可美了。

好多年没见，王灵秀也和二妹拉起了家常。

不觉已经十一点多了。

"妹子，我要走了！这一会儿国庆、小强、小勇还要回家吃饭呢！我得赶紧回家给他们做饭去。"王灵秀急切地说。

可是，这几个孩子玩得正在兴头，王灵秀怎么叫，怎么哄两个孩子都要继续玩，都不愿意回去。

"姐，这都是自己家，几个娃玩得正高兴，你就让他们在我这里玩吧！一会儿我给收拾把饭吃了，你忙完了过来，咱俩再说说话。"二妹看着王灵秀。

"好吧！那就这样了。"

"小吉、小雪，你们和两个弟弟、妹妹好好玩，可不要打架哦！我下午过来接你们。"王灵秀穿起了外套。

"妈，再见！"

"妈，早点来接我们！"

王灵秀急匆匆地回家做了饭。

"小雪、小吉呢？怎么今天没有看到？"吃饭时，李国庆四处望望。

"哦！我忙得忘了，今天我去了趟他二姨家，这两个和他二姨家俩孩子玩得高兴，我走时怎么叫两个都不回来，我就留到她们家了，等下午我去把他们接回来。"王灵秀盛着饭。

"哦！孩子刚好不在，古政委下午去老家的派出所检查工作，要不你给大食堂说下午不过去了，咱俩顺路一起回趟老家，帮妈给地里栽些菜。"李国庆刨着碗里的饭。

"行啊！一会儿吃完饭，你看着两个孩子睡觉，我去大食堂说一声。"王灵秀边照顾两个孩子吃饭边说。

吃过饭，王灵秀收拾完厨房就去大食堂了。

李国庆看着两个孩子睡了一会儿，赶上班把两个孩子送到了幼儿园和东关小学。

上班后，李国庆开上车拉上古政委。

古政委上车时主动坐到了面包车的后排座位。

"政委，您坐前面啊！"李国庆头转向后边说。

"咱们就不要这么客套了，我年龄大了坐后面安静些，你和媳妇坐前面，媳妇和你说说话！"古政委头靠着座椅。

车走出单位大门口，李国庆摁了摁喇叭。

王灵秀从家属区门口走了出来。

"国庆，你让领导坐前面啊！"王灵秀站到车跟前愣了一下。

"弟妹，我年龄大了，上车就睡觉，你坐前面吧！刚好和国庆说说话。"

"他妈！那你就坐前面吧！让古政委在路上休息会儿。"李国庆朝王灵秀使了个眼色。

王灵秀打开面包车副驾驶的车门上了车。

面包车启动了，一路向塬上的方向驶去。

面包车在县里的大坡上蜿蜒盘旋地前进着。

王灵秀还是第一次坐在面包车的前面，通过前挡风玻璃看着山上这边一簇簇白，那边一簇簇粉，真的是很漂亮。

面包车走到了坡中腰，前面一辆陕 25-1186 的解放牌货车在前方缓慢地行进。

这辆车上拉了满满一车的松木滚子，可能是拉得太多了，排气管不断地冒着蓝烟。

李国庆几次试图超车，可都因为山路上的这几个弯实在太急，他担心对面来车而一直没有超过去。

李国庆因为一直想着超车，跟前面的这辆拉木头的货车一直跟得很近。

面包车行驶到了一个更急的弯道，李国庆猛打一把方向，王灵秀觉得自己都要被从车门摔出去了。

古政委也被摇晃醒了，突然睁开了眼睛。

然后，可怕的一幕降临了。

"轰隆轰"的一声，前面卡车上的几根磨盘大的木滚子从车上滑了下来，直砸向面包车顶，面包车的前端瞬间被压瘪，滚木顺着面包车顶滑了下去，面包车顶中间也被砸得凹了下去。

瞬间，面包车顺着右边的山涧水渠侧翻下去。

李国庆、王灵秀、古政委瞬间昏迷，都没有了知觉。

这时的面包车前部已经被砸得压在了一起，中间也凹了下去，一缕缕鲜血在顺着水渠往下流淌。

前面的车也停了下来，司机看到这一幕也吓白了脸。

"同志，同志、同志！你们醒醒啊！"他跪在面包车前一遍又一遍地喊着。

今天也是奇怪了，平时这里一会儿就有车辆经过，可这一个多小时过去了，一辆经过的车也没有。

卡车司机使尽全身的力气，也拉不开面包车的车门，他转身从卡车上取下了几个撬杠试图打开车门。

水渠里的鲜血越流越多，越流越远。

又过了约半个小时，一辆大班车从县坡上走了下来，看到这一幕，班车紧急停了下来。

这是塬上发往县上的一趟班车。

司机走了下来，车上几个胆大的也跟着走了下来，部分乘客看到这鲜血淋淋的一幕直接扭过头，害怕得闭起了眼睛。

班车司机过来和几个胆大的乘客一起帮忙折腾了半天，终于把车门、车顶、车窗打开了，他们慢慢地将三个人抬了出来。

三个人被平放在马路边上，一个胆大的乘客上前在三个人的鼻子前摸了摸说："都还有气，还活着呢！快送医院啊！"

"看车号甘26-0097，这是咱们县公安局的车，快通知他们单位。"有人在车上喊着。

车上的几个好心人和周边的农民准备将伤者抬上班车。

可是，这趟班车乘客满满的，连过道里也站满了人，大家充满了恐惧，没有几个人愿意让出空间。

"救人要紧，这样吧！你们上去把大家的行李取下来，乘客各把各的行李拿上，我们把伤者抬上去，让他们平躺到车顶的行李架上。"班车司机喊着。

大家七手八脚地把三个伤者抬到了班车的行李架上，用捆绑行李的网状绳索固定了下。

班车司机开着班车，向县上走去。

由于车顶有伤者，班车走得很慢，到了县上没有进车站，直接向县医院开去。

到了县医院，医院急诊科的工作人员抬来担架将三个人安置到了急诊室。

几个好心的乘客认出了这三个人的身份，便分别去通知县公安局和古政委、李国庆、王灵秀的亲戚、亲属了。

李国庆被抢救四个多小时后，因失血过多，心脏停止跳动，已经没有了生命体征。

古政委、王灵秀经过抢救，生命体征也很微弱，两人都在重度昏迷中。

两个孩子在二姨家玩耍累了，四个孩子都睡起了下午觉。

孩子的二姨夫胡伟突然回了家。

"他妈，孩子们呢？"胡伟进门急切地喘着气。

"孩子？怎么了？都好好地在睡觉啊！"孩子的二姨惊恐地看着。

"出事了，出大事了！他大姨和大姨夫都出车祸了，都生死不明。"

"你怎么知道的？真的吗？"

"不要问这么多了？我赶紧到医院看一趟去。"

胡伟匆匆地赶到医院的急诊室，看到了眼前的一切。

他默默地捂住眼睛沉默了一分钟，又向家里奔去。

进门后，他喝了口水，稳定了下情绪。

"灵梅，他大姨夫抢救无效已经走了，灵秀还在昏迷中。

你把小吉、小雪看好了，孩子还小就不说啥了，我一会儿去把小强、小勇接到咱们家里来。"胡伟说完就出门了。

晚上，六个孩子两个大人在一起吃了一顿饭。

这顿饭吃得很安静，只有几个孩子在时不时地打闹着。

吃过饭，胡伟把小强叫到了一边。

"小强，一会儿你和我出去一趟，不要和弟弟、妹妹说，好吗？"

胡伟抚摸着小强的头。

"为什么啊！去做啥？"小强疑惑地看着胡伟。

"这是个小秘密，一会儿出去我告诉你，一会儿你就给弟弟、妹妹们说出去给二姨夫帮忙干活去了。"胡伟看着小强。

"好吧！我和你出去。"小强随着胡伟出门直奔医院而去。

到了医院急诊室门口，胡伟迟疑了一下。

"二姨夫，这是看病的地方，我们来这里做什么啊？"小强睁大眼睛看着胡伟。

"走吧！我们来看看你爸和你妈！"胡伟眼睛里噙着泪水哽咽着。

他俩先进了李国庆的病房。

李国庆躺着，头上裹满了纱布，脸上、脖子上、胳膊上、腹部、腿上到处都是血。

小强扑到李国庆身上哭了起来。

"爸！爸！你怎么了？怎么了？"小强用手不断地拍打着李国庆的身躯。

"小强！你爸、妈出车祸了，你爸他已经走了！我带你来见他最后一面，你再不要拍打了，他已经醒不来了。"胡伟拉着小强的手一起哭了起来。

哭了好一阵子，胡伟说："你妈还在抢救，我们去看看你妈吧！"

胡伟拉着小强到了王灵秀的病房。

王灵秀的身上插满了各种各样的管子，有一个黑色的小显示屏显示着一些线条，时不时发出"滴、滴、滴"的声音。

小强走过去趴在妈妈身上又哭了起来。

"小强，你妈在抢救，这会儿她正在睡觉，不要打扰她，否则她就醒不过来了！走吧！"胡伟拉着小强往出走。

小强边走边流着泪水，抽噎着。

"小强，咱们先回家吧！明天再来！好吗？"胡伟低下头说。

"不，不！明天就看不到爸了，我要陪我爸！"小强大哭着朝李国庆的病房跑了过去。

胡伟也跟了过去。

"小强！二姨夫陪你！咱们今晚一起陪陪你爸吧！"胡伟和小强一起进了病房。

小强一直在哭，在抽泣，时不时用手轻轻地摸摸李国庆的手，摸摸李国庆的脸庞。

今夜如此安静，静得两人都能听到自己和对方的呼吸声。

不知过了多久，小强趴在李国庆的床边睡着了。

胡伟坐在小强的旁边一夜都没睡，只是一根、一根、又一根地抽着烟。

又曰：

解语花

人间四月，百花齐放，万物亦复苏。姊妹相见，话语长、不觉已是正午。乘车春播，道路蜿蜒前车阻。谁料想，大难临头，鲜血洒路渠。

路遇善者救助，国庆未能醒，众人悲楚。长子闻讯，疾驰奔、哀切呼唤慈母。母待苏醒，父已逝、孝儿痛哭。夜深深，烟草缭绕，从此无慈父。

第四章
初尝人间冷暖
（1981~1989 年）

春花璀璨风骤冷，千山万花多凋零。

寒梅独枝风中舞，径自险登临绝顶。

一、王灵秀辞了大食堂的工作

与日辞别撒手去，人间冷暖已别过。

为求生活多奔波，善者纷纷泪水落。

李国庆最终没有抢救过来，他永远地离开了，离开了他深爱的孩子小强、小勇、小吉、小雪以及媳妇王灵秀，离开了这里所有的人，带着即将提干上岗和没有为老人养老送终的遗憾走了。

王灵秀也在重度昏迷之中，局里安排人员和李国庆的其他家人联系，考虑到李国庆的母亲年龄太大承受不了这种打击，便暂时没有告诉老人这个消息。

最后还是李国庆的二爹出面，李国庆在抢救无效的第二天就被草草安葬了。

因为当地有讲究，在外去世的人和发生意外死亡的人不能进祖坟，不能埋葬在自己的村里，否则不吉祥。

最后，经过李国庆的二爹及县局出面协调，最终将李国庆安葬在了他们老家村子里的一块公共墓地。

李国庆的几个孩子小强、小勇、小吉、小雪暂时住在了胡伟的家里，胡伟和王灵梅每天负责着这几个孩子的起居。

小强也听了二姨夫胡伟的话，没有把爸爸去世的事情告诉弟弟、妹妹们。

小强经历过这件事情，好像一夜之间长大了，感觉已经不是一个三年级的学生，更像是一个大孩子的状态。

小强开始很少和人说话，每天上学、放学都是无精打采的，在二姨夫家里他开始每天都抢着干些擦桌子、洗碗、扫地、提水等力所能及的事情。

小勇、小雪、小吉每天都问着二姨、二姨夫、小强"爸和妈到哪里去了？怎么这么久也不来接我们啊！"

二姨、二姨夫、小强总是以似乎已经沟通过的语气说："他们有事回以前达曲县的厂里，等忙完这阵子就回来了。"

每次说完这些话，二姨、二姨夫、小强都会背过别人去偷偷地哭鼻子。

每天放学，二姨夫或者二姨都会偷偷地带着小强去县医院看王灵秀，晚上都是王灵梅在医院陪伴姐姐，然而王灵秀每天都是一个样子。

医生每天的答复都一样："依然有微弱的生命体征，还在重度昏迷中，应该可以苏醒，再等等吧！"

一天、两天过去了……

一周、两周过去了……

今天已经是第十五天了，二姨夫又带着小强去县医院。

他们刚进医院就被主治医生叫了进去。

"病人今天上午已经苏醒，开始进食，但心情很不稳定，还在观察期。另外，病人这次头部创伤比较厉害，可能会出现健忘、失忆、大小便失禁等症状。你们进去看看就好，不要逗留，更不要和病人说话。"

小强和胡伟轻轻地进去，也没有说话，他们看看王灵秀的脸色有了一点血气色。

第十六天了，这天小强和胡伟进去，王灵秀睁开了眼睛，拉了拉小强的手，想要说什么，可忽然又昏迷了过去。

医生过来看了看说："病人目前身体极度虚弱，需要逐渐增加营养，静养一段时间逐步清醒、好起来的。"

十七天、十八天、十九天、二十天了。

今天小强和胡伟又去了医院。

王灵秀被扶着微微的仰卧了起来。

"小强！小强！我这是在哪里啊？你爸呢？小勇、小雪、小吉呢？"王灵秀抓着小强的手，眼睛流出了泪水。

"她大姨，国庆在隔壁呢，孩子都在我这，都好着呢。"胡伟弯着腰说。

"妈！爸在隔壁呢，弟弟、妹妹都在二姨夫家呢！"小强不由自主地哭了起来。

"你们骗我，你们都骗我！国庆不在了，我看到了，血，血，到处都是血！"王灵秀头痛得双手抱住了头。

医生和护士听到喊声走来看了看。

"问题不大，病人刚才情绪有些激动，休息一会儿就好了。车祸的这些事实她暂时还接受不了，不要一次性告诉她，慢慢来吧！病人这几天恢复得挺好。"医生边看边说。

已经三十天过去了，王灵秀也慢慢接受了这个现实，但是只要一提到车祸、李国庆，她的头就会突然间刺痛起来，这种症状一直持续了二十多年。

其间，胡伟和王灵梅也带着小勇、小雪、小吉和王灵秀见了面。

胡伟、王灵梅、小强给小勇、小雪、小吉说李国庆在达曲厂里有工作，需要一段时间才能回来，王灵秀是因为生病了在县医院治疗，等病好了就回家了。

这医院一住，就住了三个月，终于可以出院了。

胡伟、王灵梅提前去公安局家属院打扫了卫生，置办了些日常生活用品。

　　局里安排了一台车，安排两名工作人员一起把王灵秀接回了家。

　　出院时医生叮嘱，病人这次头部和腿部受伤都比较严重，回家后要静养，适当地锻炼行走，但是不可过度。另外大脑不能受刺激，不能过度操劳，尽量少活动。

　　一行人到了家里，把王灵秀扶到了床上。

　　公安局的办公室王文书随后也过来了，带了一些蔬菜和日用品。

　　"嫂子，我代表局里来看看你，以后有啥事情，你就喊一声，我们过来帮忙，不要客气！另外，这是老李这三个月的工资及补助共 120 元，你看着收好，以后的生活费局里研究后再通知你。"王文书掏出一个信封塞到了王灵秀的手里。

　　"谢谢，谢谢！谢谢王兄弟。"王灵秀往起仰了仰。

　　"嫂子，那我走了！"王文书出了门。

　　"灵梅！我才想起来我这么长时间没有到大食堂上班去了，你快去给问问，我恢复好了，我再去上班。"王灵秀拉着王灵梅的手。

　　"姐啊！这大食堂的工作我早就过去给你辞了，你人都这样了，还上啥班啊！你好好休息，等身体好了再说。"王灵梅给王灵秀擦了把汗。

　　"也好，咱不能老耗着，耽搁人家啊！我现在跟个废人一样了！"王灵秀试图下地。

　　"姐，你要做啥？"

　　"我就想下去坐坐！"

　　王灵梅扶王灵秀在床旁边的椅子上坐了下来。

"姐！你就好好休息，孩子们有我们呢！等你能正常活动了，我把小雪、小吉给你送过来。"

"也行，我现在不中用了，啥都干不了。"

"姐！你就好好休息，中午、下午我抽空过来给小勇和小强做饭，小雪、小吉暂时就到我那里吧！你要是想了，我做晚饭时给你带过来也行。"

"姐！你先休息会儿，我晚点再过来，几个孩子他小姑看着呢！这四个娃这会不知道都干啥呢！"王灵梅挥挥手出了门。

又曰：

清平乐

时光飞逝，仁父撒手人寰。昨日百般好不在，音讯阴阳两界传。

姊妹深情揽局，才待阿姊平安。家徒四壁拮据，更待春光能暖。

二、没爸的孩子早当家

飞花坠坠忆逝者，鸟鸣声声也悲哀。

依偎母下勤持家，人间苦乐缓缓来。

这段时间可多亏了王灵梅、胡伟两口子，每天中午、下午王灵梅给自家做完饭后，带着小吉、小雪又过来给王灵秀送饭或者做饭。

小强很是懂事，每天都跟着洗菜、洗锅、打扫卫生。

小勇也跟着择择菜，拿拿碗啊什么的！做些自己能做的事情。

这天下午，王灵梅过来给这一大家子做饭，吃过了饭，正在收拾屋里的家务。

"灵梅，这几个月我们这一大家子可麻烦你了，现在小强、小勇也放假了，都能在家里陪我。我也基本上可以下床，大多数事情我也可以做了。从今天起小吉、小雪也就不两头跑了，你就放到我这吧！我能看得住。"王灵秀下来拄着双拐往橱柜里放着碗筷。

"姐，我再看你一段时间吧！你啥都能自理了，我就不两头跑了。"王灵梅收拾着手里的碗筷。

"姨！你就不来回跑了吧！我啥都会做了。"小强扫着地。

"姨！我也能帮我哥干活呢！"小勇正擦着桌子。

"妈！妈！我们要住在咱们家，我们要和你，要和哥在一起。"小雪、小吉也边跳边说。

"灵梅，你就听我的吧！我现在恢复得差不多了，有需要我叫你！"

"好吧！姐，那我今晚就自个儿回去了，最近我还是每天过来一趟吧！有啥事好照应，有啥事，你让小强来通知我，反正我们住得也不远。"

"太好了，我们可以回家里住了。"小吉拍着手。

"我们能回家住了。"小雪在地上转着圈。

屋子里很快收拾完了，今晚这几个孩子都留了下来。

王灵梅一个人回了自己的家。

这段时间这几个孩子都很懂事。

早上天刚亮，小强就早早的起床开始扫地、擦桌子、扫院子，去给后院的菜地浇水。

小勇听到屋子里有动静后也翻身起床跟着干了起来。

"小强、小勇你们睡会儿，还早呢！一会儿妈起来收拾。"王灵秀拄着双拐走了下来。

王灵秀经过这次变故，经常是夜里睡不着，老是感觉眼前都是发生车祸的那一幕和看到李国庆满身血淋淋的样子，她总是忍着不喊出来，怕把几个孩子给吓到。但是一到凌晨就开始瞌睡，有时候也睡得很沉。

"妈！你休息吧！你病还没有好，我都要上四年级了，我啥都能干！"小强擦着桌子。

"我生火给你们做点早餐吧！"王灵秀找起了废弃的报纸。

"妈，我还不会生火呢！刚好你给我教教生火，以后我就可以给你们做饭吃了。"小强走了过来。

"好孩子啊！那妈教你们生火。"王灵秀拄着双拐准备点纸。

"妈！我来忙你点火！"小勇过来划着了火柴。

"你们看啊！先用火柴把引火纸点着放到炉腔里，再放几根小一点的树枝或者纸箱的碎片，看着这会儿火苗起来了，再铲一铲子煤炭放到火上，赶紧把锅放到炉灶上，现在拉开鼓风机就可以了。"王灵秀一边示范一边生着火。

随后，王灵秀熬了些稀饭，热了几个馒头，一家五口将就着吃了一顿早餐。

王灵梅开始几天也是一天过来一趟，后面看着王灵秀基本上可以打理家务，小强也学会了很多家务，成了王灵秀的好帮手。

王灵秀觉得这四个月来妹妹一直照顾着自己和孩子也有些过意不去了，经过王灵秀多次推脱，最终王灵梅答应自己以后每周过来一趟，平时有啥事情随时让小强过来喊她。

这天下午，小强正在写暑假作业，其他几个孩子在院子里玩耍。

"奶奶来了，奶奶来了！"小雪、小吉在外面喊着。

只见老太太左手提着一只鸡，右手拿着一网兜蔬菜走了进来。

"妈！妈！你咋来了！"王灵秀拄着双拐站了起来。

老太太将手中的鸡和菜放在了地上，走到王灵秀跟前，拉着王灵秀的手坐了下来。

"妈！这段时间我们没有过来看你，国庆他……他去达曲……"王灵秀哽咽着本想掩饰李国庆和她车祸的事情。

"小强！你带小勇、小吉、小雪到外面玩一会去儿，我和奶奶说会儿话，你们吵死了。"王灵秀支开了几个孩子。

"灵秀啊！你啥都别说了，你们也再不要瞒我了，你们的事情我都知道了，唉！国庆这孩子啊！走得早！只是苦了你和这几个孩子啊！我也老了，不中用了，给你们也操不上心。"老人拉着王灵秀的手。

两个人坐在沙发上，你拉着我的手，我拉着你的手都流着眼泪。

两人不断地哭泣着，不断地用手帕擦着眼泪。

边哭，边聊，两人聊了一个多小时。

"灵秀啊！我也是最近你二爹上来，我才知道了这些事情，事情已经发生了，我们就面对吧！我这次来主要是来看看你和孩子们，发生了这么大的事情，看看你们都怎么过呢。你二爹说九月份小雪和小吉都要上幼儿园了，小勇也要上小学了，你一个人，四个孩子上学肯定顾不过来啊！我寻思着要么我把小雪、小吉领到老家带一带，给你也缓解些压力，我老了，我能做的也就这些了。"老太太不断地用手帕抹着眼泪。

"妈！我能带得过来，这几个孩子都懂事，这几个月小强都学着能做很多家务了，小勇也时不时给搭把手，我再恢复恢复，等把双拐扔了，我也就啥都能干了，几个孩子我顾得过来。"王灵秀也不断地抹着眼泪。

"孩子啊！别装硬汉啊！知道你舍不得孩子，要么就这样吧！今天我把小吉先领上去，这几个你看能领得住不，领不住的话，你给我带话，我把小雪也领到老家去，等上学的时候让他们再下来吧。"

"妈！本应该是我们给你尽孝的，我们对不住你啊。"

"孩子，快不要这么说了！是我们李家对不住你啊！我这国庆，唉！真不懂事……把这么一大家子都给你留下。那就这么说定了，今天我先把小吉领到塬上去，你放心，都是我的孙子，我一定领得好好的。我一会儿就要上去了，不然没有班车了。"

"妈！那咱们吃个饭，你领小吉再走吧！"

王灵秀这才想起来光顾着说话了，没有给老太太倒杯水呢！连忙起身给老太太倒了一杯白开水。

"你这行动不方便，我来！估计你们好久没有吃面了吧！今天我给孙子擀个长面吃，刚好今天我给你们还带了一罐肉臊子呢！"老人抿了一口水。

"好吧！妈，你看我这样也擀不了面，来我这儿了，还要你亲自上灶。"

"咱们都是一家人，我还能动弹，你擀面，我擀面都是一样的，你给我把面、盆子找出来就行了。"老太太站了起来。

"妈！那我就真不客套了。"王灵秀起来帮老太太找来盆子、取了些面粉。

老太太和面、擀面，王灵秀择起了菜。

一会儿工夫，饭就熟了，王灵秀喊几个孩子过来吃饭。

"奶奶做的饭可真好吃！我要吃肉臊子。"老太太又给小吉的碗里剜了一筷子头肉臊子。

"小吉，想不想天天吃肉臊子啊？"老太太笑着问小吉。

"想！想啊！我想天天吃肉臊子！"小吉吧唧着嘴巴说。

"好啊！一会儿奶奶就要回老家去了，把你领上咱们天天都吃肉臊子好不好？"老太太给小吉又夹了一片黄瓜。

"好啊！好啊！我跟你去，我要天天吃肉臊子，天天吃肉。"小吉舔着手里的筷子。

饭很快吃完了，老太太执意要把锅洗了，小强、小勇也跟着帮起了忙。

"哎呦！我的孙子可厉害啊！小强、小勇还这么小，就能干家务了。"老太太擦着手里的碗。

"我还会生火馏馒头呢！"小强扫着地。

"我还会择菜呢！"小勇擦着桌子。

"奶，我也会择菜。"小雪望着奶奶。

"你们择吧！我还会吃肉呢！"小吉满屋子跑着。

屋子收拾完，老太太领着小吉就要走了。

"妈，我这也没有啥给你拿的，这点钱你带上，坐个车，买个什么的。"王灵秀硬给老人人口袋塞了20元钱。

"妈！我腿脚不太方便，就让小强去车站送送你们吧。"

"妈，我也要去。"小勇、小雪也跟着说。

"那就都去送送奶奶和弟弟吧！小强，路上小心，把小勇、小雪领好了。"

王灵秀拄着双拐送老太太和孩子到了家属区门口，看着老人和孩子的身影渐渐远去。

王灵秀看着看着，不禁突然一阵心酸，拄着拐杖三步并两步地走进屋子，默默地哭了起来。

又曰：

浣溪沙

一起祸端牵三代，孩提聪慧早涉世，孤寡母子路崎岖。

古稀老人识大统，步履蹒跚言悲切，主动请缨携孙去。

三、过庙会是孩子们最高兴的事情

天气渐暖百花香，真情人间多磨炼。

浪起潮落月圆缺，漫步街巷度流年。

艰苦的岁月总是那么漫长，而在时间的长河里，无论艰苦、幸福，或是平常的日子，其实它们的长度都是一样的，都是那么的一晃而过。

又是一年夏季，转眼间，三年的时光过去了。

小强长成了一个帅气的小伙子，已经在密县第一中学读初一。

小勇也长成了一个阳光大男孩，正在密县东关小学读三年级。

小雪长得越加惹人喜爱，已经上幼儿园了，这个夏天结束也要读中班了。

小吉最终留在了老家的奶奶跟前生活，身体长得很结实，可是玩美了，肉也吃美了，每顿饭都有肉臊子吃。

听说现在的小吉好像吃肉已经吃伤了，见了肉就恶心，肉类食品现在对小吉来说已经没有了当年的诱惑。

王灵秀也早已经扔掉了双拐，基本上能够操持这几个孩子的正常生活。

他们目前的生活非常的拮据：李国庆去世的第四个月县公安局只是把他的这起事故当作一般性车辆事故对待，每个月给每个孩子5元的抚养费，支付至每个孩子16岁。王灵秀因为没有工作，局里研究决定每个月给王灵秀3元的抚恤金，至最小的孩子16岁时停止发放。这样下来，王灵秀他们每个月全家的生活费一共只有23元，还不及李国庆活着时一个月的工资高。

唯一令她欣慰的就是最后经局里研究决定，他们目前居住的局家属区的两间房子可以长期免费居住，直到政府住房政策有大的调整为止。

为了改善几个孩子的生活条件，王灵秀也是到处找工作。

但是，王灵秀自从这起事故发生后，时不时的就会头晕，或者有人提及李国庆及当时的车祸现场，王灵秀瞬间头就会像扎了无数根钢针似的疼痛，甚至出现暂时的失忆。

小县城本来就小，这事情早已传遍了整个县城，都知道王灵秀会时不时的头晕、头痛甚至失忆。很多单位招人看到是王灵秀来应聘，都会直接婉言拒绝。

眼看着固定的工作是没有指望了，王灵秀只有通过亲戚、熟人介绍去私人家里干点家务活，或者招待所、大食堂及其他单位人员紧张的时候去打打临工，甚至有时也去建筑公司搬砖头、拉沙子、和水泥、当小工……

暑假的时间到了，三个孩子都放假在家里，王灵秀依然是有一天没一天的找机会去打着临工。

经过这三年的磨炼，小强已经学会了所有的家务，小勇也不差，小雪也很积极地做些自己可以干的小家务。

王灵秀不在的时候，小强虽然是初一的学生，但已经完全担负起了照顾弟弟和妹妹的重任。

这天下午，王灵秀满身泥土的回来了。

"妈！你今天到哪里去了？"小雪拿着一个小扫帚走了过来。

"妈今天给一家盖房子的帮忙了！今天还挣了两块钱呢！"王灵秀出去在门外扫着衣服上的灰尘。

"明天县上就要过庙会了，热闹得很，今晚已经开始搭建舞台、摆摊子了！小强！一会儿吃完饭你领着小勇、小雪看看去，这两块钱你拿着，看你们想吃点啥就买上。"王灵秀进屋塞给了小强两块钱。

这顿饭吃完后，王灵秀说自己有些累，让三个孩子自己去庙会现场转一转，就睡下了。

小强领着小勇、小雪到了庙会的现场，戏台子已经搭建好了，周边的两条马路上已经摆放了很多的小摊，有很多好吃的的和好玩的。有卖凉粉、烧鸡、豆腐脑、油糕、油饼、醪糟汤的；还有卖面人、棉花糖的……真是琳琅满目，几个孩子看花了眼。

每到一个小吃摊前，小勇、小吉总是拉拉哥哥的手，示意想吃这些东西，可小强捏着手里仅有的两块钱，想想妈妈挣钱很辛苦，又舍不得花了，拉着弟弟、妹妹继续往前走。

走到了一个摊位前，这个老人摆着一个小木桌，上面放着七八个玻璃杯，里面有各种颜色的水，上面盖着一块玻璃。

"这是什么啊？"小雪指着说。

"小姑娘！这是糖水，可好喝了，无色的三分一杯，彩色的五分一杯，来尝尝吧！"老人看着几个孩子。

小雪又拉了拉哥哥的手。

"老爷爷，那就给我们三杯糖水吧！给我们优惠点啊，我们都是小孩子也没钱。"小强蹲了下来。

"没问题，今晚我刚开张，统统给你们优惠，都两分钱一杯吧！"老人笑着说。

"小勇、小雪你们选，想喝什么颜色的？"小强看着弟弟和妹妹。

"我要喝红色的。"小雪指着红色的杯子。

"我要喝绿色的。"小勇指着绿色的杯子。

老人掀开了红色、绿色的杯子盖，又往里面各加了一些水。

小强看着弟弟、妹妹喝完给老人付了 4 分钱。

"哥！你怎么不喝呢？"小雪望着小强。

"哥经常喝呢！不想喝！"小强说着不由自主地舔了舔嘴唇。

几个孩子离开小摊往家走了。

"小勇、小雪！这种糖水哥也会做，一会儿买点材料哥回去给你们做好吗？"小强边走边说。

走到了百货大楼门口，他们几个走进去，小强花了两毛钱买了一袋糖精和一袋红色的食用色素。

回家后，几个孩子搬出来了家里的炕桌，也学着老人的样子找了六个玻璃杯，小强在每个杯子里面放了一点点的糖精和色素，又给每个杯子加入了等量的凉水，用筷子搅了搅，看看还真和刚才买的一样呢。

"小勇、小雪！你俩尝尝味道怎么样？"小强递给小雪一杯。

"真好喝，比刚才那杯还要甜。"小雪、小勇边喝边说。

"哥，我要天天喝，真好喝！"小雪看着小强。

"好，给你们天天喝！可我琢磨着我们这几天也可以摆个摊，这样不就喝的、吃的都有了吗？这东西成本很低的，我今天买的这些就能调出来五六十杯呢！"小强很认真地说着。

"好！我们一起去摆摊，也就不用花妈的钱了！但，妈会让我们去吗？"小勇有些担心。

"没事，我们先不告诉妈！妈在家的时候我们就不出去了，妈出去干活的时候我们再出去。小勇！我提着炕桌，你抬一桶水，妹妹提着这几个杯子跟着咱俩就好了。"

"这样行吗？"小勇看着哥哥。

"没问题，你俩刚才不是喝过了吗？"小强斩钉截铁地说。

"好吧！我和小雪听你的了！"

过庙会这几天，只要是王灵秀不在，这兄妹三个就提着炕桌、抬着水桶、拿着杯子去卖糖水了。

每天只要一桶水卖完，他们就不再卖了。

卖完后，小强就带着小勇、小雪去转街，去买好吃的，好玩的。

这庙会只有七天时间，很快就结束了，几个人在一起数了数，除了花了的钱居然还有四块六毛钱，兄妹们商量后打算将这些钱都给王灵秀，让王灵秀明天再不要出去打临工了，好好陪他们一天。

下午吃过晚饭，小强将这四块六毛钱给了王灵秀。

"哪里来的钱？你们这几天我看着鬼鬼祟祟的，你都这么大了，我们活要活得有骨气，不能干些偷鸡摸狗的事情！快说。"

王灵秀想着这钱一定来路有问题，她一把将钱扔到了地上。

小雪吓得哭了起来。

"妈！不是这样的，我们是……"小勇把事情的经过详细地说了一遍。

小强在地上一个个地捡着硬币和毛毛钱。

"小强！妈不对，妈错怪你们了，快过来。"

小强拿着刚捡起来的四块六毛钱来到了王灵秀跟前。

"好孩子！你们都是好孩子！都懂事！妈错怪你们了，妈给你们道歉！"王灵秀拥着三个孩子哭了起来。

又曰：

青门引

孩提初长成，家境清寒知冷暖。慈母不惧风雨狂，日日艰辛，赏雏花璀璨。

又是一年庙会时，迎客贾蹒跚。兄妹联手入市，以水营收惹母欢。

四、吉他王子初露锋芒

初涉学海语如珠，露山露水惊四座。
锋镝声声绕古城，芒炎之光似星火。

当地有谚语云"有苗不怕长"，孩子长得可真是快，不觉小雪、小吉也都上小学了。

小雪在县上的东关小学上了学。

因为家庭拮据，且奶奶也习惯了在身边陪伴，小吉直接就在老家村里的小学报了名。

小雪报名的第一天，到了学校，上第一堂课时，老师有意测试一下新入学的孩子们的数字排序能力，让每个孩子数一数1到100之间的数字，谁还能继续数下去的话可以接着数。

在这个测试的过程中，新入学的孩子有40个孩子从1连续数到了100，有四个孩子从1数到100时结结巴巴的，但是，有一个个子不高很瘦弱的小女孩却从1一直数到了300，这让老师很是诧异。

来这个学校的孩子，能从1数到100是一件很正常的事情，因为这个学校有一条一年级新生报名不成文的规矩，孩子必须能从1连续数到100，否则不予报名，直接被分流到县里的西关小学。这个规矩是学校朱校长制定的，没有人知道是为什么，反正这个规矩已经在这里执行了很多年了。

这次新生入学，全年级能从1连续数到300的孩子只有李小雪一人。

老师也很是惊讶，就私下里问李小雪这是怎么做到的，李小雪的回答也让老师很是惊讶。

李小雪的回答是："我还很小的时候，爸爸经常出差不在家，我晚上经常闹着不睡觉，妈妈和哥哥们就给我说让我数数字，连续数到300的时候，爸爸就回来了，也真是神奇！很多时候我数到300的时候爸爸真的就回来了！可是几年前爸爸去以前的单位出差工作，妈妈和哥哥依然这么对我说，可是我无数次地数到了300，至今也没有再见爸爸回来。"

老师听到这里，感觉到了这里的蹊跷，再也没有说什么。

李小雪非常有礼貌，性格也很开朗，每次见到校长、老师、同学们都会主动和大家打招呼。

因为妈妈身体不好的缘故，开学的前两周妈妈连续在送李小雪上学，从第三周开始李小雪担心妈妈身体不适，在接送她的路上会头晕，就坚决不让妈妈再接送她上下学了。

小勇刚好和小雪在一个学校，小雪每天都和小勇一起上学、放学。

小强这学期也升到了初三，各方面都品学兼优，尤其是在音乐、舞蹈和乐器方面很有天赋，他明年 10 月份就 16 岁了，他的愿望是明年一定要考上中专或者技校来减轻妈妈的负担，妈妈为了他们几个实在是太辛苦了。

小雪经常都是到学校最早的一个，为这还和小勇闹过几次不愉快，小勇有几次早上觉得还早非要赖床，可小雪非要早早的去学校。

这天早上，小雪早早的起床，吃了早餐，可哥哥小勇还没有起床，她叫了几遍，哥哥也赖着不起来，王灵秀也叫不起来。

小雪独自背上书包出了门，王灵秀追出来要送小雪，可小雪怎么也不让妈妈送她，王灵秀拗不过小雪就看着她一个人去了。

为此，王灵秀把小勇狠狠地批评了一顿。

这几天小勇、小雪互相都拗上了气，兄妹两个谁也不理谁。

王灵秀担心小雪，可是小雪又不让她去送，也没有办法。

小强在几个兄妹里面很有权威，平时经常教小雪唱歌和简单的舞蹈。

小强一个人在屋里弹奏吉他的时候，小雪经常坐门槛上一听就是几个小时，还不时地拍着小手叫好。

小强看在眼里，就跟小雪说："最近，大哥每天送你去上学好不好？我好久都没有到我的母校去过呢！我刚好送送你，也去看看我的母校和老师。"

小雪一听大哥要主动去送她，很爽快的就答应了。

这个时候的小强身高已经一米七几了，高高的个子，只是显得有些瘦，黑黑的头发，经常穿着一套亲戚们给的军绿色的上衣和裤子，有时候因为音乐学习需要还背着一个吉他。

小强因为长得帅气，又有这么一副装扮，在学校里很显眼。

小强不知道跟谁还学会了霹雳舞，这惹得很多同年级的男生、女生都想和小强接近。

这天，小强送小雪到了学校门口，刚好朱校长在门口执勤。

"这个小同学你是哪个年级？我每次执勤都看你来得很早。"朱校长微笑着。

"朱校长好，我是一年级三班的李小雪。"小雪行了个少先队队礼。

"哦！你就是那个刚入学就能从一数到三百的李小雪！进吧，好好学习。"朱校长弯着腰和小雪对话。

"朱校长好！我以前也是你的学生。"小强也跟朱校长打了个招呼。

"哦！你是……"朱校长想着这个学生是谁？

"我是81级五年级一班的李小强，我今天来送我妹妹上学！"李小强站得直直的。

"想起来了！你就是我们那年的小升初状元啊！都长这么高了，时间过得真快啊！"朱校长边说边思索。

"是，朱校长！我要走了，我还赶着去上课呢！"小强说完就急匆匆的走了。

小强送了小雪一周后，小勇和小雪也不再怄气了。

接送小雪的任务就又落在小勇的肩头上，小勇和小雪又开始每天一起上学、一起放学回家。

自从小强送过小雪上学一周后，每次上学、放学碰到中学的学生时，总有人时不时地在说"看到那个小姑娘了吗？她是吉他王子的妹妹，要找吉他王子通过她传信肯定没有问题。"

在随后的日子里，偶然间会有几个中学生模样的女生悄悄地塞给小雪一张纸条说："小妹妹，帮我给你哥李小强带个信好吗？"

每次小雪都还没有来得及回答，这些女学生们就早已经跑得无影无踪了。

直到若干年以后，小雪也没有搞清楚那些女生当时纸条上写的是什么，难道是那个时候就有女生开始喜欢大哥了吗？

又曰：

醉垂鞭

孪生初入学，你塬上，我密县。秋风爽，瓜果香满园，碧空蓝天蓝。

闺女知礼仪，敬师生，惹人欢。吉他悠，声声醉少女，惹得多少恋。

五、小吉接二连三地闯祸

好玩无忧闹村学，乱搅课堂惹人嫌。

乐趣孩童幼无邪，祸及家人多牵连。

小强、小勇、小雪都在县上上学，这一大家子的生活过得可是苦了些，经常也是多半个月也见不到一顿肉菜。

有时候王灵秀打临工回不来，也是三个孩子自己动手做着饭，小强主厨、小勇打下手，小雪择菜、洗锅，三个人配合得还挺默契。但是这做出来的饭不是煳了，就是生的，或者盐放多了，要么就是水煮青菜和馍馍，毕竟才是两个十来岁的男孩和一个七岁的小姑娘。

在穿衣着装方面，以前李国庆活着的时候，这几个孩子可是一直穿的新衣服。

自从李国庆走后，这个家庭每个月只有 23 元的生活补助，生活非常拮据。

三个孩子和小吉也都已经很久没有穿过新衣服了，衣服一直都是老大穿了老二穿。老二穿了，小雪和小吉穿，小雪上幼儿园的时候经常都是穿着男孩子的衣服，时不时被小朋友欺负。

这上学了，也不好再穿哥哥的衣服，王灵秀便把自己的不能穿的衣服裁剪、改制成小雪可以穿的衣服。

小强个子也高了，王灵秀挑些李国庆以前穿过的衣服，稍做修改也就将就着穿了。

小勇则常年都是老穿着大哥不能穿的衣服。

小吉在塬上老家和奶奶一起生活，俗话说"老人都是隔辈亲"，这话一点也不假，奶奶在老家啥事情基本上都是依着小吉，宁可自己少吃点，也要让小吉吃好，哪家的孩子要是欺负了小吉，老人家可是不依不饶地非要去和孩子的家长说个明白。

关键是，小吉现在已经上学了，他的这个性格在学校里就惹了不少祸端出来。

这天，村子的小学上课教了做手工，剩下的半瓶糨糊放在讲台上，上课老师去办公室了。

小吉竟打起了这个糨糊的注意，他偷偷地将半瓶糨糊拿到了自己课桌里，趁着下课的时间，作业本上撕了一张纸，他把那些糨糊掏出来都涂到了这个纸上，然后悄悄地把糨糊瓶又放到了老师的讲台上。

一会儿上课了，班长喊起立，大家都站了起来喊老师好。

小吉这时快速地从桌仓里拿出糊满糨糊的纸，糨糊面朝上，放到了前面同学的凳子上。

老师喊同学们坐下，所有的同学都坐了下去。

"啊！"

小吉前面的女同学大喊了一声，又站了起来。

全班同学看到，这位女同学的屁股上粘了一张作业的纸张，纸张外的部分都是溢出来的糨糊，大家都哄堂大笑起来。

老师很是生气，罚小吉在讲台旁边站了一堂课。

后来班主任询问才知道，原来是前几天小吉偷偷抄别人的作业，前面的女生给老师打了小报告，小吉才想出今天这么一出，来捉弄这个女同学的。

事后，班主任给小吉讲了很多道理，狠狠地批评了小吉，以后和同学要友好相处，不可以这样。随后又让小吉在班会上跟大家做了检讨。

小吉这次受了教训，也是安静了一段时间。

可是，这才过了三周又出事了。

这一天，小吉早早起来，捉了几只蚂蚱装到一个药盒子里，放到书包带到了学校。

这一节课下了，下节课就是上次罚小吉站的老师要上的课程。

下课大家都出去做操，小吉故意磨蹭了一会儿，他溜上讲台把老师的粉笔盒打开，把带到学校的这几只蚂蚱放了进去，又轻轻地盖上了粉笔盒，然后也跟着大家去做操了。

一会儿，上课了，老师讲了一会儿课本上的知识，便和往常一样打开了粉笔盒。

几只蚂蚱跳了出来，一只跳到了老师的鼻子上，一只跳上了老师的手背，一只跳到了老师的脖子里面。

老师被这突如其来的异常吓坏了，瞬间不知什么东西在手上、脸上、脖子里乱跳，竟被吓得跌倒在了讲台上。

几个学生上去扶起了老师，更多的学生则是哈哈大笑。

"谁的恶作剧，你们这学生太不像话了，我要找你们班主任，好好处理这个恶作剧者。"老师站起来将身上这几只蚂蚱抓住扔出了窗外。

"好了！继续上课。"老师继续上起了课。

这个老师下课就将刚才班上发生的事情告诉了这个班的班主任和校长，要求一定要彻查此事，好好地处理这个恶作剧的学生。

班主任回到班上，经过调查，当天做操期间，只有李小吉出去得最晚，这件事情已经很明显了。

班主任将李小吉叫到了办公室，问事情的经过，李小吉也是坚决不承认。

后来，经过班主任的连哄带激将，说不说实话的话，就去家里找李小吉的奶奶。

李小吉才承认了这件事情，老老实实交代了事情的来龙去脉。

"你说的，不找我奶奶的。"李小吉玩弄着手指头。

"不找，不找你奶奶！这事情你奶奶已经管不了了，这次要找你的家长，让你的妈妈来我们这。不然，校长已经说了，明天你就不用来上学了。"老师严厉地说。

小吉又和老师讨价还价，但老师怎么也不松口。

一会儿，奶奶来接小吉。

班主任把小吉的奶奶单独叫进去说了小吉这段时间连续两次捉弄同学和老师的事情，让小吉的奶奶一定要把王灵秀叫来沟通，不然明天就不要来上学了。

小吉的奶奶刚开始还是袒护着小吉，可是看着班主任怎么也不松口，便答应了带话叫小吉他妈来学校。

最终，班主任老师也答应小吉学先上着，但是一周内小吉的妈必须来学校，否则，就不让小吉再来上课。

回到家后，奶奶把小吉骂了一通，拿起了鞋子准备打小吉的屁股，可是拿起来下不了手，又放了下来。

老人也意识到小吉在自己身边待的太久，自己也管不了了，便托家门的人给王灵秀带话让她上来一趟。

王灵秀在县上收到了家门带来的话，估计小吉在学校里闯大祸了，便把家里吃的喝的都准备了一天的，想着第二天早上早早上塬上去。

这天夜里王灵秀辗转反侧很难入睡，入睡后竟然梦到了李国庆，李国庆似乎说他很冷，很孤单。

这一场梦可是惊醒了王灵秀，再也睡不着了。

想想也是，李国庆走了已经快四年了，这祖坟也没有进，被埋到了村上的乱坟堆，也该往家门口挪一挪了，这样他就能看到我们了。

天亮了，王灵秀给几个孩子吃过早饭，收拾了些要带的东西就匆匆回了老家。

王灵秀到老家后跟老太太了解了一下小吉的事情。

"妈！小吉一直在你这，你也太惯着他了，这样对他不好，以后你可要把他看紧些了，一会儿我还有个事和你商量，完了我就去学校。"王灵秀往出掏着带来的吃的。

王灵秀把梦到了李国庆和计划给李国庆迁坟的事情说了一遍。

老人也很是同意。

"不行就把李国庆的坟迁到门口咱们的自留地里吧！"

"妈！当年就不让国庆埋回来，我们现在迁坟，我那几个爹他们会同意吗？"王灵秀试探着问。

"他们同意也得同意，不同意我就死给他们看，待我百年后我身边也得国庆陪着吧！你们都是城镇户口看来以后也不回来了，这地我也种不动了，不行就给我门口留点菜地，其他的地都给你三爹他们去种吧！我们啥都不要，只要给些口粮就好，这他们总能同意了吧！"老人激动地拍着炕沿边子。

"妈！他们在不？咱们一起去和他们商量下。"王灵秀扶着老人。

"应该在呢！走，咱俩去看看。"老人溜下了炕。

王灵秀把带来的菜给三爹家分了一网兜，两人一起去了。

进门，三爹也在，他们在一起寒暄了一会儿后，就说到了给李国庆迁坟,同时把老太太的地给三爹免费种的事情都说了。

这三爹可能是看着这几年李国庆走后庄子上也没有发生啥事,况且这三年都已经过了,同时听到新姐的地让他免费种,也就爽快地答应了。

"灵秀啊!这迁坟可是大事情,这可得好好算个日子啊!到时候日子定了你提前通知我,我组织家门们一起帮忙把国庆的坟迁回来。"三爹吧嗒着旱烟锅子。

"好的,那是一定的。三爹,小吉学校还有事情,我就先走了。"王灵秀搀扶起老太太。

老太太一句话也没说,她们就出了三爹家的门。

两人回到家一起收拾起了家务,快到下午村学放学时间,王灵秀就到学校去了。

到学校王灵秀先后找了班主任、代课老师、校长了解了小吉在学校接二连三犯的错误,王灵秀不断地给老师们道歉,表示自己回去后一定好好教育小吉,感谢各位老师对小吉的管教。

最后,校长说:"这孩子你们一定要好好教育,如果再发生这样的状况,我们一定会开除的。"

等到放学了,王灵秀接上了小吉。

小吉一直躲着王灵秀,一来是很久没见有些生疏了,二来知道自己做了错事,怕王灵秀打他。

到家后,王灵秀提起扫帚把小吉狠狠地打了一顿,老人出来相劝才住了手。

小吉哭泣着躲在了老人的身后。

王灵秀本想哄哄小吉,但生怕孩子这坏毛病改不了,硬是忍下了。

王灵秀起身进屋洗了把脸,收拾了下衣服就准备回县上了。

"妈！小吉就辛苦你了，小强、小勇、小雪也放学了！我得赶着回去，不然没车了。"

"小吉，再不能闯祸了！再闯祸妈和哥哥、姐姐就都不要你了。"

小吉躲在奶奶身后哭泣着，一句话也不说。

王灵秀迈着大步走出了院子，一边走一边哭，一边不时地用手帕擦着眼泪。

又曰：

千秋岁

乌鸦临空，又报不祥事。本就壮士早离逝，雨狂风雪浓，惨淡过四季。花开落，随风飘浮多少里。

马楞求学是非多，先生眼紧闭。孩提闹，愤难灭，塬上塬下心忐忑，今朝事事急。见众位，此生莽撞终别离。

六、小强考上了凉城技校

天空祥云徐徐来，道路崎岖蜿蜒行。

酬情满志夺榜首，勤者大焉日月明。

这学期很快就结束了，县上上学的这几个孩子的成绩都很优秀。

小雪获得了班里的优秀班干部和三好学生、优秀少先队员的荣誉。

小勇获得了三好学生的称号及学校的奖学金。

小强获得了优秀班干部和学校奖学金。

小勇、小强基本上是奖学金专业户了，都已经连续三四年获得奖学金，惹得很多同学、家长甚是羡慕。

小雪才上一年级就是学习委员、少先队的中队长，这让很多同级的学生很是羡慕。

只有小吉在村子的小学里面不好好学习，老是惹是生非，每隔一两周就让叫家长，这可让奶奶和王灵秀伤透了心。

王灵秀一家虽然生活很拮据，但县上上学的这几个孩子都很优秀，也让王灵秀在外人和亲戚面前稍微能挺起些胸膛。

这个假期，小强可比平时忙碌了许多。

早上和川道里的同学一起去挖药材，晚上和周边村子上的人一起去县坡的崖边上抓蝎子，小强这么做总是想着尽自己最大的努力多挣点零花钱，来减轻妈妈操持整个家庭的负担。

每次小强走的时候小勇都要跟着，有时候小强去挖药材会把小勇带上，小雪因为实在太小，经常就被一个人放在了家里做作业。

晚上抓蝎子因为天黑有一定的危险，小强从不带小勇去。

王灵秀看着心里实在过意不去，阻拦了小强多少次，可小强总是说我都是一个大小伙了，为了弟弟、妹妹这都是我应该做的。

王灵秀为了贴补家用，有时候会带回来一些招待所的床单、被套进行缝补，大一点的口子用缝纫机缝补，但是一些小的口子缝纫机没有办法操作，就得手工缝补。

每到这个时候小雪都会凑过来看，时间久了，小雪也帮王灵秀穿穿针，剪个线。

有时候小雪也学着妈妈在床单、被套上缝几针，别说看着还挺像模像样的。

每天下午的空闲时间，小强都会到另外一个房间去练习舞蹈的基本功、舞步和练练吉他的谱子。

小雪还是和以往一样，整个下午都坐在门槛上看着大哥练习，时不时的鼓掌、喝彩。

有时候，小强练习累了，就给小雪教些简单的歌曲和一些简单的舞蹈动作。

小勇可对这些不感兴趣，每到这个时候他都是在做作业、看课本，或者看从同学、老师、亲戚那里借来的各种图书。

经常阅读各种图书的习惯也传染到了小雪，每次做完作业没有事情做的时候，小雪也会围到二哥的旁边去看看书，听二哥讲讲书里的那些故事。

寒假很快，也就四十来天时间，不知不觉就过去了。

春暖花开，新的一学期又开始了。

这学期开学，班里改选新的学生干部，小雪被学生选举，老师推荐当上了班长。

这学期开学，小强也是越加努力和忙碌了。

小强每天下了晚自习都要去老师那里单独练习，回来以后匆匆地吃点饭，便一个人在隔壁的房间里看书，每天都看到凌晨一两点才休息。

很快就到了六月，到了中考的日期。

这天，王灵秀起了个早给小强单独做了两个荷包蛋，又去下面招待所的餐厅买了几根油条回来，看着小强吃了，寓意门门考 100 分。

下午考完试回来了，大家急切地问小强考得怎么样？

"挺好的，感觉很不错。"小强自信地说。

王灵秀和小勇、小雪听了都很是高兴。

一周时间过去了，就要报志愿了。

王灵秀觉得小强学习很好，以后不上大学就可惜了，让小强志愿一定报高中。

可小强却说：高中都是学习不好的同学们上的，我觉得我考的成绩不错，我报中专或者技校吧！

那个时候确实也是这样，学习好的学生都去上中专、技校了，中专、技校上学不用缴学费，国家承担，有些技校还承担学生们的日常伙食费呢。

那天填完志愿回来，小强总是躲着王灵秀，王灵秀因为忙了一天也没有怎么察觉出来。

"小强，你今天志愿报得怎么样了？报的哪个学校？"王灵秀收拾着家务。

"妈！我第一志愿报的凉州技校，这个学校离家近，国家承担学费，日常的伙食学校也管了，每月还有生活补助呢！"小强低着头说。

"你不是说考得不错啊，而且你音乐、舞蹈方面有天赋，应该报凉城师范或者金州师范啊！"王灵秀也不怎么懂，这些都是听别人这么说的，说这两个学校好。

"妈！我前面成绩估错了，有几道大题我做错了，我怕报师范分数线达不到。"小强还是低着头。

"是这样啊！那凉州技校也挺好！"王灵秀附和着。

说完，小强就到隔壁的房子去弹吉他了，小雪也跟了过去。

小雪依旧坐在门槛上听，今天小强弹的曲子都很凄凉。

"大哥！你今天撒谎，你没有说实话！这是为什么啊？"小雪走到了小强跟前。

小强站起来关上了房门。

"没有，没有，都是实话！"小强又拿起了吉他。

"你就是说慌，要是真话，你刚才弹的吉他怎么这么难听？"小雪用眼睛瞪着大哥。

"过来，哥给你说实话吧！哥也想报师范，可是师范只承担学费，不承担日常伙食，而且上师范学习乐器还有其他费用，很贵的啊！咱妈这么辛苦，我不想给咱妈增加负担。你好好学习，以后如果想上师范的话，哥供你。今天咱俩说的可都是秘密啊！给谁都不能说，不能告诉妈，也不能告诉你二哥，来，咱俩拉钩。"小强将小雪拉到了跟前悄悄地说着。

"拉钩上吊，一百年不许变，谁变谁就是小狗！"两个人拉了个钩。

小雪靠在小强的身边，抬头默然地看了大哥许久，她瞬间好像懂得了什么。

又过了一周中考的榜示出来了，小强的成绩是当年的全县中考第一。

王灵秀正在县招待所食堂帮忙。

"灵秀啊！你怎么还在这呢！中考的榜示出来了，你们家小强考了全县第一！"一个吃饭的熟客说着。

"是吗！那我看看去！"王灵秀连护裙都没有来得及取下，就去了招待所食堂对面路上的墙上看榜示。

果真没错，红榜的第一个名字就是李小强。

王灵秀赶紧向家里走去，可是半路走着她怎么都觉得不对！小强中考第一名怎么自己说他考得不理想，报了个技校呢？难道是……

王灵秀匆匆到了家里，看到小强正在屋子门口弹着吉他。

"小强，你中考榜示第一！你……你……怎么能骗妈呢？你是要气死我啊！"王灵秀奔过去抢过吉他就要扔下去。

"妈！你就原谅我吧！我这不是看着家里紧张吗？"小强

默默地流下了泪水。

"小强！妈错了，妈错了！都怪妈无能！"王灵秀轻轻地放下了吉他，眼泪哗哗哗地流了下来。

"妈，我们进屋去吧！"

两个人流着眼泪，互相搀扶着进了屋子里面。

又曰：

苏慕遮

苦耕耘，读圣贤，八载未断，精弹唱乐理。春夏秋冬矢一志。学有所成，尽在中考日。

赶考忙，终榜示。天道酬勤，今朝金榜题。世事弄人多遗憾，家事前程，不知何所依。

七、寒假短暂的快乐

寒梅傲雪绽芬芳，来年故地依吐蕊。

暑期匆匆百般乐，往事随风一堆堆。

乙丑年的暑假小强可是攒足了劲儿挣钱，但是中间只要有空闲他就带着弟弟、妹妹们去周边玩耍。

李国庆已经走了四年了，县上的平均工资都涨了，生活物品的价格也上涨了不少，可县公安局给王灵秀他们生活费、补助费每月还是 23 元，王灵秀觉得这一大家子的生活成本越来越高，自己的压力也越来越大了。

这几个孩子都是长身体的时候，他们的饭量也越来越大，可是相反，他们的伙食标准却是越来越差。

伙食能有所改善的时候也有，那就是王灵秀去给别人家红白喜事、招待所餐厅临时帮忙，王灵秀会把一些干净的和做肉菜切掉的边角料带回来给孩子们做着吃。

王灵秀为了改善孩子们的伙食，现在是工地、缝缝补补的活也干得少了，尽量找些红白喜事食堂帮忙的活去干。

小强知道自己开学就要去凉城上学了，给家里也帮不上忙了，所有的重担就全都落到了王灵秀的身上。

这个假期小强找了个县城的工地做临工，每天给 2 元钱，小强答应可以干 45 天，每天小强都是早上早早的起床帮忙给家里做过早餐，干一些家务后，就赶着去工地了，一直到晚上七点左右才回来。

遇到雨天工地休息，没有活干，小强就领着弟弟妹妹们去县城的喜河边去抓鱼。

这个县城有条喜河穿城而过，每次下雨河里总会有很多长约十五至二十厘米灰色的鱼，当地叫"麻胡"，在岸边洄游，现在来看这种鱼可能是泥鳅的一种。

每次去到岸边，小强觉得妹妹还小，总是让小雪打着伞或穿着雨鞋、雨衣在岸边等待，他和小勇挽起裤腿到河边用手去捞鱼。

运气好的话一两个小时就可以捞到一铁桶。

捞到鱼后，小强和下勇抬着鱼，小雪打着伞就一起回家了。

每到这个时候都是他们一大家子改善伙食的时刻。

返回家里，兄妹三人配合着洗鱼、杀鱼、清洗。

这种鱼没有鳞片很容易清理，不一会儿就杀好处理完了，但是这种鱼的腥味很大，需要多清洗几遍，同时用清水泡一泡拔掉里面的腥味。

晚饭时刻，小强主厨，小勇和小雪打着下手。

小强给盆子里面打了些清水，里面放入了一些面粉，将其打成均匀的面糊状，又往里面加入了一些食盐、调料搅拌均匀。

往锅里倒了一些清油，等油热后，把麻胡鱼放到面糊里面裹上面糊，迅速地将裹好的鱼放到热的清油锅里，两次翻滚就熟了。

小强将炸好的鱼先分给小勇和小雪品尝，自己继续炸鱼。

刚炸出来的麻胡鱼，因为裹了面糊的缘故，放到嘴里外脆里嫩可是香极了。

王灵秀回来，一看锅里放了这么多的油，不由得有些心疼这些清油，觉得有些浪费，平时她炒菜可是用油抹布蘸一点把锅擦一擦就炒的。

但是，她看到一大盆子的麻胡鱼和小勇、小强、小雪吃的满嘴都是油的样子又心悦了起来。

暑假很快结束，小强工地打工生涯也结束了。

这次打工小强一共挣了60块钱，小强花10块给自己买了些上学要用的日用品，给小勇10块、小雪10块，剩下的都给妈妈了。

王灵秀让小强把剩下的钱拿上，小强非不要，说是学校学费、伙食费都承担，每个月还发一些生活费呢！

两人你推我搡，最终小强只拿了10块钱。

小强去凉城的这天，王灵秀、小勇、小雪都去县上的汽车站送了小强，汽车发动的那一刻，几个人的眼眶都湿润了。

随后，这几个孩子也陆续开学。

小勇已经升上了初一，到了县第一中学上学，也和小雪不再同路了。

小雪升到了二年级，因为各方面都品学兼优，这学期班干部改选，小雪被选为了他们班的班长。

小吉因为在村学里面屡次犯错，村学对其予以劝退。

王灵秀本来是要把小吉转到县上来念书的，但奶奶已经和小吉有了感情，不愿意让小吉来县上上学。

可是，这村里的学校实在已经是没有办法上了，老太太又去找了孩子们的二爹，二爹托人说人情好不容易才把小吉转到乡上的小学继续读一年级。

好在，这乡里的学校离村子也不是很远，每天上学、放学小吉都跟着隔壁家门的几个大一些的孩子一起往返。

小强去凉城上学后，小勇和小雪更加的懂事了，每天都抢着干家里的各种脏活、累活。

王灵秀依然有一顿没一顿的到处打着各种临工。

小雪写完作业，有时候会一个人坐在隔壁房子的门槛上发呆，看着好似依旧陶醉于大哥的吉他声中一样。

小雪天天都盼着大哥回来，大哥回来就又能听到那优美的吉他声了，又有人教他跳舞、唱歌了。

好不容易盼到了冬天。

这天天上下着大雪，大哥背着吉他，提着一个大包回来了，原来是大哥的学校放寒假。

大哥的个子又高了，发型也比以往好看许多，穿着一身凉州技校的校服，看起来格外精神、帅气，只是比以往消瘦了些。

小强给王灵秀带了一条大红的围巾、给小勇带了一支英雄牌钢笔，给小雪带了个多功能文具盒和一盒彩笔。

给小吉也带了一个铁质的双面文具盒和一支自动铅笔，但小吉还在塬上的老家，只能以后再给他了。

小勇、小雪收到礼物都非常的高兴，感觉到有哥哥的人是全天下最幸福的了。

王灵秀拿着大红色的围巾也很是高兴，但又觉得小强委屈自己了，身体这么消瘦，肯定是没有吃好，还给大家都买了礼物，王灵秀忍不住责备了小强几句。

"你们都好久没有见弟弟了，今年咱们在老家过年，过几天小勇、小雪放假了，这雪应该也就小些了，你们几个先回老家吧！我把这边安顿到年跟前也就回来了。"王灵秀轻抚着大红色的围巾。

"好的！好的！我们真是好久没有见弟弟了。"小雪笑着说。

过了一周时间，小勇、小雪也放寒假了，雪也基本上停了，小强领着小勇、小雪回到了老家。

回到老家，小吉看到几个哥哥和姐姐竟然害羞地躲了起来。

几个兄妹连哄带逗地叫了半天，小强拿出了带给小吉的礼物，小吉才从奶奶的背后跑了出来。

当天奶奶用当地产的一种植物"荏"给孩子们包了一顿饺子吃。

随后几天，小强带着弟妹几个清理了老家的茅房，把门口的粪也拉到了地里，还组织几个小孩把老家的房子彻底整理、清扫了一遍。

剩下的日子里，这几个孩子在一起也是玩美了。

他们把院子里的雪扫出来一块空地，撒上一些高粱支起一个筛子，用一个绳子绑住，远远的控制着一端来扣麻雀。

这麻雀扣来以后，和一小堆泥把麻雀糊住，生一小堆火把麻雀烤熟，掰了外面的泥，掏了里面的内脏去吃可是美味极了。

他们还一起滚铁环、跳王字、打沙包、跳皮筋，甚至于连小时候的过家家游戏都玩了一遍。

他们还玩了那个时候老家很是流行的链子枪，就是用废弃的自行车链子和八号铁丝、自行车的内胎及自行车的辐条帽做成的枪状的玩具，自行车帽里插入一根火柴，然后把火柴头上的硫磺拨下来一些，填充到里面后，扣动扳机，硫磺瞬间燃烧的爆发力就可以将自行车帽里插入的火柴棍发射出去三四米，而且很有威力，可以射入坚韧的树皮。

当然这个玩具是那个时候男孩子的最爱了，哪个男孩子能自己制作或者拥有一把链子枪，这可是最幸福、最有面子的一件事情了。

这个玩具可是小吉的最爱，最后也送给了小吉。

小勇、小雪可对这些不怎么感兴趣。

有时候天气晴朗，小强也会搬个凳子出来在院子里弹起吉他，或者教几个孩子一起唱歌、跳舞，有时候小强也会单独跳自己最拿手的霹雳舞和刚学会的迪斯科舞给几个兄妹们看。

老太太这几天也被这几个孩子闹高兴了，时不时也是高兴得合不拢嘴。

周边家门的孩子听着这个地坑庄子里面时不时有乐器的声音和爽朗的笑声也被吸引了过来。

一传十、十传百，一会儿工夫多半个庄子上的孩子、年轻人和没有事情的老人都来到了院子里面看兄妹几个的表演。

小吉今天作为东道主可是神气、自豪极了。

围观的人们不时叫好、拍手。

有些人纷纷议论着："这李国庆走得早，可这几个孩子个个都有出息。"

"也未必，你看那个小吉可不是个省油的灯！"不知谁冒出来一句。

这天，老太太的院子简直就像是开乡村演唱会，比过会唱大戏还热闹。

又曰：

木兰花

金榜题名心惆怅，欲赴凉城多牵挂。兄妹将别情怎舍？又是一幅画中画。

夜以继日付辛劳，逢雨捕捞观夏花。一腔悲切报母恩，母恩连绵耀晚霞。

八、小雪当上了大队长

大风归去春渐暖，相爱云雀空中舞。
径直前行路坎坷，庭院深深微风拂。

愉快的假期就这么结束了，生活又恢复了正常，小强依依不舍地赴凉州技校上学了，小勇、小雪也回县上上了学，小吉依旧留在了老家，在乡上的中心小学还上一年级。

机会总是眷顾着努力付出，提前准备的人。

这学期刚开学，担任东关小学的少先队大队长的同学因为父母转学去了外地，这个位置被空了下来，整个学校开始推荐选举新的少先队大队长。

一般情况下这所学校的少先队大队长都是由三、四年级的学生担任，一直担任到五年级小学毕业，才开始换届选举的。

小雪因为学习优秀，经常积极参加班级、学校的各种活动。同时每天都到校很早，又任过班上的学习委员，后期又是班里的班长。同班、同级的同学、老师们都很认可这个小姑娘的能力。学校的朱校长、副校长、教导主任等也都对李小雪印象很深。

　　经过层层选举、推荐，多数同学、老师一致同意李小雪担任本届的少先队大队长。

　　但在最终上校务会议时，个别老师提出了不同的意见。

　　"李小雪是个女学生，比起同龄的孩子来个子小、又瘦弱，这不好代表我们的学校形象吧！她现在才上二年级，咱们学校到目前为止可没有这么小的学生担任少先队大队长的惯例啊！"一位老师发表着自己的看法。

　　"也是啊！"几个老师附和着。

　　"这么瘦弱的低年级女生能有组织、协调能力吗？"另外一位老师也提出了质疑。

　　"我们办学一贯倡导男、女生平等，不能以貌取人，低年级的怎么了？只要有这个能力，我觉得哪怕就是一年级的学生也未尝不可，就这么定了吧！我看好这个李小雪，我觉得她入学以来自律性和各方面的表现都不错。"朱校长慢吞吞地抽着烟。

　　其他的老师看朱校长都这么说了，也纷纷表示支持朱校长。

　　随后，班主任找李小雪谈了话，教务处主任找李小雪传达从即日起由她担任本届少先队大队长的通知。

　　"李小雪同学，你可是咱们学校多年来二年级学生就担任少先队大队长的第一人，这个岗位责任很大，既要参与学校的各项活动，又不能耽误功课，平时付出的也要比其他同学多得多，很多时候放学后，周六、周日也要来学校参与各种活动，你能坚持下来吗？"教导主任很认真地说。

"谢谢主任！我能做到，我都能做到，但具体的工作还请主任和老师们多教教我！"李小雪给教导主任深深地鞠了一躬，心里满是高兴和意外。

当天放学一回到家，李小雪就迫不及待地把这个消息告诉了妈妈和二哥小勇。

"我的妹妹这么优秀，你可比大哥和我优秀许多啊！我俩在少先队最多也就是个中队长啊！妹妹威武！"小勇停下了正在写的作业，微笑着看着妹妹。

"我的小雪啊！你可给咱们李家挣面子了！妈今晚给你加鸡蛋。"王灵秀找起了鸡蛋。

"妈！给二哥也加一个嘛！"小雪帮着去取起了鸡蛋。

"小雪啊！这个大队长我可听说不但学习要好，德智体美劳样样都得走在前面不说，还要协调、组织、参加学校的各种活动，这可很惹人的啊！你能干得了吗？"王灵秀将鸡蛋打到了碗里。

"妈！你都这么能干，我一定能干好！"小雪斩钉截铁地说着。

"妈！你就不操心了，我相信妹妹一定能干好，谁不听妹妹的，为难妹妹我去收拾他呢！"小勇挥了挥拳头。

"这可不行！你可不能随便打人！"王灵秀停下了手里切菜的刀。

小雪这面是当上了县东关小学的大队长，可小吉在塬上还是让人有操不完的心。

这不，又有人带话让王灵秀到老家乡上的中小去一趟，说是中小的校长要找家长谈话。

王灵秀安排妥当家里的事情，到车站买汽车票直接到了老家的乡上。

到了乡上后，王灵秀径直就向乡中心小学的位置走去。

到了中小校长办公室，王灵秀先做了自我介绍，说自己就是李小吉的家长。

"大姐！你就是李小吉的母亲啊！我们终于把你盼来了！"校长让王灵秀坐下，又给王灵秀倒了一杯水。

随后，校长将小吉来这里上学后的一系列劣迹陈述了一遍。

"大姐啊！我也知道这孩子父亲去世得早，这面由孩子的奶奶操心着，可是这孩子太不省心啊！你看！才到我们这不到一年就捅了这么多的娄子，我们的老师们实在是拿李小吉没有办法了，我们这是教书育人的地方，总不能天天打骂、体罚吧！这学期结束了，我们可再不能让孩子在我们这里了！要不然，我这校长也干不下去了。"校长无可奈何地摇摇头。

王灵秀又承认错误，又说了许多的好话。

可校长态度很坚决，让这段时间就给联系其他的学校吧！他这里实在是没法容留李小吉了。

王灵秀看再说好话也是无济于事，便离开了学校去老家找她奶奶商量。

到老家，王灵秀和老太太说了李小吉在学校的事情。

"灵秀啊！这人老了，就不中用了，这孩子我怎么说他也不听，可能是我给惯得过头了，我这也是管不住了！这孩子大了还是要他爸……他妈去教育，我这最近身体也不怎么好，这孩子要下下学期你就领回去吧！你好好管教管教，不要让我这老婆子给耽搁了。"老太太似乎想到了什么，伤心地哽咽着。

"也好！妈！你一个人身体行吗？要不我把你也接到县上去。"王灵秀看着老太太。

"灵秀啊！我照顾我自己一个人还没有啥问题！我在这里住惯了，下去我还不习惯，我在这里天天出去转转，我还要守着国庆呢！"老太太用手帕擦着眼泪。

"也好，我这下县上去就赶紧给小吉联系学校，你把自己照顾好，身体有问题就给人托话，我就赶上来。"王灵秀转身就准备走。

"灵秀！你把这罐肉臊子给拿上，你们到县上去吃，这小吉前两年让肉也给吃伤了，现在是一点肉都不吃，我这牙口也不好。"

老人蹒跚着下了炕，去到厨房拿出了一罐肉臊子塞到了王灵秀的手里。

又曰：

宴山亭

始龀之年，天降大任，唯择天高志远。幼年曲折，历尽苦难，食不果腹多年。遭世人笑，幼无邪，无视风雨，愁苦。问人道沧桑，几人苦难。

造化弄人重重，这同是手足，何曾道远？姐弟分离，已然数日，相互何知流年？怎不想念，在梦里，总难相见。无奈，母担忧，聚在何年。

九、小雪第一次做饭

手到病除解忧愁，忙活生计齐动手。

脚踏实地舞春秋，乱捣食材几人忧。

王灵秀这趟回来后，就到处打听小吉转学的事情。可是这县上一共只有两所小学：一个东关小学、一个西关小学，东关小学算是县上的重点小学，西关小学就稍微差一点了。

王灵秀到东关和西关小学都去过了，可是两所学校都推诿说新生还可以考虑，插班进来的就不好考虑，目前生源指标都比较紧张，每个班都是45个学生的指标，没有转出去的学生，谁都不敢答应往里面再插入转学的学生。

偶然听说，西关小学有个副校长是孩子二姨夫胡伟的同学。

王灵秀心想这几年胡伟一家对自己一大家子一直挺照顾的，也该去人家家里谢谢二妹和妹夫了，顺便说说小吉的事情看有没有希望。

这天中午吃过饭，王灵秀到烟草公司买了一条金丝猴香烟，又到大食堂买了一斤猪头肉、十个麻花到二妹家里去了。

"姐！大中午的你不照看着孩子，怎么到我这来了？快进来。"王灵梅打开房门。

"来看看你和妹夫啊！晚上孩子们都回来，事情多。"王灵秀走了进来，就将东西顺手放到了里面的桌子上。

"姐！你一会儿还要到哪里去吗？怎么提了这么多东西？"王灵梅诧异地看着桌子上的东西。

"灵梅，来，我们坐下说话！"王灵秀也不客气了，拉着王灵梅坐到了他们家的沙发上。

"灵梅，这几年姐拖累你了，你和妹夫都跑前跑后的，我今天刚好有时间来看看你和妹夫，也没啥拿的！我给妹夫带了条烟，给孩子们买了点猪头肉和麻花。"王灵秀拉着王灵梅的手。

"姐！刚过来啊！来，喝杯水！"胡伟本来在隔壁房子午休，听到有人来家里，便起床过来看看。

看是王灵秀来了，便给王灵秀倒了一杯水，也坐在了旁边的椅子上。

"姐，这可不像你啊！是不是遇到啥闹心事了？你就直说吧！这东西我们可真不要，你这一大家子也够你受的，你还哪来的钱这么糟蹋啊？"王灵梅拍拍王灵秀的腿。

"你姐这嘴笨，有啥事也不会藏着掖着，那我就直说了！看这件事妹夫能不能帮个忙？"王灵秀看着胡伟。

"姐！咱们都是一家人，有啥事，你就直说吧！"胡伟点燃了一根香烟。

"是这样啊！小吉一直在塬上他奶奶那里上学，以前是我这孩子多。现在小强也到凉城技校去读书了，小勇也大了，小雪也很懂事，我这想着小吉一直在妈那里也不是长法，我想把小吉转到县上来念书！一来孩子不在身边久了，和我们就有些生疏；再者咱县上的教学质量肯定也比乡上的好些。可是我到东关小学、西关小学都去了，人家说现在插班生不好安置，我听人说西关有个副校长是他二姨夫的同学，我就来看看，他二姨夫能不能把孩子转到县上上学的事情给帮忙协调下？"王灵秀看着胡伟。

"这个事啊！你这消息还灵通，西关小学是有个常务副校长是我的同学，我们关系还不错，我一会儿上班就到他单位去，这是个小事情，应该问题不大！"胡伟抽着烟。

"他爸！这事你给姐可一定得办成啊！你们一天喝酒看着都亲得很，这回可是咱们自己的事情。"王灵梅眼睛盯着胡伟。

"你看你说的，我知道是咱们自己的事情，我不是说了吗，我下午上班就到他们单位去，逼着他也得把小吉转学的事情给办了。"胡伟焦急地说。

"那就谢谢了！中午都打扰你们休息了，你们再抓紧休息会儿，我就走了！"王灵秀起身往外走去。

"姐！你也紧张，这东西我可不要，你拿回去吧！"王灵梅拿起桌子上的东西往王灵秀手里塞。

"这可使不得，他二姨夫这办事情也要打点呢！这烟让他二姨夫拿上，这怎么好欠人情呢！这点吃的我给两个孩子买的，你们不要让我难堪了。"王灵秀和王灵梅互相推让着。

"他大姨，这样吧！这烟我拿上，下午我给带过去好办事，这吃的我们都有，你就拿回去给两个孩子吃吧！就算是给孩子们改改馋！"胡伟将王灵秀的手拉了回来。

"他二姨夫你就都收下吧！这还要找人呢！"王灵秀又将东西放到了桌子上，准备出门。

"姐！你这可就不对了，你把我还当不当一家人？那就按他爸说的，这烟是要送人的，我们收下，其余的你就带回去给孩子吃，我这啥都有呢！"王灵梅边说边推让着。

"这烟我就收下了，吃的你真拿回去。"胡伟从王灵秀手里把烟接了过来。

王灵梅推着姐姐出了门。

胡伟下午就去了西关小学，给老同学拿了条烟，给说了这件事情，事情很顺利，让下学期就过来报名。

这个假期王灵秀就把小吉领到了县上。

小吉好久没有怎么回县上的家了，回来这也看看，那也摸摸，一切觉得既熟悉又陌生。

假期里，王灵秀还是处处找着干临活，现在小吉又加入了这个大家庭，以后家里的开支也稍微会大点。

小勇也理解家里的难处，不顾家里人阻拦，找了一个建筑工地去干临活，搬砖头、水泥了。

平时家里也就剩下了小雪、小吉。

小雪在家里写写作业，干些小家务，看看大哥和二哥收集来的小人书和其他书籍。

小吉可不安分，写作业不到五分钟，就这里转转，那里看看，或者跑到院子里面去玩了。

小雪刚开始还有耐心，可多少次弟弟都是这样，不是不听话就是做鬼脸。

这后面小雪也不客气了，便拿出了姐姐的威严，弟弟不听话的时候，就直接揪着小吉的耳朵过来写作业。

写完作业后，小雪便引导弟弟看看小人书或者配合做些小家务。

这天一直等到晚上快七点了，二哥和妈妈还没有回来，两个孩子有点害怕了。

但小雪还是装着无所谓的样子哄着弟弟开心。

"小吉，这样吧！平时都是妈给咱们做饭，这回二哥和妈都还没有回来，咱们给他们一个惊喜好吗？"小雪微笑着。

"什么惊喜啊？"小吉摆弄着手里的木头手枪。

"我看妈走的时候把菜都切好了，我们生个火，馍馍馏上，把菜炒了就好。"小雪给小吉挤着眼睛。

"我可不会生火啊!在塬上学校冬天炉子生火我不会,我都是拿柴火过去,其他同学生的火,做饭我就更不会了。"小吉一只手抠着脑袋。

"没事,有姐呢!你配合我就好,我在学校火生得可好了!炒菜馏馍馍我学着妈的样子来做就好了,你听我的。"两个人击了个掌。

小吉去外面找起了柴火。

小雪踩着一个木质的小板凳端下了灶台上的锅,将炉腔里面的灰往下捅了捅,用一根火柴点燃了废报纸,放了些小吉找来的柴火,看着柴火着了,往上面铲了一铲子煤,又把锅放上去,拉开了鼓风机。

小吉站在旁边给小雪递着火柴、柴火。

小雪给灶台上的小锅添了些水,放上算子,将几个馍馍放了上去,盖起了锅盖。又用抹布把大锅里的水擦干净了,学着妈妈的样子在一个白色的装清油的搪瓷缸子里拿出一个油抹布在锅里面擦了一圈,就把妈妈切好泡在盆子里的洋芋丝捞到了锅里,用铲子搅了搅,又学着妈妈的样子往里面放了几大勺盐。

可是这菜怎么越炒越粘锅?小雪站在木凳子上不断地搅动着铲子。

搅着搅着锅里开始冒起了烟,一些洋芋也焦了。

烟呛得小吉跑出了屋子,待在了屋子外面。

小雪也被烟呛得乱了神,她关了鼓风机,依然用铲子在锅里搅拌着,可是锅里还是冒着烟,熏得小雪流下了眼泪。

"孩子们,你们这是做什么呢?怎么这么大的烟啊?"王灵秀回来了。

"妈!姐在做饭呢!把人都呛得熏死了。"小吉门口捂着鼻子。

王灵秀赶紧冲进房子，打开了前后的窗户，又端下了正在炒菜的锅。

"我的闺女啊！你这是做啥呢？"王灵秀将小雪拉出了屋子。

"妈！我学着你做饭呢！"小雪揉着眼睛。

不一会儿屋子里面的烟散去了，娘母几个走了进去。

恰巧，小勇外面干完活也回来了。

"来，孩子们端饭，今天我们尝尝小雪的手艺。"王灵秀盛出了锅里的洋芋丝和锅里馏的馍馍。

今天的这顿饭看着可真不怎么样，洋芋丝差不多一半已经焦了，带着一股很浓的烟熏味，另一半还有点儿生，馍馍一个个都像被水泡过一样。

"不错啊！挺好吃的，我这闺女啥时候学会做饭了，这味道不错啊！"王灵秀拿了一个馍馍，夹了几根炒焦的土豆丝吃着。

"真难吃，又焦又咸，菜还生着呢！馍馍都泡得没法吃了。"小吉夹了一口菜放到嘴里吐了出来，用手掰着被泡烂的馍馍。

"挺好吃的啊！小雪手艺不错，哥多吃点。"小勇装着很好吃的样子。

"妈，真的很难吃啊！我看你平时就是这么做的，我做的怎么这么难吃啊？"小雪皱着眉头。

"这可是你平时没有看仔细了，这油热后菜倒入锅里，少放点盐，今天盐放得太多了，盐放上后翻滚几遍，往炒菜的锅里倒上两勺水，搅一搅锅盖盖上焖一会儿，中间再翻搅两次就好了。这馍馍啊！是你后锅的水倒得太多了，以后少倒一点，有三分之一的水就可以了。"王灵秀边吃馍馍，边夹着菜。

王灵秀和小勇大口地咬着馍馍，大筷头的夹着菜吃，都说今天的饭很好吃。

小吉依旧是掰掉了被泡软的馍馍，用筷子不停地在盘子里扒拉着。

王灵秀把小吉掰下的泡软的馍馍都刨到自己跟前都吃了。

小雪一小口、一小口的吃着炒洋芋丝和馍馍，她知道今天的饭一定很难吃，二哥和妈妈都是为了安慰她才装出很好吃的样子。

又曰：

渔家傲

顽童求学祸累累，村塾乡野无人留。慈母四处寻出路。泪眼湿，终得贵人出手渡。

兄妹有缘一处聚，携手共赴读书路。阿姊聪慧语如珠。一堂欢，初次献艺进明厨。

一〇、见到小雪赶紧跑

弃乡离村归密县，旧物旧人换新颜。

图书画册多新奇，新地新友始作难。

小吉离开县城几年，终于又回到了这个小县城。可是已经物是人非，李国庆因意外事故已经不在人世，大哥已经去凉城技校上学。家里现在也只有王灵秀、小勇、小雪、小吉他们四个人了。

小吉刚来县上上学也不能太寒碜，王灵秀想着让小吉穿套新衣服去上学。

王灵秀找出了李国庆以前穿过的一套卡其色的旧衣服，自己动手裁剪，在缝纫机上给缝制了一套衣服。又找了块李国庆当年包沙发剩下的帆布，给小吉缝制了一个新的帆布挎包当书包。

到了新的环境，新的学校、新的同学、新的老师，小吉可算是老实了一阵子。

这小吉虽说是留级下来的，个子块头比班上的其他孩子高了些，也壮实些，可是这县上的孩子毕竟见的世面多，处处都不让着小吉。

这天下午放学，小吉气喘吁吁地从县公安局的坡上往上跑，后面男孩子挥舞着手追赶着。

"李小吉，没有爸！哪里来的野孩子？"几个孩子一边跑一边喊。

小吉实在跑不动了，靠在路边的墙上休息。

这时候，追他的几个孩子也迎了上来，团团围住了小吉。

"李小吉，没爸的野孩子！是不是？自己说你是没爸的野孩子！"一个高年级的男孩子吓唬着小吉。

"你们干啥呢？哪里的几个坏怂？"一个高个子的中学生拉开了那个高年级的男孩。

原来是小吉的二哥刚好路过这里，听到了这几个孩子在欺负小吉。

"我说话你们没有听见吗？每人自己扇自己的嘴巴三下，就给我滚。"小勇将这个为首的孩子逼到了墙角。

"你是谁？少管闲事！"这个孩子还顶撞着。

小勇一只手拉着这个孩子，一只手扇了这个孩子两巴掌。

其他孩子一看，领头的孩子都被扇了，赶紧自己扇了三下自己的嘴。

"还有你呢！扇自己嘴三下，赶紧给我滚！"小勇愤愤地说。

领头的男孩一看这是中学的学生，打也打不过，就很不情愿地扇了自己的嘴三下。

"走！"几个孩子一溜烟地跑了。

"李小吉，今天你幸运，下次你可小心着！"不知哪个孩子喊着。

"滚！滚！滚！快滚！"小吉一看二哥给自己长了精神，胆子大了，也朝那几个孩子喊了起来。

"别没事找事了！快回家！"二哥推搡着小吉。

"二哥，你让他们自己扇自己可给我长精神了！你真厉害。"小吉边走边说。

"刚才他们没有打你吧？你这一天可不要到处惹事了！下次惹事我可不管。"

"二哥！我没惹事，是他们骂我是没爸的孩子，欺负我，一直从学校把我追到了这。"

"小吉，咱不主动惹事情！但有人主动惹事的话，你有哥呢！"

小吉听着二哥说这话，心里顿时感觉美滋滋的。

这一连好多天过去了，这几个孩子再也没有找小吉的麻烦，小吉在学校也没有捅出什么大娄子来。

这天放学了，小吉一路踢着石子往家走。

刚走到县招待所大坡中间的时候，几个男孩堵住了小吉的去路，领头的还是上次的那个大男孩。

"李小吉，你二哥放学不从这里经过，今天可没有二哥了！那天的账我们该算算了吧！怎么做，你应该懂的吧！"几个孩子将李小吉围到了墙角。

李小吉心想，这次可完了！二哥放学确实不从这里经过，看来今天只能是听天由命了。

他闭上了眼睛，又突然睁开了，该怎么就怎么吧！

突然，他看到了一道亮光，自己今天又有救命稻草了！他看到自己姐姐和几个同学从坡下面走了上来。

"姐！姐！有人欺负我！"李小吉大声地喊着。

"你可真会喊啊！叫妈也没用！"为首的男孩狠狠地看着李小吉。

"放开手！你们是谁？怎么能这么欺负一个小学生？"小雪和她的几个同学走了过来。

"咱们快走吧！她是东关小学的大队长，在他们学校厉害得很，学生都还害怕呢！东关学校那几个挑头的坏学生都害怕她呢！"周边几个学生拉着大个子的男孩赶紧跑了。

"真晦气，怎么又遇到这么个小魔头！走吧！我哥都怕他们大队长呢！"领头的男孩边走边自言自语着。

"姐！你可真厉害，几个男生都被你给吓跑了！"小吉拉了拉衣领。

"你姐，可是我们学校的大人物啊！谁不听话收拾他们呢！"小雪旁边的一个同学说。

"你一天尽惹事，啥都不说了，赶紧回家吧！"小雪拍拍小吉后背和腿上的灰尘。

这几个孩子想给李小吉个下马威，可是每次都有意外发生，一看这硬的是不行了。

这几个孩子便主动和小吉和好，小吉一天有事没事也经常和这几个孩子在一起。

在县西关小学的这段时间里，再也没有同学来欺负小吉了。

可是时间不久，小吉又和这几个孩子一起欺负起了别的同学，时不时还搞点恶作剧。

小吉有时还跟着高年级的学生一起逃课去钻地道、翻城墙、上山偷果子、下河钓鱼。

又曰：

千秋岁

草长莺飞，又是芳菲季。坎坷轮转归密县，顽劣性暂收，慈母制新衣。光阴过，多相安无事。

日渐纷争起，他人寻无理。遇兄长，解安慰，才觉手足情，无理着退矣。又祸起，阿姊怒斥方平息。

一一、小雪成了舞蹈队的领舞

轻风和畅燕高翔，歌声嘹亮绕山梁。
曼靡声声沁心扉，舞韵传神真情长。

小雪这几年也越来越懂事了，虽然长得很是瘦弱，可是做事完全看不出才是个十岁刚出头的孩子，在家里尽量干着自己力所能及的家务，平时还操心着弟弟的学习，在学校，小雪也是非常的努力。

小雪担任着县东关小学的少先大队长，班里的班长，还参加了学校的文艺队。学习也是一样没有拉下，门门功课优秀，成绩一直在全年级的一、二名之间，从二年级开始每学期都能以优异的成绩获得学校的奖学金。文艺方面更是没得说，不管是朗诵、独唱还是舞蹈都是本届学生里面的佼佼者，一直都是文艺队的大合唱领唱。

县东关小学的校长、老师、班主任、不同年级的学生大多数都对小雪很是认可。

甚至连学校的一些不听话的坏学生对小雪也很是敬佩，做坏事被校领导和其他的老师抓住还要顶嘴，若有学生举报他们更是少不了被报复的下场，可若是被小雪抓住，他们却乖乖认栽了。

小吉可就不一样了，还是那样一如既往地让人永远操心不完。

刚到县西关小学时间不久，就和本班的几个差学生及高年级的坏学生混到了一起，经常一起逃课，时不时打骂、报复学生、捉弄老师。

小吉才到县西关小学念了一学期，班主任、教导主任就叫王灵秀去谈了好几次话，但每次回家王灵秀训斥小吉后，都是前几天还听话，过不了几天就又犯老毛病了。

才上了两学期校长就又叫王灵秀去谈话了，说是小吉跟着几个高年级的学生去把一个本校的男学生胳膊打得骨折了，这次学校要严肃处理，立即对李小吉记大过，开除本校学籍，与那几个打架的孩子的家长一起分摊骨折孩子的医疗费。

王灵秀给校长讲起了自己的难处，希望可以把李小吉继续留在学校学习。

校长态度很坚决，说："我们西关小学自建校以来还没有发生过这么恶劣的事件，这次必须要处理，我们给受伤的孩子，整个学校，县教育局都得有一个交代，无论如何也不能再留在学校了。"

最后，经过王灵秀的再三哀求，校长看马上就放假了，也就答应处分宣布后，李小吉可以在学校待到放假，但下学期就再不能来了，让王灵秀现在抓紧就去给李小吉联系其他的学校。

这次，王灵秀可是气坏了，回家拿着鸡毛掸子把小吉狠狠地打了一顿，小吉知道自己理亏，既不说话也不躲闪，小勇和小雪也拉不开妈妈。

当天王灵秀也打够了，又给小吉讲了几个小时的道理，当晚没有给小吉吃饭，让小吉在隔壁房子的洗衣板上了跪了一晚上。

当天晚上，睡到半夜，小雪一直在牵挂弟弟，听到大家都睡着了，她偷偷地下了地，看到案板上还有一碗菜和馍馍，小雪偷偷地端着出了屋子送给弟弟吃，又悄悄地溜了回来。

其实，案板上的饭菜也是王灵秀特意留给小吉的，小雪悄悄地给小吉端饭过去，王灵秀都看在眼里，只是故意装着不知道罢了。

这天晚上王灵秀一晚上都没有睡着，前前后后想着小吉的教育问题，这归根结底还是怪小吉在自己身边待的时间短，自己操心太少，小吉才跟着些不学好的学生学坏了。

第二天，王灵秀买了些东西又去找了趟李国庆的二爹，把小吉的事情挨着说了一遍。

李国庆的二爹也知道，李国庆走后这一大家子确实过得也很难，自己现在退休了，也没有给这一家子帮过些什么大忙，这次为了小吉的事情肯定是王灵秀实在没有办法才来找他的。

"灵秀！你的难处我知道，但这小吉你确实是要好好地管教了，现在管教不了，再稍微大些，你就根本管不住他了。这件事我给你答应了！这东关小学的朱校长也是当时我提携过的，他应该要给我这个面子的！你就回去吧！但这次，去学校可再不能捅娄子了，这县上只有两所小学，再有问题我可就再也没有办法了。"二爹抽着烟。

"好的！一定！我一定好好管教小吉，谢谢二爹了！"王灵秀起身就准备跪下道谢。

"使不得，使不得！你去忙你的吧！我衔接好，通知你。"二爹赶忙从沙发上起身扶起了王灵秀。

他们又寒暄了一会儿，二爹将王灵秀送了出去。

小吉这么让人闹心，小雪这面可是时不时有好消息传来。

今年六一儿童节县教育局通知要把县城及各个乡镇所有学校的孩子集中在一起搞一次大型儿童节汇演，各个小学也都是鼓足了劲地各显神通。

县东关小学是县上最好的小学了，当然不能例外，这次每个班级都排练了各种各样的舞蹈、合唱、独唱等节目。文艺队更是忙得不可开交，文艺队这次专门准备了一个歌舞类节目准备作为这次文艺汇演的拳头节目。

节目排练伊始就选这个节目的领舞和主唱，关键是朱校长要求这次的主唱和领舞必须由学习成绩好、德艺兼优的孩子才担任，这可难坏了学校的音乐老师，目前只有李小雪一人符合条件，经过讨论，学校最终决定让李小雪做这次文艺汇演歌舞类节目的领舞。

小雪这段时间可是忙极了，又要操心少先队的活动，还不能放松自己的学习。

父亲的离去，加上大哥放弃上高中选择读技校，这一切让她小小年纪就已经知道，像他们目前这种家庭条件，只有学习好，多努力才能改变一切，才能有出息。

每天放学都要排练舞蹈，每次排练完都就七点多了，回家吃饭、写作业结束都已经很晚了。而且周六、周日都有半天时间在排练节目。

二爹这里也传来了消息，小吉下学期转学到东关小学留级继续上一年级。

小吉这小学也上得艰难啊，一个一年级已经转了四个学校，留了三级，这在那个年代可是很少发生的事情。

这次，王灵秀和小吉很认真地谈了一个上午。小吉也认识到了自己的错误，承诺这次去东关小学一定和坏学生再不来往了，一定好好学习，不给家里闯祸了！同时，小吉也终于意识到，和自己同岁的姐姐，在东关小学那么优秀，而且姐姐都要升四年级了，可自己因连续留级还在读一年级，让他感到非常的惭愧。

从此以后，小吉对姐姐小雪既钦佩又害怕，这种情结在以后的日子里一直延续了许多年。

又曰：

踏莎行

雏鹰羽翼，只待冲天，发奋图强未间歇。辛劳兼顾终有报，小小少年誓人杰。

一母同胞，性各有异，小吉莽撞祸难解。幸遇族人鼎力扶，又躲一遭生生劫。

一二、学校转来几个外地孩子

两只黄鹂争春晖，小小少年立鸿志。

无情岁月如歌逝，猜谜一生总是谜。

时间的车轮已经滚动到了 1988 年，这座小县城的天气今年可是出奇的热，大伙都盼望着能下一场雨该是多好啊！

这雨还真来了，可是这场雨这次来得和平时有些不一样。

这场大雨断断续续地下了半个多月，山上的洪水不断地排入当地的喜河，导致这条河不断地上涨。

在大雨停的时候，喜河的大水已经漫过了河堤，街道上的河水已经有膝盖这么高了，街上的好些商铺都被淹，沿街的各个单位门口都垒起了高高的沙袋。

街道的水面上漂浮着从上游冲下来的麦草垛子、树枝、化肥袋子，还有些已经死了的麻胡鱼、金班鱼（当地产的一种体形较小带有鳞片的鱼），还有很多没有来得及收摊的西瓜、酥梨等水果也在水面上漂着。

大街上这几天除了出来抗灾的人，基本上没有人在街面上行走。

因为县公安局地处高处，王灵秀家也没有什么大碍，就是因为房子时间久了，雨下得又大，房子的个别角落开始往下渗水。

小吉这次转到东关小学，一则是自己也觉得以前在学校好多事情做得不对，平时做事也收敛了许多；二则是因为姐姐在东关小学既是班长又是少先队的大队长，这也给小吉带来了一定的威慑力。

总之，小吉在这个学校只是大祸没闯，但是小祸依然不断。

这场大雨过后，政府组织人员对街面和河道进行了大规模的淤泥清除工作，各个单位、家庭也开始对自己的房屋进行修缮。

王灵秀找了县公安局反映了房子漏雨的问题，县公安局也安排人进行了及时的维修。

大雨过后，暑假也结束了！三个孩子也都到学校去上学了。

小勇升到了密县一中的初三年级，小雪升到了东关小学的五年级，小吉在东关小学升到了二年级。

这个学期也是奇怪，县上各个单位都从外地调来了一些工作人员，这些工作人员的子女也被插进了县上的各个幼儿园、小学和中学。

东关小学也不例外，各个年级都插入了一些新转来的学生，小雪的班级也转来了两个男生，一个个子不高，长得倒挺帅气，但不怎么说话。一个个子高，脸黑，说话嗓门大。

这个学校每学期都要根据孩子们的身高和其他因素来重新排座位，这学期也不例外。

小雪因为个子不高，又长得比较瘦弱，自从上学以来基本上一直坐在第一排，这她早已经习惯了。

这学期小雪又有了新的同桌，小雪的性格非常开朗，她主动地和这个新同学做了自我介绍。

"我是你的同桌李小雪，也是咱们班的班长，很高兴认识你。"李小雪主动伸出手和这个新同学握握手。

"我是肖路，从外地刚转学到咱们这里，班长多照顾了。"肖路同学害羞地回答着李小雪。

"你普通话说得真好听，我喜欢听普通话，我小的时候也会说，但现在不会了，我以后一定还说普通话。"李小雪笑着说。

"你说话的声音真好听！我不会讲咱们这里的话，好多同学都笑话我呢，说我是土猪放洋屁！"肖路还是有些害羞地低着头。

"没事，普通话挺好，有我呢！我是你的同桌，有啥需要帮助的给我说，我帮你。"李小雪爽朗地答复着。

在以后的聊天中李小雪得知，肖路的父母以前都在一个军工企业上班，今年夏季刚刚调动工作到县上，肖路也就跟着转学到了县东关小学。

有一天，下课休息时间两个人闲聊了起来。

"你说父母以前单位是军工企业，在哪里？是做什么的？为什么要调到密县来呢？"李小雪睁大眼睛看着肖路。

"我们以前应该在凉城周边的一个大山里，那里有好几个军工厂呢！我们厂里好像是生产四零火箭筒，据说是打仗专门用来摧毁坦克的。厂里要搬迁到西京去，我爸妈就调回来了！我也跟着回来了。"肖路也望着李小雪答复，

"西京是个好地方啊！我长大一定要去那里工作！"李小雪微笑着。

肖路看着眼前的这个女孩，黑黑的头发、水汪汪的大眼睛，尤其是刚才说话时露出的两个小酒窝，可爱极了。

"唉！傻乎乎的想啥呢？要去做课间操了！快去操场！"李小雪推了推肖路的肩膀。

肖路这才回过神来，和李小雪一起奔向了学校的操场。

这个时候，县上的孩子对外面来的孩子有些排外，既看不上这些外来的孩子说普通话，又觉得这些孩子服饰打扮比较新潮和这个地方不搭配。

在当地的多数孩子看来，在这里密县方言才是地道的，讲普通话是故作高雅，很虚伪的表现。还有着装方面也觉得应该和自己的穿戴一样才符合这里的民风。

肖路因为以前从来没有在这里生活过，根本不会讲这里的方言，这里的同年级孩子、高年级的和一些早早进入社会的孩子们便嘲笑他讲普通话。有时候甚至把他堵到县电影院门口胁迫他说当地的方言。

这些事情肖路既没有告诉自己的父母，也没有告诉他的班长同桌。他不想让父母为自己担心，也不想让自己的这位女同桌看不起自己。

这个班上还转来了一个皮肤黑、嗓门大的男孩子孟文智，这个孩子本身就在凉城，操着一口凉城方言。因为身体素质好、性格暴躁，当地的孩子没有几个敢惹他，他平时也有意识地照顾着本校的几个外面转来的同学。

肖路、孟文智他们从外面转学来到这里，因为教学体制的原因，两个人的学习都不太好，但这却拉近了两人的关系。

李小雪不仅是班长，还是他们这个小组的组长，小组长平时负责收发本小组的作业。

有时候老师忙不过来也把他们叫过去帮忙批改作业。

这天李小雪发作业，最后一个发给了肖路。

"肖路同学！你这昨天的作业是怎么回事啊！我看怎么和平时不太一样？不是你的字体啊！"李小雪翻开了肖路昨天的作业。

"是我！是我写的！不是我还会是谁写的？"肖路很着急

地诡辩。

"我看怎么倒像是我弟弟李小吉写的，我说他昨晚很晚还在写作业，应该是给别人在抄作业，我要看他不给我看，我只看到了是五年级的作业，今天看到你的作业，这明明就是我弟弟的字体，你好好说吧！"李小雪愤愤地扔下了肖路的作业本。

"我说，我说！昨天放学孟文智带我去玩，我说作业还没有写呢！他说让我把作业给他自有办法，我也不知道这作业是谁写的啊，怎么一会儿又成你弟弟了？"肖路实话实说了。

"好！那你就重写吧！你和孟文智的事情我会反映给老师的！"李小雪撕下了肖路被别人代写的作业。

李小雪真的跟老师反映了孟文智、肖路胁迫低年级学生代抄作业的事情。

该门功课老师把孟文智、肖路罚站了一趟课，也撕了孟文智的作业，课后老师把他俩叫到办公室看着他们单独完成了作业。

事后，孟文智找肖路商量，为了出这口恶气，怎么把李小雪捉弄或者打一顿。

"文智！咱们大人不计小人过，李小雪不过是个女娃娃，算了吧！况且她弟弟也是你的好兄弟，还有……"肖路啰啰唆唆的找了好多理由。

"肖路！你小子啊！你是不是偷偷地喜欢上你的同桌了？反正这是咱俩的事情，咱俩的面子，你不要面子，我也无所谓，我也不要面子了！只是你这兄弟见色忘义啊！"孟文智在肖路头上推了一把，哈哈大笑着跑了。

"孟文智，你胡说，哪有这事！"肖路和孟文智跑着打闹了起来。

马上就要小升初考试了，这个学校下一学期就要增设六年级了，为了教学的目的需要五年级留级一少部分学生，便组织了校内的预选考试，预选分数达不到的将被留级。

肖路的其他功课还行，可数学是差得要命啊！

考试前，肖路拉下脸皮给李小雪下了话。

"李小雪，一会儿数学考试你可得帮帮我啊！你知道我数学差得要死，这次预选我肯定过不了，你就帮帮我吧！让我抄几道题，不然我考不上初中，以后就没有机会和你再同桌了！"肖路边说边作揖。

"呵呵！这关我啥事啊！我才不想和你再做同学、坐同桌呢！"李小雪笑着走出了教室。

考试开始了，肖路做完了自己会做的一些，觉得大多数自己都不会做。他悄悄拉了拉李小雪的卷子，李小雪没有搭理他。

过了一会儿，李小雪有意把卷子往肖路这面推了推，肖路便把不会做的抄了几道，将李小雪的卷子又推了过去。

过了几天，卷子批改下来了。肖路的语文成绩还算可以，可在发数学卷子的时候，他的卷子被最后发了下来。

肖路的数学卷子被数学老师直接批了 0 分。

"今天我宣布咱们班这次预选考试数学的最低分数 0 分，也就是肖路同学！为什么呢？肖路同学的数学卷子有很多题的解题方式、过程、答案都和李小雪同学一模一样，甚至连李小雪同学写错的标点符号也被抄了过去，为了严明学校考试纪律，我已经请示学校，本次考试数学肖路同学为 0 分。同时，肖路同学也是我们这届预选考试第一个被淘汰的，予以留级处分，下学期继续跟着上六年级。从现在开始肖路同学就可以离开教室了。肖路同学你还有什么说的吗？"数学老师站在讲台上看着肖路。

"没有！我走就是了！"肖路快速地将自己的东西塞进了

书包。

班上的同学你一句、我一句的纷纷议论着。

李小雪看到这里准备站起来说什么，肖路看到了，拉住李小雪的衣襟使劲往下拽了拽。

肖路离开了！

他推开教室的门，他回头看了看，他是回头看了看李小雪，他仍然觉得李小雪水汪汪的大眼睛真好看，只是此刻没有了小酒窝。

李小雪也睁大眼睛目送着肖路，想说什么，终究是没有说出来。

这一别，不知道李小雪、肖路今生会不会再见面，一直是个疑问。

又曰：

凤啸吟

仲夏密县雨连天，半月天水倾盆，喜河顷刻涨，水漫河堤，百里多苍凉。风啸雨连珠，街长长，洪荒入巷。屋漏雨，泽及桑梓，万民匆忙。

邂逅，两小无猜，共学业，互敬互帮。春夏秋冬，光阴渐渐逝，

喜河水长。不觉辰龙年，临大考，百花芬芳。事蹊跷，少年别过，泪眼相望。

第五章
第一次背井离乡
（1989~1996 年）

寒梅傲雪弄清影，香飘金州琴声悠。

夜半秉烛读经史，他日凌空登琼楼。

一、小吉偷偷做起了"二倒贩子"

扶老携幼度流年，摇曳人生随波逐。

直人快语找厘头，上山下坡路崎岖。

这几年的生活物资价格可是年年在涨，王灵秀感觉到养活这几个孩子的压力越来越大了。

家里的伙食也是一年不如一年，几个孩子的饭量也是越来越大，这粮本上的面粉本就不够吃，时不时还要用现金去黑市上买些高价的粮票去换面粉。

近几年，这一大家子一直吃的都是标粉，基本上就没有见过优粉的面。

每天吃的菜也经常就是白菜、洋芋、萝卜。

这几个孩子都正是长身体的时候，因为时不时吃不饱和缺乏营养，一个个都长得很是瘦弱。小吉以前在农村老家的时候还胖乎乎的，如今看着也是面黄肌瘦的样子。

王灵秀每次吃饭都是先尽着几个孩子们去吃，等孩子们吃完了，自己则是避着孩子随便吃点剩下的主食、喝些面汤或者涮锅水。

那个时候掉在桌子、地上的一颗米粒、馍馍渣、菜渣她都会捡起来吃了，每次就连几个孩子和自己吃过饭的碗，只要上面还有饭渣，她都会挨着舔一遍。

小吉每次看到县东关小学食堂的烧饼都垂涎欲滴，有时候也会偷偷从王灵秀的口袋里拿一毛、两毛钱去买烧饼吃。或者在家里偷偷地拿个鸡蛋，晚上去到夜市上花一毛钱喝一碗鸡蛋醪糟汤。那时候他觉得这烧饼、鸡蛋醪糟汤是他吃过的最美味的食物了。

这天王灵秀掀起床上的垫子，准备拿下面的粮票去再换购些面粉。床下她记得明明是压了一些面额20斤粮票，可是数来数去怎么也只有15斤，还有5斤粮票怎么不见了？她把床上的床单、垫子、枕头、被子翻了个遍，就连床下面也整个翻了一遍，可就是找不到这5斤粮票。

王灵秀也折腾累了，坐在沙发上想了半天，自己这段时间从没有取过下边的粮票啊！难道是哪个孩子拿走的？

这天下午王灵秀没有做饭，准备等三个孩子回来问问到底是怎么回事。

三个孩子陆陆续续回来了，他们都很纳闷，妈妈今天怎么没有做饭呢？

"你们三个过来，站好！都站到我面前！你们几个谁动我压在床下面的粮票了？"王灵秀坐在沙发上，手里颠倒拿着一个笤帚把。

"没有动过啊！我就不知道你在床下面还压着粮票呢！"小吉抢先回答着。

"妈！没有动过啊！"小勇回答。

"妈！没有动过啊！"小雪回答。

"这可是我们这个月底的伙食啊！我明明就在床下面压了20斤粮票，我从来就没有取过，家里就咱们四个人，也没有外人来过，我今天取出来怎么就剩15斤粮票了，难道粮票还自己长腿飞了不成！你们几个跪下，好好想！今天没有人承认，你们就都跪着，今天的饭我没有做，咱们就都别吃饭了。都跪下！"王灵秀用笤帚敲打着茶几面板。

三个孩子顺从地都跪了下来。

一个多小时过去了，三个孩子谁都没有承认，王灵秀也拿着笤帚在沙发上坐着动也没有动。

小雪扭过头看看小吉，又扭过头看看二哥。

"妈！粮票我动过，我拿走了5斤粮票。"小雪跪着很镇定地看着妈妈。

"你动过？你拿走的！你拿粮票做什么？"王灵秀惊讶地看着小雪。

"我……我……反正就是我拿走的！"小雪依然很镇定。

"好啊！有人承认就好，你什么时候也学会偷偷摸摸的了！"王灵秀站起来走到小雪跟前，她一把拉起小雪，狠狠地用笤帚把打起了小雪的屁股。

此刻，小雪一声也没有吭。

王灵秀也知道，这粮票肯定不是小雪拿的。

小勇、小吉试图去阻拦妈妈，可怎么也阻拦不住，王灵秀还是继续地抽打着小雪。

"妈！妈！别打我姐，别冤枉她了！这粮票是我偷拿的，我花了2斤多，还有些没有花呢！"小吉站起来匆匆从书包里翻出了还没有花完的粮票递给了王灵秀。

"你个败家子啊！看今天我不打死你才怪呢！"王灵秀抢起笤帚把又打起了小吉的屁股。

小勇、小雪拉着妈妈，不让妈妈打小吉。

"妈！弟弟肯定不是故意的，你再不要打他了。"小雪跪着抱住了妈妈的腿。

"小吉，你说，你偷拿粮票都干啥去了？"王灵秀住了手，扔下了手中的笤帚。

"妈！我饿，我老觉得没有吃饱，上次你放粮票的时候我看到了，我就趁你和二哥、姐都不在的时候偷拿了5斤粮票，花了2斤多，我这段时间买烧饼和醪糟吃了！我错了，我以后再不敢了！"小吉跪着说。

"起来吧！你们都起来吧！都怪你爸走得早，我没有本事啊！"王灵秀坐在沙发上默默地哭了起来。

自从这件事情发生以后小吉老实了许多，在学校也很少闯祸了。

小吉觉得偷拿家里的粮票解决不了自己嘴馋和吃不饱的问题，又打起了其他的主意。

这段时间，小吉时不时就回来给姐姐小雪个山楂片、果丹皮、泡泡糖什么的。

这天，小吉、小雪先回到家里，二哥和王灵秀还没有回来。

"姐！送你个礼物，你肯定喜欢。"小吉从书包里掏出了一把扎头发的黑皮筋圈塞到了小雪的手里。

"小吉，我就感觉你最近有些不正常，时不时给我山楂片、果丹皮、泡泡糖什么的，今天又给我一把黑皮筋圈，这些都是哪里来的？不会你是从外面偷的吧！我才不要你偷的东西呢！"小雪将小吉给的黑皮筋圈都扔到了地上。

"姐！绝对不是偷的，都是别人给我的。"小吉的眼珠子上下转着。

"小吉！你不说实话是吧！"小雪过去使劲揪着小吉的耳朵。

"姐！我怕你了还不行吗？我说，我说。"小吉双手捂着被揪的耳朵。

小雪放开了揪小吉耳朵的手。

"姐！我一个同学他们家开个杂货店，我从他那里赊了些小吃和小玩意，每天我趁下课的时候卖给班里还有几个同级家庭条件好的有零花钱的同学，有时有卖不了的我就拿回来送给你了。近期我还挣了点小钱呢！我把赊的钱还清，我时不时还在外面买了些东西吃呢！"小吉一只手摸着刚才被小雪揪过的耳朵。

"你没撒谎？你真的没有撒谎吗？"小雪睁大眼睛看着小吉。

"姐！没有！真没有！我骗别人，我啥时候骗过你啊！"小吉认真地看着小雪。

又曰：

采桑子

翩翩少年饿体肤，望食垂涎，饥饿难忍，一日避母窃物品。
母责儿悔痛思改，另起妙招，赊物交易，频赠阿姊还人情。

二、我们要向大哥学习

壮士学业初告成，志高砥砺奋进行。
凌晨时分思家人，云顶之弈日月明。

凉城技校三年的时间真快，小强已经毕业了，他学的电子技术应用与检测专业。这可是那个时候刚刚兴起的专业，还没有毕业时各个用人单位就过来抢该专业的学生了，小强考虑再三最后选择了去凉州东方红电子管厂上班。

凉州东方红电子管厂这可是一家半军工企业，主要负责给国家的航天工程生产组装半导体电子管。

这个单位的待遇也很好，提供免费食宿，每个月有基本工资、奖金，还有保密费等，光这保密费每个月就有 15 块钱。

小强第一个月上班就拿了差不多 120 块钱工资，他把工资的一大半都通过邮局寄给王灵秀，以便贴补弟弟、妹妹的生活费和家庭开销。以后的每个月小强都给家里邮寄七八十块钱。

这个时候当地的平均工资大概也就是 100 块钱左右，小强自从上凉州技校开始，县公安局就停发了他每月 5 块钱的生活补助，王灵秀加上自己每月 3 块钱的生活补助，每个月他和县上的三个孩子的生活费只有 18 块钱。

这些钱远远不够当时他们四个人的日常生活开销，更多的费用就靠王灵秀在县上做做裁缝、工地上干干小工、在食堂帮忙或者在人家办红白喜事时打打杂来贴补家用。就这样，在县上他和孩子们一家四口的生活还是非常紧张、拮据。

这种状况一直持续到小强技校毕业上班，每个月给王灵秀寄过来多一半的工资，县上这一大家子的生活才总算有了些改善。

小强在凉州技校上学期间经常给家里弟弟、妹妹们写信，十天半个月他就给家里写封信。

王灵秀因为早年念书少，每次寄来的信都是由小雪来念给她听。

小强给小勇、小雪、小吉也单独写信，鼓励他们好好学习，同时和他们沟通些学习道路上的心得。

小吉天生贪玩，小强写给他的信小吉基本上就没有怎么回复过，小强写给小吉的信也渐渐的少了，只是会在给小勇、小雪写的信中叮咛多监督、引导小吉，鼓励小吉，让小吉把心思能放到学习上来。

同时，小强一直在告诫弟弟、妹妹，以他们目前的家庭状况，唯有好好学习以后才会生活好、工作好！这是他们改变命运的唯一出路。

小雪和大哥的交流最多了，基本上每周都会互相写信。小强一直鼓励小勇、小雪他们去读高中，这样以后可以考大学，可以有更大的机遇和成就。

可是，小雪不这么认为。她觉得虽然大哥上班了，已经开始接济家里，但是二哥的生活费马上也就停发了，妈妈要养活他们三个负担依然非常的重，她也想在初三时候去考技校，尽量给家里减少些负担，让二哥和小吉以后去上高中，考大学。

经过和大哥的多次书信交流，两个人达成了妥协，小雪好好学习考中专，这样以后机遇多些，中专学费也是国家承担的，这样家里负担也不是太重。小强鼓励妹妹一定要考上中专，以后的生活费和专业课的费用自己来承担。

小强上了半年的班，厂里最近不是很忙，给他安排了一周时间的调休。

今年因为厂里要人要得急，小强技校毕业后暑假没有休息就直接去厂里上班了，数一数他也快一年没有回家了，他也很是想念自己的母亲、弟弟和妹妹。

这天小强坐车回到了县上，他拉着一个黑色的皮箱，穿着一身蓝色水洗牛仔套装，留着当时最流行的四大天王刘德华的砍式四六分发型。

因为当时这种发型的前面头发很长，走着走着就得向上摔摔头发，不然就会挡住自己的眼睛。当然，这也是当年最流行、最帅气的走路姿势了。

小强走了一路，被路边的小伙子和姑娘们看了一路。

"这是谁家的小伙子啊？长得可真帅！"不知道谁家的姑娘自言自语地议论着。

小强俨然没有注意到自己往回家走的这一路，有这么多的小伙、姑娘在盯着自己看。他只是想着快点走回家，就可以见到自己阔别已久的妈妈、弟弟和妹妹。

车站离县公安局家属院不是很远，十来分钟就到了家里。

弟弟、妹妹还没有放学，王灵秀也还没有回来。小强自己掏出钥匙打开了屋子的门，放下了皮箱和手里的行李。

小强打了些水洗漱了一下，他认认真真地把两个屋子的卫生打扫了一遍，又去后院把菜地里的杂物整理了一遍。

看看时间还早，他想着好久没有做过饭了，今天自己动手给家里的人做一顿饭吧！

小强和了些面，又摘了些菜，他准备做一顿当地的节节炒面，这种面食他也好久没有吃过了。

凉菜已经拌好，节节面刚从锅里捞到凉水盆子里，小吉、小雪、小勇和王灵秀就陆陆续续地回来了。

"妈！小勇、小雪、小吉你们都回来了！我这正忙着呢！我今天给咱们做了饭，尝尝我的手艺，应该不减当年吧！"小强往锅里倒着油。

"看把你的洋气衣服给弄脏了。"王灵秀从后面给小强围上了一个护裙。

炒面这就出锅了，小强盛出了五碗，小勇和小雪把面端到了茶几上。

"哎呀！咸死了，这面里怎么这么大一疙瘩盐啊！"小吉将一口炒面吐在了桌子上扒拉。

"大哥！你这面今天怎么揪得这么粗啊，都和我的手指差不多一样粗了，你的这手艺可大大不如以前了啊！"小雪夹起来一根炒面晃了晃。

"大哥！你这炒面手艺可真是大不如以前了啊！你看这面这么硬，中间都还生着呢！"小勇将炒面咬了一口夹着让大家看炒面的中间，看起来确实是白心的。

"小强！他们几个尽胡说呢！我觉得你这炒面做得挺好的，又入味，又筋道，挺好吃的。"王灵秀一口一口地吃着炒面。

"妈！你可真偏心！大哥今天做的炒面真的不好吃。"小雪边吃边笑。

吃完饭，小雪、小勇帮着洗了锅。

"快来看，我给你们都带了什么！"小强打开了皮箱。

小强这次给小勇、小雪、小吉每人带了一套李宁牌运动服，给王灵秀带了一块浪琴牌机械手表。

弟弟、妹妹们都很高兴，试了试运动服大小也还都合适，只有小雪太瘦小了，运动服长短差不多，但是穿起来看着有些太过宽大。

王灵秀觉得这次小强回来乱花钱了，又唠叨了半天。

大家在一起说了会话，小勇去继续复习功课了，小吉跑出去玩了。

小雪缠着要让哥哥给他弹吉他，小强答应了。

还跟以前一样，小强在屋里弹着吉他，小雪在门槛上坐着听。

他俩这天在这里弹琴、聊天，聊了好久。

"大哥！我们一定要向你学习，我中考也要考全县第一，等我上完学上班了，我也要给妈、你和二哥、弟弟买好衣服、好吃的。"

又曰：

踏莎行

大郎苦读，学有所成，凉州入职筹宏愿。一载未归倍思亲，百里奔赴揽山川。

步步如飞，匆匆归来，蜿蜒曲折不觉远。扫灰除尘烹佳肴，兄弟只觉佳肴咸。

三、选举李小雪做班长

助人助己众人赞，人生善恶终有报。
为学办报两不误，乐于奉献品德高。

小雪当初小升初时成绩也很不错，全县小升初排名第三，按理说前十名的学生肯定都是在密县第一中学录取上学的，可小雪不知是不是被谁给顶包调剂了，阴差阳错被录取到了密县城关中学。

王灵秀本来是要到县教育局和县第一中学去问个清楚的，可是小雪知道后还是硬生生地拦下了妈妈。

小雪其实在小学毕业时就已经拿定主意，为了尽快减轻家里的负担，她一定要去上师范或者技校，这样就可以给家里早点减轻负担，好让二哥和小吉两个男孩子以后去上高中、考大学。

小雪在年纪小小的时候就养成了只要自己拿定了主意的事情，一般谁也改变不了的习惯。

县城关中学是所只设初中部的学校，对初中生抓得比较严格，每年的中专、技校上线率都比县第一中学要高，小雪觉得上城关中学其实还是一件好事情，正好有助于实现自己考中专或者技校的愿望。

密县第一中学当时是一所涵盖初中、高中部的中学，主要培养方向是让大多数孩子上高中，稳定最终的高考上线率。

小雪太过固执，王灵秀也拗不过，心里一直很自责没有能让孩子上密县第一中学。

小雪上了初中后，各方面的成绩也都不错，同时还参加了学校的文艺队，在歌唱、舞蹈方面也一直很有天赋。几个音乐老师看着小雪成绩不错，努力又乖巧，也常常放学后或者周末把小雪留下来单独辅导，因为都知道小雪的家庭很拮据，这几年下来都没有收过小雪的辅导费用。

王灵秀看在眼里过意不去，时不时逢年过节的都避着小雪给这几个音乐老师偷偷送去些老家的胡麻油、小杂粮什么的。

小雪在密县城关中学入学后，老师对各个新入校的学生都摸了底，知道小雪在小学时就一直是班上的班长和学校的少先队大队长，经过同学选举和老师推荐，小雪在这所新的学校也当上班长。

在那个年代，一个女孩子连续任班长的事情可是非常少见的。

小雪也是付出了最大的努力不辜负同学和老师对自己的信任，学习、德、智、体、美、劳都是以身作则、全面发展，同时配合班主任和代课老师把班里也是打理得井然有序。

学校每周的卫生、纪律流动红旗大多数时间都在他们班上飘扬，这个班上的同学和老师都对小雪的能力非常认可。

尤其是在冬天的时候，那时学校里的平房多，都是学生轮流带着木柴早早的来学校生火取暖，有些同学也带来了饼子、馍馍在炉火上烤一烤，吃着也是热乎乎的。

小雪因为家离学校近，她是班长也有教室的钥匙，她经常都很早就去班里，等轮值过来的同学生火的时候，小雪都已经把火生着，把煤块都已经加上了，很多轮值的同学对小雪很是感谢。

有些农村住校的同学也会时不时地给小雪分享些自己带来的馍馍、自己家里腌的咸菜。

初二的时候，小雪应本校一些文学爱好者的建议发起筹备了"青苹果"内部海报，该海报每半年面向全县中小学征稿，自筹经费仅在本校印发，他们自己组稿、编辑、排版、美工，在蜡纸上自己刻制版面，自己在油印机上手工印制 8 开的内部刊物。当时就连海报的"青苹果"标识也是他们自己手工设计，在一块 15 厘米左右的木板上自己刻制的。

这个内部海报当时涵盖了优秀作文、文摘、名言警句、笑话、诗词、散文等很多方面。当时在全县的中小学爱好文学的学生中影响力很大，小学、初中、高中，就连县第一中学的很多高年级学生都给这个内部海报投过稿子。

每次这个内部海报组稿、刊发、印刷的时候可是忙坏了小雪，不但要自筹资金，而且还要统筹各方面的人员和力量，以保证海报每次及时、无误印发。

小吉也上五年级了，看着姐姐为海报印制资金发愁，都还组织班上的同学们一起给他们捐过五六块钱呢。

小吉现在虽然时不时还犯一些小错误，可终究是再没有犯什么大的错误。也是一心想着给家里缓解些经济压力，有时候也会想办法，卖点小东西，换些零花钱。

夏天的时候他摘土槐花晒干换钱，暑假的时候经常跟着同学们去山上挖药、抓蝎子卖钱，每个假期下来也主动给王灵秀上交十来块钱呢。

但他时不时地还是会干些坏事。

春天的时候去喜河旁边的山上偷绿杏子。

夏天的时候去周边村子的果园偷没有成熟的苹果，或者跟着一些大点的孩子去喜河的洄水湾游泳，有一年他们一帮孩子去喜河游泳，一个孩子就淹死了，从那以后有人说那个洄水湾处有水鬼，每年都要抓走一个孩子，大人们把孩子看得更紧了，都不让自家孩子去那里游泳、玩耍。小勇和小雪每到夏天也更是把小吉给盯得死死的。

秋天的时候去农民的瓜园里偷梨瓜、西瓜。

冬天的时候去卖明信片的小摊上几个同学互相配合打掩护偷明信片（他们自己管这不叫偷，而是叫"财迷"）；晚上的时候几个要好的同学在十点多、十一点以后会把县城整个街上的用废弃汽油桶改装卖红薯的筒子挨个翻一遍，运气好的话还会搜到几个摆摊的没有清理出来的红薯，这可是他们最高兴的时候了！俨然在战场上发现了有用的战利品一般兴奋。

有时候小吉也会跟着几个高年级或者社会上的去电影院里的小录像厅看录像，这可被小勇、小雪发现了几次，都是当着大家的面被小勇连推带搡或者被小雪揪着耳朵回去的！

都这么大了，还被小雪揪着耳朵回去，小吉觉得可没面子了，一个大小伙，被一个女孩子揪着耳朵。

每次同学们看到，也都会一阵哄笑，可能因为这个缘故吧，小吉从骨子里其实一直既敬重、又害怕自己的姐姐。

这不前几天，家里又发生了一件奇怪的事情，直到现在也没弄清楚到底是怎么回事。

前两天，李国庆的二爹来家里看望王灵秀和几个孩子，王灵秀非要留着二爹一起吃饭，想着二爹喜欢喝几口白酒，她就把今年过年自己一个远方兄弟拿来的一瓶白酒取了出来。

自李国庆走后，家里好久没有见过白酒了，王灵秀怕平时砸碎了，或者被哪个孩子给糟蹋了。

其实，主要防范的还是小吉，她将这瓶白酒藏在了大衣柜里。

这天，二爹来了，二爹一直对他们有恩，而且这李国庆走后，二爹因为小吉的事情也帮了很多忙，她就将这瓶酒拿了出来。

这天，二爹的酒量还真好，一个人就把多半瓶喝了，王灵秀还纳闷呢，二爹这酒量真好！

吃过饭，二爹走的时候走到门口，又停下了脚步。

"灵秀！过来我给你说句话。"二爹在门口招了招手。

"灵秀啊！今天你们这酒不合适啊！里面怎么就是白水，我看几个孩子在，我没好说，这是哪里来的啊？是酒有问题还是哪个孩子偷着喝了？"王灵秀走到了二爹跟前，二爹压低声音说。

"二爹！不可能啊！这是今年过年孩子们的一个远房舅舅拿来的，酒不可能有问题，难道是孩子？我问问吧！二爹！您别生气，我招呼不周。"王灵秀鞠了个躬。

"没事！你回去好好问，掌握好分寸，不要和孩子闹得不愉快了。"二爹转身走了。

王灵秀回去把几个孩子挨着问了一遍，可是谁也不承认，都不知道。

王灵秀怀疑是小吉干的，又询问了半天，可小吉怎么也不承认。他罚小吉在屋子里跪了一夜，可到了第二天小吉依然是不承认，说自己就不知道家里还有瓶酒。

那这酒怎么就成了白水呢？远房兄弟是做不出这种事情的，二爹人家是当领导下来的，又是长辈，也不可能说假话，小雪不可能，小勇也不大可能。小吉跪了一夜都不肯承认，这应该也不是小吉动的手脚。

王灵秀第二天自己去尝了尝剩下的小半瓶白酒，确实喝着和白水差不多啊！那么真的酒到哪里去了？这件事情一直是个谜。

又曰：

浪淘沙

择学无谓优劣，只盼母欢。品学兼优目共睹，总是处处助人乐，众生心暖。

少年办报学子乐，归家亦晚。小弟天生尽贪玩，人祸是非仍不断。家人作难。

四、赴凉城汇报演出

深山古城故事悠，居者千年多传承。
简装凉州展英姿，出行难舍情萌萌。

凉城地区的各个地县区都有悠久的历史和文化，为了弘扬当地文化，开发、宣传各地的旅游资源、文化，进一步搞活经济，凉城地区准备在当年八月份搞一次全地区各个县区参加的展现当地悠久历史、文化的大型文艺汇演。

密县也是个历史文化大县，周朝时期曾经是一个很富庶的小国家，后经历史多次变迁，也是出现了很多家喻户晓的名人、故事、传说和遗迹。

县上最后决定倾力打造、排练一台由千人组合而成的周天子祭天活动的大型文艺汇演。

这是 1949 年以来该县最大的文艺展演活动了，县委、县政府牵头，县委宣传部承办，主要演出人员从县及乡镇各个单位的文艺青年和县上、乡镇所有中、小学（五年级以上学生）经过集体排练，层层筛选后最终确定了一支多达千人的演出团队。

排练选拔期间工作人员上半天班，学生上半天课，乡镇上来的由县上统一安排食宿，县上参与排练的工作人员和学生中午管一顿饭，最终选拔参与千人文艺汇演的人员每人发一套运动服、一双运动鞋和一双白手套，另外每天核发两块钱补助。

这种政策对工作人员来说吸引力不大，没有多少愿意参加。可是对小学、中学的孩子们来说诱惑力太大了。不但不用上课、还管食宿、发补助以及相关排练用品。

更为重要的是汇演期间还能免费去一趟凉城呢！那个时候县上的孩子基本上都没有离开过这个小县城，对小县城以外的地方总是充满了好奇。

这一时期，县上大多数孩子的理想就是可以参加这次文艺汇演排练，最终去凉城看一看。

小吉也是憋着劲报了名，去参加了一周的排练，想着不但不上课、有吃有喝，还可以去趟凉城看看，最重要的是大哥在凉城上班，可以带他们去好好玩玩呢！可是在最后演员筛选的时候，小吉因为上下肢体动作极不协调被淘汰了。

小雪在学校本来各方面都很优秀，肯定是没有问题了！她不但是参与文艺汇演的演员，而且还是这次县城关中学参与活动一百多人的学生领队。

人员筛选到位后，这文艺汇演可是天天抽出半天时间排练，整整排练了一个月，到最后光是彩排就搞了一周时间。

小雪可忙坏了，班里班外地忙碌，给大伙操着心，每天都回来得很晚。

虽然回来已经很累了，但她还是坚持每晚都要再看书、学习，把当天因为排练而耽搁了的功课再温习一遍，同时再预习下第二天的功课。

在小雪的心里，这些活动只要尽力做好就可以了，她一直觉得唯有学习是第一位的，功课坚决不能放松，她在中考的时候一定要考个好成绩，争取考到全县第一，实现她和大哥沟通的考一个好师范学校的理想。

一个月的训练、彩排很快就结束了，县上统一安排了三十多台班车送参与演出的上千人去凉城参加文艺汇演。

行程一共安排了三天，第一天出发准备，第二天全天参与汇演，第三天自由活动半天，中午统一乘车返回密县。

这次因为是县上的大规模统一活动，不管是小学生、中学生还是已经参加工作的人员都不允许家长、家属陪同，其间的车辆、食宿都由县上统一安排，参与凉城文艺汇演的人员这三天里每人每天核发三块钱的补助。

小雪从来没有单独去过县城以外的地方，更别说去凉城了。

王灵秀在走的前一天可是千叮咛万嘱咐的，准备这准备那的。

走的前一天学校因为有很多工作要协调，小雪回来得也比较晚，回来后王灵秀就开始装这装那的，同时又是不断地唠叨。

小雪说："妈！这次是县上统一活动，啥都有呢，你就啥都不要装了，一共就三天时间，明天出发，后天演出，大后天就回来了。况且我还要来回跑着给其他人操心呢！我也没有办法拿。"

"妈！你可真偏心啊！这次汇演我也去呢，我也是第一次出门，你也没有这么关心我啊！妈！你就啥都别装了，没有办法带，况且两三天就会回来了！小雪那还是他们学校的学生领队，也忙得很，大包小包的没有办法带。"小勇坐到王灵秀跟前笑着。

"我对你们可都是一样啊！啥时候偏心了，我经常把好吃的都给你和小吉留着吃了！小雪忙，你不忙吧！你又是男娃娃，你就其他的都不带了，这一袋子是我给你大哥带的些吃的，你们这次上去应该能见到他，记得一定带给他，不要给放坏糟蹋了。"王灵秀将装有吃的东西的一个大塑料袋子塞到了小勇的手里。

"妈！你还是偏心啊，使不动你姑娘，就使唤我了！好吧！我把这些一定带给大哥。小雪啊，你也放心！她操心好学校的学生，我瞅空操心好小雪。"小勇接过了王灵秀递过来的一包东西。

第二天，小勇、小雪早早的起床，吃过早餐，带着收拾的东西就各自去学校集合统一出发了。

这次活动的时间安排得很满，前两天都没有时间，直到第三天上午半天自由活动的时候小勇和小雪才去找了大哥。

他们找到大哥，把王灵秀带的东西给大哥放到了单位的宿舍，大哥带他们到凉城的左公公园转了一圈。

这公园可真大啊！里面有水，有树，有阶梯、凉亭，还有儿童乐园。这里面有很多的柳树看着都有好多年了，据说是当年左宗棠在此办公的时候安排种植的。

因为时间紧张的原因，小强带他们在公园里划了船、打了气枪、吃了雪糕、喝了汽水，时间也不多了，他们就出了公园。

出门不远就是当时的凉城地区行政公署，这里就是当时管理所有县城的政府机构，小强带小勇、小雪在行政公署门口转了一圈。

行政公署门口有个不大的面馆，小强带他们进去坐了下来，每人点了一碗刀削面。

小勇、小雪还是第一次知道有这种面条，灶台上一个穿着白大褂的师傅左胳膊上放着一块和好的面，右手拿着一把薄薄的削面刀在和好的面上挥舞着，根根面条就纷纷落到了锅里。

不一会儿，三碗面和三碗面汤就端上来了，里面放着肉末做成的臊子，葱花、榨菜末、香菜末、几根绿菜，面里面拌着盐、醋、酱油、油熟辣子。

他们学着小强的样子拌了拌，吃了一口可真是香极了，这可是他俩第一次吃刀削面。

"大哥！这个面可真是太好吃了！"小勇吃着面。

"大哥！这面确实好吃，拿刀直接就能削面，这可太危险了。"小雪端着面汤。

"本来是要带你们去吃火锅的，这里今年刚从外面流行过来的，可是你们的时间太紧张了，下次吧！我听我们同学说咱们县上今年也开了一家红太阳火锅，很好的，等过年回家我请妈和你们去尝尝。"小强看着弟弟和妹妹。

"火锅！这又是个啥吃的啊？"小雪、小勇都很惊讶，这也是他们第一次听说的新名词。

"下次吃了就知道了，你们集合的时间就要到了，我送你们过去吧！"小强站起来付了吃面的钱。

三个人一路小跑到了统一集合的凉城宾馆，小强看着小勇、小雪上了密县统一组织的班车。

又曰：

雨霖铃

千年凉州，历史悠悠，遍地故事。三伏聚贤重演绎，千人集，上下心齐。九十日汗湿襟，无人途中弃。风萧萧，似回西周，大国雄风骤时起。

演武汇演吉时至，阵容强，万人起舞兮！翌日兄妹多相思，才小聚，竟又别离。今朝相逢，左公残柳漫堤十里。兄妹相见话投机，更与何人知？

五、李小雪中考夺冠

金色梦想遂成真，榜上有名居首位。
题题如意芳菲落，名扬古城硕果累。

赴凉城文艺汇演的事情经过一个多月的准备、比赛已经落下了帷幕。

密县排练的节目获得了整个凉城地区的二等奖，县城关中学获得了密县颁发的优秀组织奖，小雪获得了城关中学颁发的最佳组织奖。

活动也结束了，王灵秀家和学校的一切都回归了正常。

小雪除参与学校和班里的各项活动以外，学习也比平时刻苦了许多。

从初二的后半学期开始，小雪学习更加刻苦了。

每门主课在上课认真听课以外，她都还自己给每门功课准备了一个学习笔记本，在下课后把当天老师讲的授课提纲以及其中的重点、难点、自己感觉不够扎实的知识点都记录下来，反复地阅读、消化、理解。

小雪每天学校下晚自习回家后，都要看书到很晚才睡觉。为了不影响妈妈和弟弟的休息，小雪主动提出自己到隔壁的房间去休息。

小雪每天下晚自习回来，都会挨着把当天所有功课的学习笔记再看一遍，一直到把当天的所有知识点弄懂、熟悉、消化为止。

晚上看书难免会瞌睡，尤其是在夏天的夜晚，小雪为了避免瞌睡，自己找到了一个防止晚上看书瞌睡的好办法，经过反复使用效果还挺不错的。

不管是在夏天还是冬天，小雪晚自习回来看书的时候都会先打半盆子凉水在洗脸架子上，然后清洗干净一条毛巾备用。

夏天的时候，用清洗干净的毛巾擦擦汗水，实在瞌睡的时候去到凉水盆子里洗把脸。

冬天的时候，若稍微有点睡意，她就会直接用冰冷的水洗把脸，顿时就会清醒许多。

每天晚上小雪基本上都在一点到两点之间才休息，但是早上她依然起来得非常早，在四点多五点的时候她就会起床。起床还是用冷水洗把脸，然后就开始看书或者背诵语文、英语、历史、政治的相关内容，或者背背代数、几何、物理、化学的各种公式。

王灵秀觉得小雪一个女孩子这么晚睡早起的太辛苦了，规劝过小雪多少次，小雪只是答应在嘴上。

小雪依然是每天睡得很晚，起得很早。她一直在为她心中的那个目标而默默地坚持着。

又到了一年的六月，这里的天气已经开始热起来，一年一度的中考季也到了。

考完回到家里，大家问小雪考得怎么样？

小雪笑笑："应该还行。"

那个时候都是先自己估分，根据估分，再去报学校志愿。小雪经过和大哥的反复沟通，最终志愿是这样的：第一志愿金州师范；第二志愿凉州师范；第三志愿凉州技校。

为了报凉州技校，小雪还和大哥闹了一阵子。

大哥的意思只报考师范类院校，万一有差错就上高中。可小雪认定的事情是谁也改变不了的，她第三志愿一定要报凉州技校，她觉得这次考试如果出现意外，上不了师范院校的话，她也一定要考出去。自己下半年就十六岁了，再不能给家里增加负担了。

一周时间过去了，中考的成绩也终于出来了。

小雪一直怕中考成绩出点意外，她知道中考成绩这两天就出来了，可是她一直也没有勇气到榜示的那里去。

这天中午放学时分，小雪一个人在家里给大家做着饭。

"小雪！小雪！成绩出来了，你是全县中考第一！"小勇气喘吁吁地跑进了屋。

"小雪，你中考全县第一！"小勇进屋就在桌子上随便抓了一个装凉开水的罐头瓶子喝了起来。

"二哥！真的吗？这是真的吗？"小雪停下了手里的活。

兄妹两个人高兴坏了，二哥抱着小雪原地转了几个圈。

小强在凉城听到妹妹考了个好成绩，也向厂里请了一周的探亲假回来恭贺。

小强这次回来第一餐请全家去品尝了县城唯一的一家火锅——"红太阳"火锅。

这火锅可是那个时候的稀罕物，这一大家子围着这种没有吃过的饮食总是觉得很奇怪。

火锅上来后，小强给大家每人都要了一个蒜泥的油碗。

那个时候的火锅只有麻辣和清水两种锅底，油碗也只有蒜泥的和空碗，没有其他的口味可供选择，里面的配料也很简单，就是蒜泥、食盐、味精、香油、香菜和葱花。

小强点了很多素菜和鸡脯、五花肉和牛肉等，一共点了十来盘菜。王灵秀怕多花钱，一个劲儿地挡，最终也没有挡住。

一会儿菜就煮好，大家就照着小强示范的样子开始吃火锅了。

"我看这就和我们过年吃的暖锅差不多啊！只不过换了个铜锅装上了，菜的种类比我们平时准备得多些，整得花里胡哨的，还不如我在家里给你们装个暖锅吃呢！"王灵秀用筷子在锅里翻了翻。

"大哥！我也看着和我们过年吃的暖锅差不多。"小勇也学着大哥的样子往锅里夹着菜。

"我觉得挺好吃的！辣辣的，麻麻的！"小吉往自己的碗里夹了一块面筋，边吃边说。

"大哥！太辣了，我觉得还是上次在凉城你带我和二哥吃的那个刀削面好吃！"小雪觉得有些辣，赶忙喝了几口水。

"小雪，你可真不会享受啊，这是现在最流行的美味！以后等你上学有机会在凉城我再带你去吃刀削面，凉城还有很多好吃的呢！"小强和小雪说着话的工夫，给王灵秀碗里夹了一块肉。

"小雪啊！你这马上也就要到金州上学去了，你可是咱们李家的第一个高才生了！不过，这出去外面好吃的很多，但时间久了就会想着县上的好吃的，这几天抽空我带着你把咱们县上的好吃的挨着吃一遍吧！估计有些可能你都从来没有吃过呢！"小强给小雪的碗里也夹了一块肉。

"谢谢大哥！真还有好几家我都没有吃过呢！"

"我也要去！我也要去！"小吉喊着。

"小强！你不要听他们的，不要乱花钱了！想吃啥，我给你们回家做。"王灵秀看着几个孩子。

"妈！你完了给我们做个长面吃吧！县上真还有几家特色他们几个都没有去过呢！你也一块儿去吧！"小强又给王灵秀夹了一块肉。

"我挡你们也挡不住，你们去吧！今晚我就给你们擀长面吃。"王灵秀无奈地吃着碗里的菜。

随后的这几天里小强带着小雪挨着吃了县上的很多小吃和馆子，有些小雪可真是从来都没有吃过呢！

他们一起去品尝了县新华书店下面的新华羊肉泡、大食堂的节节炒面和烩面、老街道的扯面、饮食服务公司门口的牛肉烩面、环城路的凉城炒面、百货公司对面的手工面、凉城汽车站楼下的牛肉面和小笼包子、招待所的油饼和大米稀饭；电影院门口的豆腐脑、肉夹馍、菜夹馍、油糕、油条；老街道的擀面皮、酿皮、炒凉粉、烧鸡、醪糟、烤羊肉串等。

这一周时间里，小强带着小雪吃遍了密县县城的各种小吃和主食，好像生怕这次小雪去金州上学再见不着一样，或是害怕小雪出去上学忘记了这里的味道！

又曰：

采莲令

凉州捷，遂风平浪静。学子忙、读书不能停。闻鸡起舞夜半寐、日日书中行。千日习，朝朝咏诵，只待大考，可否博取功名？

学有所报，金榜题名万事宁。只忧伤、金州路远、兄妹离别，但何时，朝朝再同行？唯思乡、走遍街巷，尝遍美食，尽是故乡情。

六、金州师范最瘦弱的新生

高空鸿雁几盘旋，飞离故乡忐忑行。

远上黄河一线牵，举杯长思故乡情。

小强在密县待了一周时间，这段时间他陪着妈妈、妹妹回了趟老家，看了趟老家的奶奶，把小雪榜示第一和被金州师范录取的消息也告诉了奶奶，奶奶听了可是高兴极了。

他们还去老家门口给过世的父亲李国庆烧了趟纸，告诉李国庆他们一家过得都很好，小强已经工作了，小雪这次中考全县第一，已经被金州师范录取了。

从老家回来后，小强就收拾东西回凉城去上班了，走的时候他给妹妹说到时候看时间，若方便他就来密县和妹妹一起去金州，时间紧张的话妹妹就先来凉城，他送妹妹去金州师范报到。

大哥小强走后，小雪在家里可是一刻没有停下来，她想着自己不久就要去外地上学了。二哥过段时间高考如果一切顺利的话也要去外地上大学，弟弟整天家里不着边，这家里所有的家务就要都落到妈妈一个人的身上了。

　　小雪这个假期把两个房子的整个卫生都打扫了一遍，清扫了每个家具下面的角角落落，所有的门帘、窗帘、床单、床垫子、被套、枕套、枕巾以及所有的棉衣能清洗的直接洗，需要拆开的全部拆开洗了个遍。

　　这棉衣、被子、床垫子、沙发套拆洗起来还算好，这缝制起来工程量可大了，小雪让妈妈教会了自己怎么缝制。

　　王灵秀时不时还要出去打零工，留小雪一个人在家里。小雪这个假期可真是做了一个月的针线活，把拆洗的所有物件都缝制了，还抽空学会了缝纫机的一些简单操作。

　　这段时间能缝缝补补的都被小雪给拆洗后缝了个遍，就连他们几个人的所有破了的衣服，甚至连袜子都被她给挨着缝补了一遍。

　　王灵秀看着喜在脸上，痛在心里。小雪小小的年纪就把家里做饭、打扫卫生、衣物缝补等各种家务挨着干了个遍。

　　"小雪啊！你这娃，长得又好看，学习又好，还这么能！以后不知道哪家男娃子把你娶上可就真是祖上烧高香了！"

　　王灵秀想着：眼看小雪这孩子大了，这上学三年后就上班，这以后的日子恐怕越是散多聚少了。

　　"妈！我才不嫁人呢！我要和你待一辈子，以后等我上班了，我在哪里，我就一定把你带到哪里。"小雪搂着王灵秀的脖子。

　　王灵秀想着小雪要去外地上学了，这不管怎么也得有件像样的衣服。她用最近打零工的钱扯了些布，自己裁剪给小雪做了条裤子和半袖。

小勇今年也参加了高考，考上了金州的西部师范大学，刚好和小雪考上的金州师范在一个城市，但是离得还是有些远，两所学校一个在东，一个在西，相隔着二十多公里。

这小勇考上大学着实也让这一大家子又高兴了一把，县上的人看到王灵秀也直夸她的这三个孩子都有出息，学习好，本事大。

高兴之余，王灵秀又为现实的问题担心起来。

小雪、小勇都是国家承担学费，但是两个孩子上学的生活费及其他各种费用还得家里承担啊！自己没有工作一直打着临工，小强参加工作已经把每月多一半的工资寄了回来贴补家用，这才基本上撑起了这个家。

这一下两个孩子去金州上学又是一笔不小的开支，以后每个月还得筹备生活费，这可怎么办啊？

两个孩子也看出来了王灵秀的担心。

小勇高考结束的第二天，他就去县上的一个工地当小工了。

小雪尽量干着家里自己能干的一切，同时安慰妈妈："我听说城里的学校都有勤工俭学项目，而且还有奖学金，我的费用我会自己想办法的。"

小强知道弟弟、妹妹这次都要去金州上学，家里肯定紧张，他东凑西凑地给家里寄去了些钱。

王灵秀这段时间除了打工，又到几个要好的亲戚跟前借了点钱，这才凑够了两个孩子去金州上学的费用。

小吉也很懂事，这个假期他每天都和伙伴们去挖药材换钱。

最后，他把这个假期挣到的七八十块钱都给了王灵秀贴补家用。

这个学期，金州师范开学要比西部师范大学早十来天，小雪和小勇也没有一起走。

小雪先走了，她坐车先到了凉城，住了一宿，第二天小强领着小雪一起去了金州。

这兄妹俩都是第一次到金州，到了这里的汽车东站下了车，小强也是摸不清方向，两人在车站门口随便找了个饭馆，每人随着当地人蹲在门口吃了碗牛肉面。

吃牛肉面的时候和其他人打听才知道了路，两人吃完饭约摸走了半个小时，走到了金州师范门口。

到金州师范门口，迎接新生的学生挡住了他们俩，再看过李小雪的金州师范录取通知书，才让小雪他们进去。

"今年录取的这个女生怎么这么小，看着一点也不像是个师范生啊！"

"就是！又瘦又矮的我还以为是哪个学校六年级的学生呢！咱们学校也是艺术类师范,怎么招录进来这么一个矮子？"

"这期学生可给咱们学校丢脸了，我看她个子恐怕才一米五吧！"

门口迎接的几个女学生七嘴八舌地议论着。

"你们几个太没有礼貌了！你们试着把刚才的话再说一遍。"小强扔下了背包，准备过去和这几个女生理论。

"哥！走吧！"李小雪硬把大哥拉上走了进去。

"哎呦！肉麻死了！还哥呢，我看是个情哥哥吧！哈哈哈！"几个女生起哄着。

小雪因为长期营养不良、学习负担又重，发育得本来就比较迟，那个时候个子也真才一米五过一点，体重才七十来斤，看着还不真不像个初中毕业的女生。

很快，小强陪着小雪就把学校的各种报名手续办理完了，领了被褥和洗漱用品，他们一起去了宿舍，小强帮小雪把床铺收拾妥当就走了。

小雪送大哥到了大门口。

"小雪！这个学校学习艺术类的多，个别孩子家庭状况好，你看前面门口那几个就盛气凌人的，看不起外地的学生，你小心啊！别让她们把你给欺负了！若有人欺负你，你给我说，我金州还有几个同学呢！我让他们来修理她们！"小强在门口给小雪不断地叮咛。

"大哥！我自理能力很强的，你不用这么担心我，我会和她们处理好关系的。你妹一定不会被别人欺负的！"小雪看着大哥。

"好的！我走了，有事一定写信给我说。"

"大哥，再见！我一定给你写信！"

小强、小雪两兄妹就这么依依不舍地在这里暂时别过。

又曰：

玉蝴蝶

中考夺冠弘族威，秋风萧萧，众人称赞。又回马楞，伫立孤茔悲欢。思慈父、不能同欢，唯焚纸，以报平安。此情景，故人可知？善者多难。

难忘，幼时膝下，一幕幕情，似在眼前。今朝离去，不知何时才能还？金州远、兄长相送，一路欢、道路蜿蜒。新入校，学长势利，几多为难。

七、我第一次穿上了红舞鞋

神态各异迎新生，形如娇燕舞翩翩。

兼修中外教育史，备战人生不等闲。

　　小雪被录取到了金州师范的幼儿教育专业，今年她们这班全部都是女生，这个学校也算是全省最好的幼儿、艺术类中专院校，能来这个学校上学的要么就是全省各个地州艺术专业扎实、文化课成绩也很优秀的学生，小雪就属于这一类；要么就是家庭条件比较殷实的孩子，从小就请专业老师在做艺术类的单独培训；还有一部分就是自己的家长在当地都有一定的职务和社会资源的学生；还有部分金州本地家庭条件比较好的学生。

　　总体而言，能来这所学校上学的学生基本上都是家境殷实的。

　　这个学校的学生以女生为主，大都个子高挑、白皙漂亮。小雪从小就长得乖巧、漂亮，可是这身高也确实低了些，基本上是目前这个学校个子最低的学生了，而且又很消瘦，给人一种弱不禁风的感觉。

　　开学后第一堂课，老师安排对每个学生基础素质进行摸底，让每个学生现场表演舞蹈、形体、歌曲演唱、普通话朗诵等项目。

　　小雪舞蹈的动作很优美，形体表演和歌曲演唱自我感觉也还好，只是普通话比起其她同学差了很多。

老师点评："李小雪同学舞蹈、形体方面看似协调、优美，但是基本功相比其他同学还差许多，以后需要比别人下更多的苦功，把以前一些不正确的练习方式调整过来；歌曲演唱方面基本功也不够，也需要加强练习；这普通话大家也都听到了，地方方言很浓，前后鼻音不分，这更需要每天重点学习和练习了。"

下课前老师统计了每个学生的练功服和舞蹈鞋的尺寸，准备下周核发统一练功服饰。小雪的服饰尺码自然而然是最小的。

虽然，在密县的时候小雪各个方面都非常的优秀，可是一到这里反差是非常的大。平时自己的舞蹈、形体、演唱在密县都算是数一数二的，可是到了这里却被老师批评得一无是处，以前的一切光环似乎瞬间都消失了。

然而，小雪却并没有因为这些失望。她觉得自己是从小地方来的，和其他同学肯定存在不少的差距，在这里自己一定要更加的努力。她给自己定了一个小目标：赶这一学期一定要把自己形体、舞蹈、演唱各个方面不足的弥补上去，达到一个合格的水准；普通话方面自己这学期一定要克服方言和前后鼻音不分的毛病，尽量多地用普通话和同学、老师们去交流；这学期自己一定要努力学习，拿到本学期的学校奖学金；最后一个小目标就是自己一定要努力吃饭，好让自己长高些，长胖些。

这个学校在伙食方面还是很不错的，每顿饭都有荤菜和素菜，好的一点就是主食不用加钱管饱为止，这一点是小雪感觉最开心的了。其他同学大都经济条件很好，对这里的伙食都是不屑一顾的，有些还觉得自己是学艺术专业，要保持身材，每天尽量控制自己的饮食，她们生怕把自己给吃胖了。

刚开始，班上还有同宿舍的很多同学对小雪还是很有敌意的。觉得小雪个子太小，方言重，有损学校的声誉。

但是，经过一周时间的磨合，大多数学生改变了对小雪的看法。

小雪以前文化课成绩就很好，在这里这可成了她的杀手锏和长处了。原来来这里上学的孩子多数都是专业成绩很好，可是文化课成绩都很一般。小雪本来就乐于助人，她总是主动地给予这些学习上有问题和不会做题的同学无偿的辅导和帮助。

同宿舍的同学多是从小家庭条件好、娇生惯养，自己的独立生活能力很差，有些连衣服都不会洗。

小雪总是主动帮助不会洗衣服的同学洗衣服，晾晒衣服，小雪因为早就养成了早起的习惯，她总是早早起来出去在校园里看看书，然后在大家还睡觉的时候她已经给每个人把热水打了回来。

大伙也逐渐的改变了对小雪的看法，和小雪平时交流、玩耍也多了起来。

知道小雪的家庭条件不好，同宿舍的也经常把家里带来的各种小吃和零食分给小雪。

她们一来是感激小雪对自己的照顾，二来是都怕把自己吃胖了，所以才把很多好吃的都分给小雪，小雪可是从来都不挑食的。

一周时间很快过去了。

这天舞蹈课上，老师给每个学生按照登记的尺码分发了练功的服饰。

"各位同学！今天你们都已经拿到了属于自己的练功服和红舞鞋，今天你们就要穿上属于自己的红舞鞋了，红舞鞋是什么？红舞鞋是我们每个舞者的依托和灵魂，拥有了红舞鞋我们才是舞者，穿着红舞鞋我们更是要比常人付出更多的汗水和努力。只有这样，你们才能成为一个真正的舞者，你们要穿着这双红舞鞋来舞动属于你们自己的人生。"舞蹈老师给大家讲着。

我有自己的练功服了，我有自己的红舞鞋了，小雪领取到这套服饰高兴极了。

当天夜里，小雪睡觉也没有放下红舞鞋，她抱着红舞鞋睡着了。

小雪梦到：自己穿着红舞鞋不由自主地就跳起了舞，连平时的一些高难度动作她都可以做到了。她穿着红舞鞋一直在跳舞，一直都不觉得累，她跳着轻盈的舞蹈穿过了丛林、穿过了高山、湖泊、大漠、戈壁……她越跳越远，一直跳到了北京，跳到了人民大会堂……

又曰：

八声甘州

秋风萧萧入金州，只为求学忙。黄河穿城过，山川俊秀，书声琅琅。人分三六九等，此处苦水长。惟有发奋努力，强者自强。

昔日出类拔萃，人外亦有人，方觉惆怅。汗水砥砺行，寒梅自芬芳。想亲人、夜半望月，情无际、何时归故乡？闻鸡舞，青春无限，激情荡漾。

红舞鞋

八、广播、新华字典是我的好朋友

废除陋习交挚友，寝室相融我先行。

忘我吟诵寻规律，食得苦寒一身轻。

人与人交流首先是语言，只有语言相通才可以共鸣，而在语言的沟通过程中又首先是可以要让别人听懂，让别人喜欢听自己讲话。

金州师范是这个省里最好的一个艺术类中专之一，培养出来的学生以后大多数都要走上小学教师、幼儿老师的岗位，去教书育人。

这个学校把引导、教授每个学生讲一口标准、流利的普通话当成一项重要教学任务来开展。

小雪在这个方面就卡壳了。

小雪本来很小的时候就在藏族地区出生，受到了当地藏族普通话的一点点熏陶，后来又一直在密县生活了十多年，那个年代也没有推广普通话，大人、老人、孩子讲的都是本地方言，就连代课的老师都是清一色的当地方言。

长期以来，受当地语言环境的熏陶，虽然小雪在上五年级的时候就觉得普通话很好听，就有意学习普通话，但因为当时老师和周边的人们都讲的本地方言，只有个别外地转来的同学操着别扭的普通话和同学们交流，但后来也都被本地方言给同化了。只有县里的广播上广播员的普通话稍微标准些，但还是夹杂着浓厚的本地口音。

在这种情况下，小雪自然的也就本地方言较重，而且声母、韵母、前鼻音、后鼻音及一二三四声音调分不清楚；当地人说话基本上是二声居多、前鼻音重，搞不清后鼻音，而且还夹杂着很多本地的方言都是普通话里所没有的；更是分不清什么翘舌音、平舌音了。

为了学习提升普通话，小雪也是下足了功夫，可是收获还是不大。

别人告诉她学习普通话首先要发音标准，这就得搞清楚每个汉字的汉语拼音的声母、韵母、前鼻音、后鼻音和声调，这些就得去查字典，只有把这些学习正确了才能对着进行读音；再者，就是多听和学习普通话标准的人群的具体发音，然后再去模仿发音；另外，重在实践，多朗读、朗诵各种文章、报道、诗词等。

为了能做到这几点，小雪买了本袖珍新华字典时不时地带在身上，走到哪里查到哪里，看到哪里。但就是这样，有时候查的多了，也就互相混淆了，还是搞不清楚里面的声母、韵母、前鼻音、后鼻音和声调。

尤其是声调方面，因为家乡话的影响，感觉好多字都是二声，可当翻开字典的时候发现大多数都是错的。

小雪产生了一个大胆的想法，新华字典不也就六百多页吗，我把它背下来不就可以了嘛！既搞清楚了音调，又搞懂了每个字、词的具体意思。

她可是说做就做，早上的操场，中午的宿舍，下课的时间，夜间的宿舍，小雪都是默默地在背着新华字典里面的内容，有些学生看到，又投来了不屑的目光。

"早干啥去了？还不认识字啊？这会儿还在新华字典上一个个地查呢！不知道哪里来的这么个差学生，也不知道是怎么考到咱们学校的！"时不时有些不知情的学生看到，在外面议论着。

小雪听到后也觉得无所谓，只要她自己知道在做什么就可以了！她一直每天都这么坚持着。每天早晨她都会去操场人少的地方大声地朗读着新华字典上的内容。

当时真还有人都给小雪送外号"新华字典"了，看到小雪远远的来，都喊着"新华字典"来了。

功夫不负有心人，小雪用了一个学期的时间还真的把新华字典给背下来了，谁要是问哪个字的音调、释意，她都能顺畅的背出来，甚至是连页码都背下来了。

小雪可真的成了这个学校活生生的移动新华字典。

她终于是把音调、声母、韵母、前后鼻音搞清楚了，可是这声音、语调从自己嘴里发出来的时候还是不够准确、有股很重的家乡口音。

为此，她请教了好多的同学和老师，都告诉她这就只有靠多听、多揣摩、多对话、多对比了。

最好的老师莫过于中央广播电视总台的广播了，中央广播电台的播音员的普通话是最标准的了。

小雪又继续省吃俭用终于买了一台小收音机，她在早上、晚上的时候总是在没有人或者人少的地方打开收音机收听中央广播电台的各种播报，揣摩播音员的发音、语调及气息的长短。听着听着她也跟着播音员一起学着播报、朗诵。

这第一学期，小雪除了日常的学习、练功之外的大多数时间都在背诵新华字典和收听收音机上中央台的各种节目播报了。平时和其他同学交流也很少，新华字典和收音机俨然成了她这一学期最要好的朋友。

又曰：

临江仙

秋风乍起金州，雏鹰展翅待翔。初入异地百事难，时时遭人笑，枯叶随风荡。

黎明起身勤吟诵，午夜平仄在校场。词典广播随身携，字正亦腔圆，随时声琅琅。

九、线头顶针挣点零花钱

剑虹披靡迎万难，胆大心细两双修。
琴棋书画样样精，心存善念写春秋。

小雪来金州的时候王灵秀给了她一个小的铁盒子说："这可是个百宝箱啊！这里面的这些小东西你以后一定会用着的，这里的有些小物件都是你姥姥给我的，我一直都用到现在了！你现在要去这么远的地方去求学了，这些小物件我就暂时送给你保管了，等你上完学如果用不着的话，记着一定要给我带回来啊！"

"妈！你真小气，就这么个小盒子你还要要回去。"

这天，小雪正在宿舍里收拾东西，这个小铁盒子掉在了别人的床上，一个下铺的室友捡了起来。

"这是什么啊？从来没有见你打开过！"

"这是我妈给我的百宝箱，给我！快给我！"小雪挥舞着手。

几个同学一听是什么百宝箱，一下子都围了过来，都想看看这里面是什么。

"铛"的一声，在几个同学抢夺的过程中这个小铁盒子掉在了地上，盒子被摔开了，里面的东西散了一地。

几个室友都围了过来，有站着的，有蹲着的，都想一睹这里面究竟是什么宝贝。

这时候大家看到了针线，还有些不认识的东西。

"这就是你的百宝箱啊！这都是什么东西啊？给我们说说！"

"这是各种各样的针，你们看都别在这块小毡上，有二十几根呢！大大小小的针，大的可以缝被套、被子、床单，中号的用来缝我们平时穿的衣服、裤子、衬衣等！这最小的针缝出来的针脚小，可以用来缝袜子、围巾、手套等。"小雪拿起一块满是各种钢针的羊毛小毡片。

"小雪，这几个圆的小环是啥？是戒指吗？我怎么没有见过！"一个宿友用手指着地上的几个像戒指似的东西。

"这哪里是戒指啊！这个金属箍子叫顶针，你们看这黄色的是铜的，白色有点发黑的这是铁的，这每个上面都有很多的凹进去的小窝，这个窝和这些针屁股的大小一般，是在缝制厚点的东西的时候针穿不过去，就用它来把针顶过去，所以这个东西的名字叫顶针。这个铜顶针的年纪比我妈的年纪都要大呢！"小雪手里拿着一个铜质的顶针给大家看。

大家纷纷从小雪手里接过这个黄铜顶针认真地端详起来。

"这像霹雳舞手套的东西是啥啊？是跳舞的道具吗？"一个室友将一个像霹雳舞手套的东西戴在手上比画着。

"这是护手，就是像手套一样戴在手上的，老人在纳鞋底、缝鞋帮子和一些比较厚的物品的时候，针穿过去以后，线不容易被拉过来，就需要戴着这个手套把缝制的线拉过来，主要作用一是防滑，二是防止手被拉伤。"小雪比画着。

"还有那几件都是什么东西啊，做什么用的？"

"这个铁的前端有一根针的东西，看着前端有点像我们的圆规，松动后面的小铁环里面的针就可以取出来，根据需求更换大、中、小号的针，这个东西叫锥子，它是用来缝制比较厚或者结实的东西，在针穿不过去的时候，先用它在物品上面锥上一个洞，针和线就可以很容易地穿过去了。"小雪手里拿着一把铁质有些发黑的锥子比画着。

小雪放下手里的锥子，又拿起来一把两头弯曲过来带点刀刃的东西。

"这其实也是一把小剪子，是用来剪掉衣服上的毛绒、线头或者小物品缝制后剪线头用的。"小雪放下了手里的这个物品。

"剩下的这个你们都认识吧！这就是常见的剪刀，只不过是老家的铁匠自己打造的，比较粗糙而已，但可能也有上百年的时间了吧！"小雪手里拿着一把老式的剪刀。

"现在地上的这些平时用的白色的老线和缝纫机上用的各种颜色的线，应该是我妈带给我，怕我平时什么东西破了，好让我自己动手缝补的吧！"小雪往盒子里塞着这些针头线脑的东西。

"小雪，没看出来，你这么厉害啊！缝被子、床单、枕套，纳鞋底、缝鞋帮，缝补衣服你都会啊！"

"我可不会那么多啊！被子、床单、枕套在我们家的时候我帮我妈一起缝过几次，纳鞋底、缝鞋帮我可不会啊！也从来没有缝过。不过，缝补衣服、床单、枕套、被套、衣服、袜子等小物件肯定是没有啥问题的！你们谁有需要，只要不嫌我缝补的难看，我可以给大家效劳。"小雪盖上了这个小铁盒子。

"好啊！好啊！我的衬衣扣子掉了，帮我缝缝。"

"我的裙子破了个洞。"

"我的牛仔裤开线了！"

"我练功服的长筒袜破了个洞。"

"我的练功服长筒袜也破了个洞。"

"我的……"

大家你一句，我一句地喊着。

"没问题，咱们宿舍谁的衣服破了，我随时帮忙缝补。"

宿舍的几个同学都面带微笑地拿着各自需要缝补的衣服、物件到了小雪的跟前，有的给小雪按背，有的给小雪捏脖子。

"这可不行啊！这么做，不把小雪给累死了，咱们有钱的出钱，有力的出力，小雪帮忙缝补一件衣服两毛钱，要么给小雪买零食或者打下手当学徒！如何？"一个家境较好的女生说。

"行！行！可以！"其他几个室友附和着。

"咱们都一个宿舍的，那还这么见外，我帮你们就是了。"

"小雪！你就别客气了，你把我们几个给教会了，我们还可以挣点零花钱呢！以前，我们的衣服破了都是拿到学校外面的缝纫部，那里补一次衣服都五毛左右呢。"

"就是，外面补衣服挺贵的，你这不但有工具，你还能教我们，我们学会了就能承揽隔壁几个宿舍的衣服缝补了！愿意参加的挣钱，不愿意参加的掏钱！刚好我们挣些零花钱。"

大家就这么愉快地成交了，小雪教会了其他几个室友缝补衣服。

此后，每到周末小雪她们这个宿舍都很热闹，有很多来送破了的衣服和取缝补好的衣服的。

　　小雪宿舍大多数人不但挣到了零花钱，有些同学没有零花钱支付，为了缝补衣服就把自己没有吃的零食拿过来做置换了。宿舍里时不时就有人送来很多零食，几个小姑娘零食多得吃不完，大家越来越喜欢小雪了。

　　又曰：

御街行

　　小小铁盒有洞天，引数人痴迷。一日坠空几翻滚，盒内物品落地。钢针数枚，铜铟铁锥，件件有来历。

　　如数家珍故事长，几度令人泣。家境贫寒早当家，少年时多技艺。今朝有缘，同甘共苦，一行皆佳丽。

一〇、第一年回家的小胖妞

　　　　跋涉千里孤单行，山峦叠嶂路径悠。
　　　　涉险登山返故里，水舞幽兰解千愁。

　　金州师范第一学期的时间过得好快，转眼间就到了要放寒假的时候了。

　　小雪这学期的变化和收获可是很大了。

　　经过一学期的背诵新华字典，朗诵、收听中央广播电台的播报及学校老师的不断校正，现在的小雪已经是操着一口很标准的普通话了，不是专业级别的老师还真听不出来她说普通话还有什么缺陷。

学校方面小雪依然是一如既往的优秀，文化成绩全班第一，专业成绩全班前十。本学期文化、专业双优秀，还获得了全校为数不多的奖学金，学校给小雪奖励了 100 元现金。

其他方面也没有拉下，因为小雪各个方面学习成绩优异，同时又热心助人,她卓越的组织协调能力也渐渐地显露了出来，本学年下半学期小雪被改选成了她们班的班长，还被推荐成了金州师范学生会的学生干事。

小雪她们已经放了寒假，小雪也半年没有见到妈妈和哥哥、弟弟了，她按捺不住回家的喜悦。

放假的第二天，她和几个同学约着去外面转转，想着就要过年了，应该给家人们带点礼物。

整整转了一天，其他同学都已经买好自己回家需要的物品，只有小雪转了半天依然是什么也没有买。

这一来是她们学校旁边的这个服饰批发市场确实很大，这是这个省最大的一个服饰批发、零售市场，每天有近十万人在里面工作、商业交易。二来小雪确实是兜里的现金有限，只有这学期的奖学金和平时勤工俭学及帮同学们缝缝补补赚的些零花钱。

转到了中午，小雪还是什么也没有买，其他几个同学都说还有其他的事情也先走了，只有平时班里和小雪关系很好，从老区来的一个同学李娟还是陪着小雪。

她们中午回学校宿舍随便吃了点东西，喝了些水，又出来转，基本上把周边大的摊位挨着转了个遍，小雪无非也就是每个摊子看看有没有妈妈、哥哥、弟弟能穿戴的物件，同时和每个店的老板、店员砍价，可是价格都不在自己的预算内。

她们一直转到了当天下午的五点多，走到了一个李宁专卖店，看到门上贴着"过年回家，给钱就卖"的标语，小雪和李娟走了进去，这家店还挺大，里面孩童、成人服饰都有，什么鞋、运动服、休闲服、棉衣、羽绒服等应有尽有。

两人进去看了看，一处放着今年最新款的旅游鞋的货架上写着，原价每双50元，现价每双30元，50元两双。

两人拿起几双鞋看看，感觉都是目前挺流行的款式，男女款的都有。

"这不就是咱们宿舍王琴前段时间买的吗？你看款式和颜色、品牌都是一样的，那时候说是五十多呢！现在50元两双确实挺实惠的！要不咱俩凑一下吧！"李娟拿起这双鞋仔细地端详着。

"你俩是隔壁师范的学生吧！你们学校来买我们鞋的学生可多了，你手里拿的这款我们在秋天还卖五六十一双呢！现在我五十两双可实惠了，我已经按我的进货价卖了，抓紧卖完我也就能早早回老家了！"一个微胖操着江浙口音的中年妇女走了过来。

"鞋是挺不错的！我主要是想着给妈妈、两个哥哥和弟弟买点什么。"小雪也反复地看着这双鞋。

"小妹妹，年龄小还是个大孝子啊！怎么只想着妈妈、哥哥、弟弟呢？大过年的给自己也买点礼物吧！我给你俩再优惠些。"

"怎么优惠呢！我们买六双！你就给个一口价吧！"李娟向老板扬了扬手里的旅游鞋。

"看你们也是学生，那就给你们每双鞋25元吧！每双我亏5元钱。"

三个人你一句我一句的讨价还价了半天，最后确定每双20元成交，她们一共拿了六双鞋，李娟给自己和妹妹各买了一双，小雪给妈妈、两个哥哥、弟弟各买了一双旅游鞋。

老板可是高兴极了，认真地挑选着每双鞋，给她们挨个打着包。

"小雪！你买了这么多，我看你的鞋也不是很好了，你怎么没有给你买鞋啊！要不，我再买一双送给你，算是我给你的新年礼物，你平时对我各个方面也都挺照顾的。"李娟收拾着手里的两双鞋。

"李娟！不了，我的鞋还能穿，等过完年回来我再买吧！妈妈、哥哥、弟弟能有新年礼物我就高兴。"

李娟知道小雪是经济拮据舍不得给自己买新鞋，她执意要再买一双新的鞋子送给小雪做新年礼物，小雪坚决不要，两人不断地推辞着。

老板看到了这一切，默默地多装了一双 35 码的女款旅游鞋。

两人付完了款，收拾起了鞋子。

"老板！不对啊！我买了四双鞋，你怎么给我装了五双鞋呢，你装错了吧？"小雪把那双 35 码的鞋挑了出来。

"小姑娘！我出门做生意这么多年，难得见到你这么孝顺的女孩子，我明天也要回老家了！你买了这么多鞋子，唯独就是没有给自己买，大过年的，这双鞋算是我送给你的，你的孝心感动了我！我看你这脚应该就是 35 码的吧！"老板娘往小雪手里塞着包装好的旅游鞋。

小雪推辞着就是不要。

"孩子！那就这样吧！这双鞋我送给你，你一定要收下，我这平时经营周末都很忙，经常会找些周边的学生帮忙，过完年你回学校后，周末有空给我来帮帮忙或者给我介绍些同学来买鞋，这样总可以了吧！我是真心送给你的，好人总有好报！"

女老板把鞋塞到了小雪的手里。

"小雪！老板也是诚心的，都这么说了，你就收下吧！过完年周末我和你一起过来给老板帮忙。"李娟望着小雪。

"好了！好了！你们赶紧把鞋拿上走吧！我这也要打烊了！明年见！"女老板将五双鞋都塞到了小雪手里。

"谢谢老板！我们过完年一定过来给你帮忙！"李娟从小雪手里抽走了那双35码的鞋，拉着小雪朝外走。

"李娟！咱们怎么能这样？"

"谢谢老板！我们过完年一定过来给您帮忙！"

小雪和李娟手拉着手回到了宿舍，小雪数落了李娟一路，说不应该接受不认识人的东西。

晚上回到宿舍，两人都收拾了自己的东西，准备第二天早上出发各回各家。

第二天早上，她们早上五点多就起了床，一切收拾妥当，赶六点过一点就到了当地的汽车东站，她们都买了早上六点半的车票，李娟去青阳，小雪去密县。

六点二十了，两人依依不舍的道了别，各自登上了回家的班车。

这班车可走得真慢，一直到晚上七点多才到了密县汽车站。一下车小雪就看到，妈妈和弟弟在出站口站着。

"妈！小吉！这么冷你们怎么来了？"小雪背着大包、小包。

"姐！妈非要让来接你啊！说你昨天给公安局门房打电话说你今天回来。"小吉接过了小雪手上的大包和小包。

"小雪，快让妈好好看看！吃的好着吧！瘦了没？"王灵秀摸摸小雪的脸，又摸摸小雪的胳膊。

"妈！我好着呢！我都胖了呢！咱们先回家吧！"小雪搀

着妈妈的胳膊。

小吉左手提着小包、右手拎着大包，小雪挽着妈妈的左胳膊，三人有说有笑地迎着偶然飘落的枯叶朝着县公安局家属院方向走去。

又曰：

水龙吟

似花是花非花，春夏秋冬皆慧眼。夏练三伏，冬练三九，独枝娇艳。飞花烂漫，秋池晓荷，冬梅璀璨。不惧风雪狂，只恋蓝天，志向高远度流年。

不觉年关将至，雁南飞、归心似箭。雏鹰展翅，意欲报恩，心悸忐忑？只求平安。寒冬三九，二分飞雪，一梅独灿。归来兮，亲情依旧，母子遂愿团圆。

一一、午夜琴声悠悠

不知人间世道险，绝处孤身忙应对。

如履薄冰琴声悠，缕缕青烟随风吹。

这次小雪回来，她给妈妈和弟弟带了礼物，人家都是非常地高兴，可是高兴之余妈妈依然是数落了小雪好几天。

王灵秀说小雪本来就身体弱，应该给自己多买些吃的，也是个女孩子，有闲钱的话给自己买上几件像样的衣服。

小吉看到姐姐给自己买的新鞋非常的高兴，整天想办法哄着小雪高兴，一天"姐！姐！"地叫得可甜了。

没几天两个哥哥也回来了，小雪给两个哥哥也送了她给买的新年礼物，两个哥哥也是把小雪数落了半天。

小强说："小雪啊！你一个人在外生活挺不容易的，家里给你的生活费也不多，你应该平时多吃些，把你的身体抓紧补回来，我都上班了，你还给我买的什么礼物啊！真有闲钱的话，给你好好的买上几件衣服，把自己打扮打扮，你都是大姑娘了……"

小勇说："小雪！你这搞得我还不好意思了！我是哥哥啊！咱俩都在外面上学，我平时也没有照顾上你，我过年给大家都没有买什么，你给我们还买了礼物，真是让我这做哥哥的惭愧啊！以后真的不要给我们买什么礼物了，有闲钱你自己吃好、喝好，给你自己买上些像样的衣服……"

小雪这半年时间俨然已经成了一个大姑娘，身体比以前好了些，脸上也有些肉了，黑黑的大眼睛、长长的睫毛、油黑发亮的长发随风飘荡。

这个假期她经常都穿着一件长款的白色羽绒服，为了怕自己的普通话发音再次受到影响，虽然回到了老家，她也尽量按照标准的普通话发音来约束自己。

这次小雪回到老家，有人称赞小雪长漂亮了，说话也很好听，这孩子有出息，一定前途无量。

也有人胡乱猜测背地里说小雪的坏话：这孩子啊才出去半年，你看就长得这么水灵了，本地人还装着一口普通话，一看这出去都没有好好学习，肯定是学坏了。

假期期间，小雪和要好的小学、中学的女同学见了见面，还和与她同时考出去在凉城师范上学的姚妮去看了自己的小学班主任和中学班主任。

老师看到自己的学生来看自己，都很高兴，一直夸赞这两个女孩子学习好，为老师和学校都争光了。

　　这天看过老师后，小雪和姚妮去自己的小学、中学母校转了一圈，她们又去县上的大操场看了看，两个女孩子坐在大操场的台阶上聊天聊了许久。

　　那天也巧，小雪和姚妮都穿着白色的长款羽绒服，两个女孩都很漂亮，坐在这里聊天引得很多过往的年轻人和高中的学生路过时驻足多看几眼或者悄悄地议论着什么。

　　"姚妮！咱们走吧！这会儿路过的人时不时老看咱们这呢！我觉得很不自在。"小雪低着头。

　　"小雪！怕什么！让他们看呗！你是从省城来的，又长得这么好看，估计都是看你的。"姚妮抬头向附近看看在看她们的年轻人。

　　"别看了！快走吧！"小雪拉拉姚妮的胳膊。

　　"省城来的还被看羞了不成！好吧！听你的，走吧！"

　　两人挽着胳膊站了起来，刚走几步看到旁边有个照相馆，姚妮建议两人好久没有见面了，一起在大操场边上拍个合影照片。

　　两人一起进了照相馆喊了里面的老板，老板跟着两个女孩子在大操场旁边给她俩拍了一张照片，这可是小雪长这么大以来第一次单独和家里人以外的人合影。

　　"小雪！那就回家吧！吃过晚饭，咱俩一起去电影院的舞厅跳舞怎么样？那里有好多外面上学回来的男生呢！有几个还特别好看。"

　　"舞厅！我可不去，我从来不去舞厅，那里面乱七八糟的，看着都不舒服，你也别去吧！

　　"你可真封建啊！那里可好玩了！好吧！你不去，我就自己去了，你就回家好好做乖乖女吧！"

"姚妮！那里太乱，你去可多加小心啊！"

两人一路说着话，各回了各的家。

这几天找小吉的高中同学也多了起来，时不时有主动请小吉吃早餐的、有事没事找小吉聊天，还有直接让小吉给她姐递纸条的，总而言之都是讨好小吉，想让小吉帮着约小雪见面或者给小雪带信的。

这些事情，小吉都一一的回绝了。

小吉给这几个男同学说："你们要找我姐，你们自己找去，我害怕我姐呢！我可不给带信。"

不觉就到了过年的时间，王灵秀带着几个孩子一起去老家马楞过了个年，孩子的奶奶这几年也明显地老了许多，但看到几个孩子和王灵秀回来依然非常高兴。

过完年的时间过得飞快，过完年没有几天小强就回凉州上班去了。

这正月十五也马上过完了，小勇、小雪这次一起出发返回金州去上学了。

这学期，金州师范给小雪她们这届学生开设了器乐课，主要是讲授钢琴和电子琴、手风琴等各种乐器的学习、演奏。

本届的大多数同学以前都有过学习钢琴或者电子琴的经历，她们学习起来都比较容易，很快都逐步进入了状态。而小雪以前只是跟着大哥学习了一点吉他的基本演奏手法和乐谱，也没有专业的老师辅导和练习过其他乐器，她对键盘类的乐器可是一窍不通啊！

这段时间，在钢琴的学习上老师也是经常批评小雪。

小雪因为平时学习好，对老师们也都很礼貌，有个别老师在下课后单独把小雪留下来给她讲认五线谱、弹琴指法和相关知识。时不时也会带小雪额外到学校的钢琴房去练习，然而就这偶然的练习也解决不了什么。

老师告诉小雪：你这钢琴基本功欠的太多，需要经常现场练习，最好是每天都能练习，否则很难跟上这学期的课程，我们也只能偶然在别的学生没有课程的时候带你来琴房练一练。

小雪经过打听得知，本校只有一幢声乐楼，所有的钢琴都放在声乐楼里，一般每个学生每周只有要上声乐课程或者有声乐课作业的时候才能进去练习，平时是进不去的，都有专业的楼管24小时看护。

为这，小雪可是绞尽了脑汁，她开始每天中午、晚上都主动去声乐楼义务帮助楼管打扫卫生，整理各种乐器。

这一干就是一个多月，小雪的真诚最终打动了声乐楼的楼管，楼管看在小雪每天都来帮助她打扫卫生、整理乐器的情况下，默许小雪在所有的学生都下课后，每晚在一间没有窗户不透光的钢琴房练习钢琴一个小时。

每天晚上来声乐楼练琴一小时，小雪这一坚持就是两年多时间，一直坚持到了毕业。

每天晚上十点以后，声乐楼上的所有窗户都已经看不到灯光，但一楼的楼道里依然传出阵阵钢琴声，那一定是小雪又在练琴了。

又曰：

风流子

寒风呼啸起，燕归巢、异客归故里。轮流着新装，兄长惭愧；家人唠叨，勿需多礼。恩师情，情深深几许？同窗话情谊。共谢师恩，师赞桃李；两人怀旧，又赴故地。

淑女窈窕兮，君远望、闺蜜害羞往西。又是春节，家中一老古稀。正月返金州，学习乐器，多有生疏，遭众人耻？痛则思变，午夜琴声又起！

一二、有人收我做干女儿

一路风尘返金州，诺得一声不相忘。

千里跋涉谢恩情，金光四射情谊长。

这学期开学过了两周时间了，学校和班里的各项事情也基本上都正常了，小雪和李娟想起来春节前在李宁专卖店答应那个江浙老板娘去帮忙的事情。

到周末了，小雪和李娟两人又转到了春节前的那个李宁专卖店，她们进去看了看。

"你们先转转，看需要点什么，我在这整理下货就过来。"一个中年妇女在店里的一个狭窄的库房喊着。

听声音应该就是上次那个胖老板娘的声音。

"好的！您先忙。"小雪和李娟在店里答应着。

不一会儿，老板娘从狭小的库房里钻了出来。

"原来是你俩啊！年还过得好吧？今天怎么转到我这来了，今天需要点啥？"

"阿姨！春节前让您破费了，我们不是答应等开学后，每周过来给您帮忙的吗！开学前两周事情比较多，这周基本上都正常了，我俩来看看您这有需要帮忙的吗？"小雪看着店老板。

"你们就叫我大姐吧！我还想着你们过完年就不过来

了！我这也是我们夫妻两人开的店，孩子去外地上学了，我和老公一直在看店，本来两个人还忙得过来，可是他去年害了一场大病，下地活动都很困难，我这年前也就是随便说说的，你俩还真的来了！你们周末真的愿意过来给我帮忙吗？"

"我们还是叫您阿姨吧！您的孩子都去外地上学了，孩子应该和我们大小一般吧！您去年过年破费了，我们非常感激，我们今天就是专门过来看看，店里有没有需要我们帮忙的，您只管安排就是。"小雪给女老板答道。

"你们若真愿意来给我帮忙那可就太好了，我这平时人不是很多，我们这市场上班也晚，我照顾完家里人，给他留好中午饭，我还忙得过来。可是一到周末，周六、周日我这客人就比平时多出十几倍，就忙不过来了，现在这人也不好招，来找工作的都是没有文化年龄偏大的，可我这里主营的是运动服饰，像你们这么大的客户比较多。可像你们这么大的孩子要么在上学，要么还看不上我这里的工作呢！去年我也招了你们学校的几个兼职，可是来一两次嫌太辛苦就不来了，你们如果真愿意，就今天先到我这里熟悉一下产品，只要你们能坚持来，每周六、周日上午九点半来就可以了，下午六点下班，中午管一顿饭，每天给你们每人15块钱，你们觉得怎么样？"

"我们先熟悉下，再考虑吧！"李娟答道。

"没问题，周末我们都没有课，应该都可以过来，那我们就先熟悉下你这里，你看我们能不能胜任这里的工作。"小雪说。

小雪、李娟当天就留在了这里，跟着老板娘熟悉了一下店里的各种产品的名称、特点、适合人群及相关的迎客、产品推销技巧。

这天10点过后客人果然开始多了起来，小雪、李娟忙得连口水都没有顾上喝，中午的时候老板娘买来了酿皮和饼子，三个人才互相换着吃了口饭，烧了些水喝。

一直干到下午五点半人开始渐渐的散去了，两人又帮着老板娘把当天的实物、库存、现金做了盘点，才算是结束了忙碌的一天。

临结束，老板娘要把当天的费用每人十五元结算给小雪和李娟。

小雪坚决不要，说是年前老板娘破费了，送了自己一双旅游鞋，让自己回家很有面子，回家大家都非常的高兴，今天两人的费用就算是年前的鞋钱了。

老板娘再三坚持，小雪和李娟都坚决不收。

"阿姨！您要是非要把这钱给我们的话，我们明天就不再过来了！"小雪坚决地说。

"好吧！我也拗不过你们这两个孩子，今天一定很辛苦了吧！明天你们真能过来吗？"

"没问题，我们一定过来，今天刚熟悉了，明天应该一切就好多了。"小雪笑着说。

三个人一起锁了铺面的卷闸门，老板娘回家去了，小雪和李娟手挽着手回了金州师范。

"李娟！今天提前替你做了主，我没有要老板娘的钱，今天你的十五元我改天在这里帮忙，结算了费用我还你！明天你还过去吗？"

"小雪！你就不要再提这个费用了，你平时帮了我那么多，难道你也要我和你——算清楚，我把钱都给你吗？明天？再看吧！你知道我周末喜欢睡懒觉，今天我都是好不容易克制自己早起床才和你一起过来的！明天你叫我，我能起来的话，我一定还陪你去，好吗？反正，今天我们俩的费用也和那个老板娘两清了，我们也不欠她的了！"

两人匆匆到学校的食堂去随便吃了点东西，就回了宿舍，在宿舍待到九点四十小雪一个人又去学校的声乐楼练习钢琴了。

第二天早上，小雪依然六点过些就起床了，她去学校的操场跑步，跑步结束后又在学校的花园里朗诵、读书。

结束后，她去学校的食堂吃过了早餐，又给李娟带了一份回宿舍。

回到宿舍，小雪叫了好几遍李娟，李娟都说太瞌睡了，让小雪先去，她起来早的话自己过去。

小雪估计李娟是不愿意再去了，便给李娟把早餐留在了桌子上，用李娟的饭盒扣了起来，她独自一个人去了市场的李宁专卖店。

"小雪来了！怎么你一个人呢？你同学呢？

"阿姨！我同学她……她有点不舒服，多休息会儿就来，可能过来迟些。"

"小雪！你就不要瞒我了，昨天我就看出来她不想过来了。我这里一般的女孩子来做半天还可以，多的都做不了一整天，这周末本身就人多，很忙碌，像昨天连小休息一会儿、吃饭的时间都很紧张！你能继续来我已经很高兴了，只是今天只有你一个人招呼顾客可就太忙了，我尽量也招揽顾客！"

当天店里依然很忙碌，人比昨天还多了些，小雪人漂亮，说话嘴也甜，和老板两人搭配得很是协调，营业额也比昨天翻了一番。

这天，老板娘也很高兴，中午、下午都给小雪管了饭。

"小雪，你这孩子情商、智商都很高，今天和我搭配得非常好，你真的能每周过来帮我吗？"

"阿姨！您也是好人，我才来你这里的！我答应的事情我一定会做到的！我只要还在这里读书，我周周都来，就怕你到时候烦我了呢！"

"哪里会啊！我周末就缺个你这样的小助手，那咱俩就这么说定了，只要你还在金州师范读书，就周周给我来帮忙，如果你一个人可以像今天一样拿下这些工作的话，周六、周日的午饭、晚饭我都给你管了，每天给你结算二十元钱，从今天开始！"

老板娘从口袋里掏出来二十元钱非要给小雪，可小雪就是坚持不要，两人推了半天，最后两人妥协从下周开始只要小雪来帮忙，每天就给她结算二十元钱。

从此，每周的周六、周日小雪都去市场李宁专卖店给这个老板娘帮忙，有时候老板娘家里忙，小雪也时不时地去家里给她做些家务。有了小雪的帮忙，老板娘店里的生意也比以前好了许多，甚至有些客户专门等周六、周日小雪在店里帮忙的时候才去买鞋、买衣服。

老板娘对小雪也甚是亲热，时不时的给小雪做些好吃的送过去，店里有些积压款式不好的服饰老板娘挑些好看的也经常送给小雪。

不知道实情的还以为，这个老板娘是小雪在金城的亲戚呢！

不觉几个月过去了，老板娘店里的生意也越来越好，空闲时间聊天，老板娘也知道小雪是个苦命的孩子。

有一天，店里帮忙结束，老板娘带小雪在外面吃饭时又聊起了天。

"小雪！这段时间你可给我店里帮了大忙了，你在金州没有什么亲戚，我的孩子也在外地上学，比你大些，我身边也就是个半瘫的老伴，你不嫌弃我的话，我就把你认成干女儿吧！"

"阿姨！谢谢你！谢谢你这么看得起我，这段时间您对我各个方面的照顾，有时候真的感觉您像我的亲人一样！但是，做干女儿？这个我得和我妈妈商量下！"

后来，小雪给妈妈写信说："金州有个阿姨要认我做干女儿……"

又曰：

兰陵王

青草绿，黄河两岸始弄碧。年前约、不曾相忘，周末携手赴店里。店主多惊诧，谁人、几多回忆？去年事、本未当真，怎料两女孩还礼。

恰巧正缺人，又慌乱无绪，遂遇帮手，忙至正午未能食。不觉又日暮，匆匆归校，这一趟辛劳艰辛，闺蜜早休息。

翌日，晨曦时。同伴不相伴，独自归店，又是忙忙碌碌一日。一周复一周，甚是如意。相处和睦，待至亲，她有意。

一三、文化、专业连续双优秀

文韬勤读万卷书，武略长练三九伏。
双修正本勇夺冠，全能发展红舞鞋。

小雪每天依然是坚持着早上六点左右起床，起床后每天都坚持晨跑、练功、背诵温习新华字典、听广播、朗诵，吃过早餐后顺路给宿舍带两暖瓶热水回去，每次都是小雪这一系列活动结束回到了宿舍，其他室友才开始睡眼蒙眬地准备起床，而此时小雪已经收拾妥当一切，开始去教室温习功课了。

中午下课用过餐后，小雪便回宿舍躺在床上看看书，然后午睡半个小时左右就起床了。

每天她都会一点五十左右起床，悄悄地收拾好自己，赶两点就到下午要上课的教室去提前温习课程。

如果下午没有课的话，其他同学和室友都会睡懒觉、发呆、看小说，或者偷偷摸摸地溜到学校外面去闲逛，更有甚者已经打扮得花枝招展地去谈男朋友了。小雪却是把主要的时间都放在了学习上，下午没有课程的时候她会去自习室温习已经学习过的功课、去练功房练练形体、最新的舞蹈动作，或者去练练自己的唱功等专业技能。

在学习的空闲时间，小雪报了学校的勤工俭学项目，去勤工俭学超市或者其他的勤工俭学项目工作挣点生活费。

小雪自从上金州师范第二学期以后再就没有要过家里、大哥寄过来的生活费，每次家里邮寄过来她都会邮寄回去，家里和大哥拒收的时候她都会把这些钱单独存起来，在暑假、寒假回家的时候偷偷地塞给妈妈和大哥，或者给他们买些平时很喜欢，但舍不得买的一些物品、礼物。

每天晚上的时间，小雪更是紧张了，每天都是晚饭后就去晚自习室、练功房或者勤工俭学。

平时不管怎么忙，还是天气变化无常，她都会雷打不动的赶晚上十点去声乐楼的琴房练习钢琴及其他乐器。

若遇到周末，她经常会提前恳求楼管给她留个门，一直练习到十一二点才回宿舍去。

小雪在校期间也一直积极地参与学校组织的各种无偿公

益性活动，每年的元旦、五一、六一、七一、八一、国庆、重阳节等各种学校组织的校内、校外活动，处处都有着小雪娇小的身影。

一些关系好的同学、朋友、宿友、老乡都劝小雪少参加点无偿的公益性活动，这些学校的活动应付应付就可以了！抽空参加些外面的商演或者偷着在外面带几个艺考学生，这些很挣钱的。

然而，小雪始终认为：既然自己是学生，而且还是学生会的干部，就一定要遵守学校的各种规章制度、严于律己、以身作则，更是应该积极地投身于学校组织的各种无偿公益性活动。

小雪做事情轻易不答应人，但答应后就会一直坚持做下去。当时答应的每周六、周日去李宁运动服饰店帮忙，小雪每周都去，这一去就是两年多。

当然，小雪的诚信、努力、聪慧、坚持也深深的感动了李宁专卖店的女老板，她到处都说"自己有小雪这么一个干女儿，不是亲生，却胜似亲生"。

老板娘周一到周五经常都会来学校看望小雪，给她带点好吃的，或者就是专门来看看小雪，周末、节假日的时候都会请小雪到她家里去，亲自下厨给小雪改善伙食，增加营养。

小雪通过不断的努力、付出，向金州师范诠释着自己的价值！

小雪自从来金州师范第二学期开始，每学期、每学年文化课和专业成绩都是全址、全级第一，每学期都是班级、学校的优秀学生干部，每学期都会获得金州师范两项以上的各种奖学金，每学期获得的班级、学生会、学校的各种奖状、奖杯更是多不胜数了。

小雪经过不懈的努力和坚持，经过多次比赛的磨炼，她的普通话已经是金州师范的佼佼者了。从第二学年开始，她就被特邀为金州师范广播站优秀诗词、散文栏目的播音员，专门负责朗诵本周学校投稿最优秀的诗词和散文。

这一时期，她负责播报的学校内部广播栏目，已经成为当时校内收听率最高的栏目。

她还代表金州师范参加了多次市级、省级各种普通话主持、播报、朗诵、演讲类比赛，均给学校带来了不少的殊荣。

当时，小雪校内广播栏目俘获了校内一批又一批的男生和女生，连好多其他学校的学生也在周末专门跑到金州师范来收听，就是为了聆听小雪标准的普通话和曼妙的音色、音调。

那时，学校里每周收到信最多的就是小雪了。

可是，小雪担心关注收发这些信件会耽搁自己的学业和时间，这些信基本都交由校广播站统一收发、回复了。她只收发、回复自己家人的各种书信。

这天，小雪正在宿舍里看书。

"小雪！小雪！有人托我给你一封信。"李娟风风火火地跑了进来。

"谁啊！我只收我们家里人的信，外面的信我可一封不收，也不看呢！"

"我也不知道是谁，我刚到楼门口一个短头发的女生递给我的，只是说让我一定亲手带给你，我还没有来得及问是谁让带的，人就已经走得无影无踪了！我只能拿进来了，你看这封面上把你的名字还写得挺漂亮，我们打开看看里面写的是啥，看完再扔也不迟啊！"

李娟说着坐到了小雪的旁边，就准备撕开信封的密封处。

"你真无聊，不要没事惹事！"

小雪从李娟手里抢过正在打开的信封扔向门口的垃圾桶。

扔的过程中这封信被撕开了，多的一半信封和信被小雪扔到了门口的垃圾桶旁边，少的一点信封还在李娟的手里。

小雪、李娟的表情刹那间好似凝固了。

同宿舍的王丽刚好走了进来，推开门看到了扔在地上的信，她随手捡了起来。

"小雪，你好！这世界本朦胧，你朦胧、我朦胧、一切皆朦胧，朦胧的我遇到了朦胧的你……"王丽边往里面走，边读起了捡起的信的内容。

李娟一看大事不妙，小雪一定会生气的，她冲过去一把夺走了王丽手中的信纸，她把信纸快速地撕成了小碎片扔到了垃圾桶。

"你们爱谈男朋友，自己谈就好了，我才不谈男朋友呢！你们这些人真无趣！"小雪听到很是生气，自言自语着走出了宿舍。

"我们的美女脾气真是大啊！连个玩笑都开不起，也真是无趣。"王丽嘟囔着坐到了自己的床上。

"王丽！你就少说几句吧！"李娟边说边出门去追小雪了。

李娟在校园里找了好久，最后在学校的练功房里看到了小雪，小雪穿着练功服一个人在大厅里正练着基本功。

李娟也换上练功服进了大厅，走到了小雪旁边一起练了起来。

"李娟！你怎么来了？"

"对不起！我不该收陌生人写给你的信，还拿到宿舍来，结果让你出丑了！"

"没啥！我上学期间才不谈男朋友呢！这你是知道的！以后你可不要再给我帮倒忙了！"

"今天你不生气，真不生气？"

第五章　第一次背井离乡

"不生气啊！我生气什么啊？只是宿舍有些人真无聊而已！既然来了，就陪我练练功吧！我一个人练也挺闷的！"

"好的！你不生气就好！我陪你练功，一会儿出去请你喝汽水！"

偌大的大厅里就小雪、李娟两个女孩子在练着舞蹈的基本功，大厅里时不时传来爽朗的笑声在空中回荡。

又曰：

蝶恋花

梅花独秀酷寒来。闻鸡吟诵，午夜昙花开。一声承诺有担当，琴棋书画绽异彩。

声若黄鹂飘彩带。你也羡慕，他也来喝彩。矢志不移读圣贤，只为凌空瞻未来。

一四、我长个子了

碧水微波几涟漪，玉成闺蜜探兄长。
年年今朝思手足，华灯初上多惆怅。

不觉已经三个学期过去了，美丽的夏天又到了。

金州有一条河流穿城而过，这条河流赋予了这座城市生命和生机，这里夏无炎暑，冬无酷寒。

夏天在这个城市里生活还是很舒服的，没有小雪的老家密县那么炎热。

小雪的各门功课还是那么优秀，专业成绩也一直在全级名列前茅，她已经连续三学期拿到学校的奖学金了。

这个学期李小雪又拿到了奖学金，再有两周学校也就要放暑假了。

"小雪！这学期你又拿到奖学金了！咱们也快放暑假了，一起到哪里玩一圈去吧！"李娟边走边说。

"李娟！你可不能打我奖学金的主意啊！我留着还有用啊！"小雪回答道。

"看你小气死了！没有打你奖学金的主意，这下你放心了吧！"

"那就好，这我就放心了！其他的咱们都好说，你想去哪里玩呢？可不能太远啊。啥时候？当天我们得能返回学校。"

"你可真是乖乖女啊！咱们上学期就有几个同学晚上都不回宿舍呢！"

"那是她们！我可不行，我要遵守学校的各项制度呢！你也不行啊！可不能晚上不回学校、不回宿舍啊！外面多危险啊！"

"都听你的好吧！我听说你有个二哥和咱们在一个城市，在读师范大学是吧！"

"是啊！怎么了？你这一说，还真提醒了我，在这里上学都快两年了，二哥来学校看了我好几次了，我到现在还没有去过他们学校，没有去看过二哥呢！我二哥上次来你也见过啊！"

"就是和你一起见过一次，你二哥长得还挺帅气的！咱们周末去趟师范大学吧！听说那个学校很大、很漂亮呢！"

"李娟！你这好像是在套我的话吧！你是不是看上我二哥了？人家可是一心都在学习上呢，你可不能打扰人家啊！"

"哪里啊！我才不找那么远的男朋友呢！"李娟这会已经

是羞红了脸，向宿舍方向跑去。

"我开玩笑呢！你也当真，那我们就说好了，周末咱俩一起去师范大学玩一圈，看看我二哥，我给专卖店老板去提前请一天假。"小雪朝着李娟奔跑的方向喊着。

周六了，这天早上小雪和李娟早早的起了床，小雪简单地洗漱过后就去学校餐厅去买早餐了。

"李娟，我去学校餐厅给咱俩买早餐了，你吃啥？你收拾得快些啊！"

"随便，你吃啥就给我带啥，我稍微收拾下就好！"

"好的，那就豆浆、油条吧！"

"可以！"

不一会儿小雪就带着四根油条和两杯豆浆回到了宿舍。

"李娟！快吃早餐了！"

"好的，就好了！你快来帮我看看这个眉毛画的对称着没有？"

"挺对称的啊！快吃早餐吧！我们是去师范大学玩玩，又不是去相亲，看把你给认真的。"小雪凑到李娟跟前看了看，夺下了李娟手中的眉笔。

"这可要画对称呢！好了，吃东西吧！不和你多说了。"

小雪快速的吃完了早餐，收拾了下自己的床铺。

可李娟正在对着镜子一小口、一小口地吃呢。

"李娟！你稍微快点好吗？我们还要倒好几路车呢！我昨晚都给我二哥打电话说了，我们早上十点多就到他们学校了！"

"就好，就好！我这不早上嘴上涂了些口红啊，怕吃东西给弄花了，好了，不吃了！免得二哥等着急了！走吧！"

小雪、李娟两人带上随身用品就匆匆的出发了，她们先在学校门口坐上了106路公交车到西关公交枢纽，又倒了枢纽中心的124路公交车，这一路倒车过去花了约一个半小时。

好不容易到师范大学车站了，两人下了公交车，原路返回到前面的十字路口的人行道过了马路。

这马路对面就是一个苏式建筑的大门，大门口左侧站着一个身穿白色衬衣、藏蓝色裤子、戴着眼镜表情有些腼腆的大男孩，这就是小雪的二哥小勇了。

"小雪！小雪！我在这呢！"小勇看到小雪使劲地挥舞着右手。

"二哥，让你等久了吧！"

"没有！来让二哥看看你，瘦了！怎么看你个子突然这么高了，都到我眉毛跟前了，今年过年咱们一起来的时候你可是没有这么高的，看你这半袖、裤子都短了好些啊！"小勇捏了捏小雪的脸蛋，上下打量着。

"二哥！你好！"李娟怯生生的打着招呼，脸也瞬间红了。

"你是……"小勇茫然地看着李娟，一时想不起来这是谁。

"二哥！光咱俩忙着说话了，忘了给你介绍了！这是李娟，我的同学、宿友、好朋友，也是咱们一起的陇东老乡，你前几次来学校看我，我都和她在一起，你应该是见过她的。"

"哦！哦！是这样啊！你是李娟，我真健忘，看你脸都红了……不……你和小雪走了这么远的路，你们的脸都红了，快进学校，我给你们买瓶汽水。"

"哦！看我见了你俩高兴的，进我们学校要登记，你俩带学生证了吧？我们一起去门房登记下。"

两人掏出了学生证，一起和二哥到门房的保卫人员处做了登记，他们三人一起进了师范大学。

小勇径直把小雪、李娟领到了学校的小卖部买了三瓶508

牌汽水，给两人打开，每人递过去了一瓶。

小勇带她们挨着去了学校的各个学院、体育馆及几个小广场，不觉已经是中午十二点多了。

"到吃饭时间了，我带你们去我们的学校食堂，尝尝我们的伙食如何？还是咱们到北门口去吃饭？"

"二哥！去你们学校食堂吧！早就听说农大的姑娘、师大的饭、财校的姑娘满街转，都说你们学校的饭好吃，咱们去你们学校食堂吧！"

"李娟！你觉得呢？"

"我也老听大家编顺口溜这么说呢！二哥！咱们就去你们学校食堂吃饭吧！"

"好的！咱们走吧！你们这年纪小小从哪里听说的这顺口溜，我怎么就没有听过呢？"

很快三人就到了学生食堂，周末了人也不是很多，他们就随便找了个空的位置一起坐了下来。

"小雪！李……李娟！你俩吃什么，我去打饭。"

"二哥！有啥好吃的，你就随便打来尝尝！"

"李娟！跟我二哥别客气，我们今天来就是吃他的，你看你想吃什么就说！"

"二哥！随便吧！我吃啥都行！"

"小雪！你同学有没有什么忌口的？"

"二哥！没有忌口的，你就随便吧！"

"好的！那我就随便打三份盒饭吧！"

一会儿工夫，小勇打来了三份盒饭，一份红烧肉、土豆丝套餐，一份排骨、红烧茄子套餐，一份带鱼、西红柿鸡蛋套餐。

"也不知道你同学喜欢吃啥，我就随便打了几份，看看你们想吃哪一份？"

"二哥！咱们就不分了吧！我们每人一份米饭，各样菜我们都尝尝！"

"也好！汤有三种，西红柿鸡蛋汤，菠菜豆腐汤，紫菜虾米汤，一会儿吃完饭你们自己选，看想喝什么都可以，都不限量的。"

小雪、小勇有说有笑地大口大口吃着饭。

"二哥！看来这顺口溜说得不错啊！你们师大的饭确实很好吃！"

"好吃就好！你俩难得来一趟，今天多吃点，不够，一会儿我再去打几个菜。"

"小雪！你同学爱吃啥，你看着照顾好！"

"二哥，不客气，我本来就吃得少。"

"李娟！到我二哥这不要客气啊！都是自己人！"

小雪给李娟夹了块红烧肉，微笑着看了看她，李娟突然间脸红得低下了头。

"你看把你同学给热的，我给你们找几个空碗盛些汤吧！"

小勇找了三个空碗，端来了三碗汤，小雪喝完又去盛了两碗其他口味的，整整喝了三碗汤。

小勇喝了一碗汤，李娟今天很少说话，喝了半碗汤就说已经饱了。

午饭后，小勇带她们去了师范大学的音乐楼，这栋楼可比金州师范的声乐楼高了许多，也大了许多。

"二哥！你们的音乐楼可真阔气，里面出来的姑娘们也都长得很好看啊！我以后能来这里上学就好了！"

"小雪！会的，只要你努力，一定会的！二哥永远支持你！"

随后他们三人又一起去了图书馆，这里的图书馆依然比金州师范的高、大，而且藏书非常多，同时比金州师范的面积也大了许多。

三人进图书馆转了一圈，他们找了个安静的角落看了几个小时的书。

"二哥，不早了，已经五点了，我们要回去了！"

"才五点多，一会儿五点半就开晚饭了，吃完饭再回去吧！"

"二哥！下次吧，我们回去还要倒好几趟车呢，我们又是两个女孩子，我们早点回吧！"

"也好！你们早点回去安全些，路上小心点。下次，我过来看你们！"

小勇把小雪、李娟一直送出了校门、过了马路，看着她们上了公交车才缓缓离去。

又曰：

江城子

三期时光逝匆匆，不觉已，又夏日。好友相约，尽几多迷离。周末友人精洗漱，描凤眉，饰胭脂。

几经辗转多辛劳，酷阳炎，汗湿衣。兄妹相聚，忽觉艳阳日。校园处处留轻影，观夏景，品美食。

一五、我怎么和别人有些不一样

花儿朵朵争艳阳，样貌渐袭十八变。
年轻总是万般好，华者弄潮几生恋。

金州师范这所学校是以幼儿艺术类为主的一所省内一流中专院校，这个学校的学生基本上都是清一色的女学生，只有个别几个声乐专业才有几个班的男生，这些男生都统一集中在学校的一幢很小的三层楼上。

平时小三层楼里主要议论的就是学校的哪个女生漂亮，哪个女生谈了本幢楼里的哪个男生等等。

而女生楼里一些发育比较早和成熟早的女生也是经常议论着学校小三层楼里的男生：谁长得帅气，谁和谁又在谈对象了等等。

早在第一学期刚开始，一些打扮时尚和一些成熟较早的女生在来学校的时候就已经把个人的经期卫生用品带到了学校，这在很多的宿舍都被其他室友误解。

学校里都在纷纷议论着：刚来就已经带着经期用品的女生肯定不干净，肯定年纪小小的就已经和男生们发生过什么了！真不要脸等等各种各样的传言。

小雪她们的宿舍也是一样的情况，她们宿舍住着八个人，每个月底或者月初她们宿舍就有一个家在金城叫赵虹的女生，她每到这个时候时不时起床，床上就会有斑斑血迹，她总是想着隐瞒。

然而，因为大家都在同一个宿舍，经过两个月这个事情也已经在宿舍的几个人里面悄悄的传开了，有的舍友还在赵虹没有来得及换洗床单的时候去偷偷仔细瞧瞧她的床单，真会看到上面有时有斑斑的血迹。而且床上靠墙的地方还塞着一卷卫生纸和打开的卫生巾等。

有些胆大的室友还趁赵虹不在的时候，把她床上已经打开的卫生巾仔细端详后放回原位，把其塑料袋包装上的使用说明大声地念给大家一起分享。

大家总是在一阵哄笑后催促起哄的室友把赵虹的私人物品赶紧物归原处，不要让赵虹发现了。

当时，这个学校里有一个奇葩的现象：学校只有一个大点的小卖部，刚开始因生理现象要去买卫生巾的女生们都很羞涩，不好意思去买，或者是生怕被别人看到，把自己当成坏女孩看待。这个时候，哪个女生如果有自己的男朋友帮忙去小卖部买卫生巾送过来，那将是一件非常幸福的事情。

甚至有些女生过于羞涩，总是在这个时候巴结有男朋友的女生帮自己买些卫生巾回来用。

小雪她们宿舍在这两年里也是断断续续的有六个女生都有了生理期，只有李娟和小雪还是一直没有。

小雪一心都在学习上，从不分心，有别人在谈论这些现象的时候她总是相信：有生理期的这些女孩子一定是不干净，干了什么不应该干的事情，所以每个月才会流血的。

这天，中午刚睡起来，李娟就悄悄地弯着腰来到了小雪的床边。

"小雪！一会儿陪我去趟小卖部买个东西，我感觉我好像也来那个了！"

"李娟！你怎么了？来哪个了？啥呀？"

"小雪！小声点嘛，就是那个！快陪我买个东西！"

"好吧，我还是没有听懂你的意思。"

小雪简单洗漱收拾了下，就和李娟一起出了宿舍门朝校小卖部方向走去。

"李娟，你怎么了？不舒服吗？怎么今天弯着腰，手还捂着肚子！不会是生病了吧？我陪你去校医办吧！"

"小雪！我今天中午午睡突然感觉下面湿乎乎的，我去卫生间一看流血了，我这会还垫着好多卫生纸呢！怎么感觉好像一直在流似的，我的肚子也时不时地疼痛，我是不是和她们一样也到生理期了？你扶扶我，我们赶紧到小卖部去买些卫生巾吧！或者我在这坐会，你帮我去买一包，我先垫上吧！"

"李娟！难道你也偷着干坏事了，所以和她们一样了？"

"我？我才不帮你去买那东西呢，丢死人了！我觉得还是先去校医办看看吧！"

"小雪！咱俩天天在一起，你还不了解我吗？我连男朋友都没有，怎么能干什么坏事呢！你就帮帮我吧！"

"好吧，我就帮帮你，也为了你的清白，我扶着你先去校医办吧！只要你清白怎么帮你都可以！"

"小雪！可真有你的，那我们就先去校医办吧！"

李娟弯着腰捂着肚子，小雪搀扶着她朝校医办的方向走去。

不一会儿到了校医办，李娟向校医办的梁医生详细说了自己的症状。

梁医生听完后，把李娟带到里面的检查室检查，一会儿就出来了。

"李娟同学，根据你说的症状和刚才我对你的检查，可以确认你是第一次来生理期了，这是很正常的，每个正常女性都会来，你们这个年龄段的孩子有的来得早、有的来得迟，只要来了每个月都会来的，这你自己得记着时间，你回去用温水清洗，注意下体的卫生，一会儿到校小卖部去买包卫生巾垫上，这样既卫生又舒适些。回去多喝些热水，每次生理期来的时候不要喝冷水、接触冷水，或者用冷水洗澡、洗衣服。否则，对自己的身体不好，会留下很多后遗症的，同时每次来的时候不要吃辛辣食物。"

　　"谢谢梁医生！真没有啥事，那我们就走了！"

　　"女孩子正常的生理现象，你们回去吧！"

　　"谢谢梁医生！那我们走了！再见！"

　　"再见！"

　　"小雪！这下我可清白了吧！你说的要帮我的，一会儿到了小卖部，你去帮我买包卫生巾。"

　　"李娟！梁医生说是正常生理现象，可是没有说你有没有干坏事啊！我可以陪你去，但只陪你到门口，你自己买去，我在门口等你，我羞得不敢去！"

　　"好吧！小雪，那我们一起去小卖部，我们看着小卖部没有人时我进去，你看有人来你就喊我，我也羞得很啊！有个能送这个的男朋友该多好啊！"

　　两人径直来到了小卖部门口，一直等到小卖部里的学生都走出来，李娟才进了小卖部，小雪站在小卖部门口放哨。

　　一会儿李娟提着一个塑料袋就出来了。

　　"小雪！这人生头一次可是吓死我了，我生怕有认识的同学进来就羞死了。现在好了，东西买上了，咱们回宿舍吧！"李娟朝小雪挥挥手里的东西。

"这东西快放下来，你怕别人不知道吗？"小雪赶紧拉下了李娟挥舞的胳膊。

"就是，我这挥舞的啥啊！"李娟顺势赶紧落下了胳膊。

"我下午还要去听课呢，我陪你到宿舍吧。你写个假条，我替你去给老师请个假。你喝些热水，好好休息会儿吧。"

两人到宿舍后，李娟写了假条交给了小雪。

小雪安顿李娟躺到床上，给她盖好被子，倒了一杯热开水放在床边的桌子上就去上课了。

下午这堂课是西方音乐史，小雪没有怎么听进去，她一直在想：李娟是不是真的干了坏事情才来生理期了？梁医生说是每个女生在这个年龄都会来生理期，可是为何宿舍里每个女生都来生理期了，只有我没有来？我怎么和她们不一样？难道是她们都和男生干坏事了吗？

"李小雪同学！李小雪同学！"讲台上的老师喊着。

"到！到！"老师的半截粉笔飞到了小雪的头上，她才回过神。

又曰：

拜星月慢

金州师范，享誉陇上，名门闺秀满院。一色淑女，爽朗笑声不断。小三楼，声乐男生寒暄，皆是男女之欢。青春躁动，青年难相见。

面羞涩、多有羞羞事，谁知道、又与谁同伴。闺蜜身体不适，猜测与谁欢。看大夫、诊身体无恙，多疑问、只是成长难。几多思，同窗皆然，唯我怎不然。

一六、金州少年宫实习的心酸

时光匆匆两载过，来去无踪人心惶。

运势斗转多诡异，转头原是闺蜜强。

又是一年百花艳，又到一载槐花飘，夏天又到了，金州师范的校园里处处都飘扬着槐花淡淡的清香。

李小雪她们宿舍的室友们待在宿舍的日子也越来越少了，经常都是成双成对地出现在校园的某个角落，有个别的晚上也很少回宿舍。

时间久了，大家好似也习惯了，都是心照不宣。

她们总是都在各忙各的事情，具体忙些什么，谁都不知道！

只有李小雪依然是七百多天如一日地重复着几件事情：早上锻炼、早读、背新华字典、听广播，练习矫正普通话发音、上课；午休；下午上课、自习，晚上依旧是每天去琴房练琴，或者去练功房练练舞蹈基本功。

最近，李小雪班上的同学们都很是神秘，有的时不时往宿舍拿回来些家乡土特产，但一个晚上就都不见了。有的时不时回来得很晚，回来的时候都已经有了几分醉意。有的最近非常的忙碌，总是时不时地往学校的行政办公楼上跑。总之是八仙过海各显神通，各有各的路，各跑各的关系。

原来，这个夏天暑假放假前李小雪她们这届的学生就要被安排到各个单位去实习了，这实习可是决定她们人生的一道坎。

去哪个单位实习，毕业后被分配到那个单位的几率就大一些。

最近，这一届的学生看起来都是很忙碌的样子，有的忙着送礼，有的忙着请相关人士吃饭，有的忙着巴结领导、拉关系。

李小雪生性诚实、单纯，本身周边也没有什么特殊关系和亲戚，她坚信机会总会眷恋一直在努力的人，她想只要自己各个方面都做得足够好、优秀，能被分到什么样的单位实习就听天由命吧！

李小雪的二哥李小勇专门来学校看望了李小雪，鼓励她：相信自己，只要是金子到哪里都会发光的，一定不要放弃自己心中的目标，我们兄妹因为特殊的家庭条件，一定要比常人付出更多的努力。大哥已经工作几年了，一直很优秀，他一直都是你我学习的目标，你们下学期就要去实习了，我们也一样，明年这个时候也被安排去单位实习，我们俩一起努力，一定要让大家看得起我们兄妹。唯一遗憾的就是……我是你的哥哥，在这个关键时候也帮不上你什么忙，只能来看看你，来鼓励你了。去哪里实习不重要，我们一定要有坚持成功的信念，总有一天我们的事业总会成功的！

李小雪当天和二哥聊了许久。

她回复二哥：大哥已经很辛苦了！早早的上学、工作，这么多年来一直在贴补家用，供你和我还有小吉上学。前几天大哥还给我打电话说我们马上要实习了，他也帮不上什么忙，从邮局给我汇了500块钱，让我找找看有啥关系，我没有要，都给大哥退回去了。我也不会怨恨我们的家庭的，也许这正是"天将降大任于斯人也"的征兆呢！我一定会努力的，只要努力，不管结果如何我都不会后悔的，咱俩一起努力。以后不管我在哪里实习，只要还是在金州的话，你能时不时来看看我就好了。

李小勇看到妹妹很懂事，也是非常努力的样子，也就放心了。临走时，他们一起在校门口寒暄了很久，李小勇依依不舍地和妹妹告别，坐上公交，倒了三趟公交车才回到了他的学校。

这兄妹俩在校门口惜别的样子，恰巧被一些好事的同学看了，开始有人道听途说地议论起来。

这天，李小雪晚上练完了琴走到宿舍门口，听着今晚宿舍挺热闹，有人在议论着什么，好像有人提到了自己的名字。

她本要推门进去，忧虑了下，便停顿在了宿舍门口。

"李小雪，平时看着老实，其实可不简单啊！今天和一个长得挺帅的学长，大白天的在学校门口黏糊了半天，别人给我说，我听着都丢人！是男朋友不会找个没人的地方去吗？一副穷怂的样子。"

"估计是新泡的吧！听说咱们这两天就要确定实习单位和人员名单了，看那学长长得挺帅，可能背后有关系吧！看来李小雪同学也不简单啊！"

"我听说她好像有个哥也在金州读大学，应该是她哥吧！你们可能想多了，但现在这都是拼爹的年代，我可听说她连爹都没有，学习好、基本功好都是被逼出来的！"

"好了！你爹是当官的，我们都知道，就不要在这卖牌了！不说了，大家都是室友、同学，人家练完琴也要回来了！"

大家这时又换了另外一个话题聊，开始男朋友大比拼了。

李小雪听着很是愤怒，忽然间她又觉得就要去实习了，没有必要和大家计较，只要自己行得正也不怕影子歪。

"今天宿舍好热闹啊！你们都回来挺早！"李小雪推门走了进来。

"李小雪！"

"小雪！"

"哦，我们今天回来早。"

"这不，就要放假了，下学期实习就很少见到了！"

"是啊，看到你们真高兴！"李小雪回应着。

这个时候，宿舍里面的几个人说话吞吞吐吐，脸色都很难看，你看着我，我看着你。

大家都在心里猜测，刚才议论李小雪的事情她应该没有听到吧？她目前可还是班长呢！

过了一周，班主任把学生组织到一起上了堂大课。

临下课时班主任说："亲爱的同学们！我们已经在这里相处了700多天，就要放暑假了，下学期你们就要各奔东西，赴各个不同的单位和岗位去实习了，我很舍不得大家，有短暂的别离，就有下一次的相聚，明年的这个时候我们还会相聚在这里。我现在把咱们每个同学的实习单位公布一下，读到的同学上来领取单位实习介绍信。"

"吴婷，实习单位金州市保育院；马芳，实习单位金州市保育院；王娜，实习单位黄河区保育院；方玲，实习单位黄河区保育院；冯瑞，实习单位金州军区幼儿园；刘阿凤，实习单位金州军区幼儿园；李娟，实习单位金州市少年宫；李小雪，实习单位金州市少年宫……"

班主任逐一宣读每个人的实习单位，整整用了一个多小时，但是今天大家都很认真，也很安静，没有一个人捉前离场。

每个人的实习单位宣布后，其他同学的目光都会聚焦到这个人身上，有的高兴，有的惊讶，有的以为自己听错了，表情要么怪异，要么复杂。

李小雪简直是不敢相信自己的耳朵，自己没有任何的关系怎么能去金州市少年宫实习，这可是目前省里唯一的一家少年宫啊！

李小雪本来已经有了思想准备的：自己虽然成绩优秀、又有很多的奖励，但同学们确实也说得没错，"现在是拼爹的时代"，自己顶多也就是会被调剂到哪个企业的幼儿园去实习，这样她就已经很满意了。

大家都已经离开了教室，李小雪还没有反应过来，好像还在思索着什么。

"李小雪！快走！"忽然有人在李小雪的肩头拍了一把。

"哦！走！"原来是李娟把她拍了一把，她才回过神来。

"小雪，走吧，人都走光了，就剩下你和我了！你这次分配得不错，咱俩还在一个单位实习，高兴吧？"李娟拉起了李小雪。

"是，是……是挺意外的！不会是搞错了吧！"李小雪拿起介绍信和书本站起来。

两人走出了教室，往学校餐厅方向走去。

"小雪！你人好、善良，你这是吉人自有天相，你是有贵人相助的。"

"李娟，你拿我开玩笑吧！我觉得一定是搞错了，我哪里有什么贵人啊。"

"小雪，你可真是聪明一世糊涂一时啊！今晚你请我吃顿好的，必须吃顿好的，我告诉你贵人是谁！"李娟微笑着拉着小雪直奔餐厅。

"你！你！难道是你？你有这么大的能量，我咋就不知道、不相信呢？"

"走吧！你一定请我吃好的！"

两人到餐厅后，在旁边的小窗口单独点了几个菜，要了两瓶 508 汽水，李娟催着李小雪付了款。

两人边吃边聊，也聊了好久。

今天，李小雪才知道李娟的父亲是陇东地区一个市上的人大主任，从政多年，在省内人脉很广，也有一定的威望。

"小雪！其实主要是你人好，咱俩才能是这两年最好的朋友，我知道你家庭坎坷，为人善良，学习努力，我经常回家和我爸聊起你，我爸老让我向你学习。这学期开学前我就和我爸商量实习的事情了，我爸也问到你，我说你也不认识人，我爸主动说给我找实习单位的时候把你也带上，这不就有了咱俩一起去金州少年宫实习的事情了！这事可跟谁也不能说啊！"

"李娟！看来叔叔和你才是我的贵人啊！我一定要见见叔叔，好好地谢谢叔叔，这份情谊我一定记得，来日我一定加倍报恩叔叔和你。"

"小雪！这你就见外了，我爸这个人脾气很古怪的，从来不给别人主动帮忙，我爸也想见见你，你真该见见我爸了。"

"李娟！再次谢谢叔叔和你，再有几天咱们就放假了，你看方便的话，我和你一起去看看叔叔。"

"好的！那就这么说定了，放假咱们先去我们家，你也认识下我爸！有空的话我也想去你们密县玩玩，我还从来没有去过呢！"

没过几天金州师范就放暑假了，放假后李小雪跟着李娟一起去她家拜访了李娟的父亲。

又曰：

尉迟杯

百花艳，槐花飘、路两旁清香幽。对对鸳鸯徘徊，时时夜宿层楼。伊人如旧，都不闻，技艺唯精解愁。众人忙、四处奔波，各个明争暗斗。

家兄莅临探望，娓娓语、遭遇传言作呕。众人寝室闲话起，伊人闻、佯不知否。一堂聚、师者授命，众人静、暗自几多忧。忽惊诧、喜讯临门，原是贵人多谋。

一七、依依不舍离母校

世间真情难甄别，事事险中有蹊跷。

难想闺蜜悄使舵，料识狰狞万事消。

密县八月的风总是那么燥热，每年这时都是这个小县城最热的时候，经常有光着膀子的男人在大街上溜达、叫卖自己种植或者批发来的各种水果。

裙子是这个季节这个小县城女人的标配了，老的、少的、小的，也不管有钱、没钱都穿着各色的裙子，她们就像一只只彩蝶在大街小巷飞舞、徘徊。

更多的男人则是穿着大裤衩、身着各色的半袖衬衣、穿着塑料凉鞋、拖鞋，有些上了年纪的男人经常手里摇着一把蒲扇出现在这个小城的各个角落。

李小雪的着装可比这里的大多数人都规范了许多，不管天气多么炎热，她都是扎着整齐、乌黑的长发。不管是穿着裙子还是长裤、半袖衬衣永远都是那么平整、洁净。

她走起路来抬头挺胸像是一阵风，身板总是那么的笔直，很多人都以为李小雪报名应征参军了，才有这样的气质与风采。

八月底，李娟如约来到了密县，李小雪可是高兴了，因为是金州师范两年的好朋友，这次实习李娟的父亲又助了李小雪重要的一臂之力，一直心存感激，这次她和她的母亲很是热情地接待了李娟。

李小雪带着李娟去了自己就读过的县幼儿园、东关小学、城关中学，还带着李娟去游览了密县八景——密城秋望、瀑布春融、书台月朗、孤峰午照、别墅烟浓、仙洞云深、达水丁流、荆山日丽。

王灵秀更是变着法子给李娟做着当地的各种特色和自己觉得拿手的饭菜：密县长面、蒸鸡肉、包煮角、酸辣肉臊子夹馍、玉米面黄黄馍、炸油饼、炸油糕、炸麻花、鸡蛋羹、荞面搅团、节节炒面、牛肉烩面、羊肉泡馍、暖锅、茬籽烙饼、杂面煎饼、碗蒸豆腐脑、野兔烧野鸡、苜蓿蒸馒头等。

两个姑娘这几天可是疯了似的在外面玩，每天回到李小雪家里总是能享受到不带重复的各种美食。

两人都觉得这是她们长这么大最幸福的一段时光了，每天都是无忧无虑，不是游览美景就是品尝美食。

可是，美好的时光总是那么短暂，不觉已经一周时间过去了，学校开学的时间也就要到了，她们都要准备去实习单位实习了。

这天，李小雪和李娟又出去转了整整一个下午，直到六点多才回到家里。

一进屋了就闻到了一股浓浓胡麻油的香味，屋里的茶几上已经做好了六个凉菜和六个热菜，热菜都用碗扣着。

"阿姨！今天怎么做了这么多的菜！有亲戚要来吗？"李娟盯着桌子上的菜很是惊讶。

"妈！今天你怎么做了满满一桌子菜，有谁要来吗？"李小雪给洗脸盆子打了些清水端到李娟跟前。

"李娟！快，洗洗吧！我们这里夏天实在是太热了！"

"是有亲戚啊！李娟，你就是我们的亲戚和贵客啊！这不，明天你俩就要回学校了，我今晚给你们多做点好吃的！你俩先吃菜，我这再调个酸汤，一会儿给你们再吃顿我们这的长面。"王灵秀过来揭开了扣在热菜上的几个碗。

李小雪招呼着李娟开始吃饭，今晚俩人菜吃了很多，王灵秀也是时不时的给俩孩子夹着各种凉菜和热菜。

最后，当地的长面两人也是每人只吃了一碗汤面和一碗干面，王灵秀还是一个劲的给两人夹菜和劝着俩孩子多吃几碗面。

可是，今天实在是吃得太撑了，两人都已经吃不动了。

"阿姨！你做的饭实在是太好吃了，我最近一周可能都胖了许多呢！"

"妈！你可真偏心，平时我回来你可是从来没有这么热情过！"

"你俩都是孩子，都正长身体呢，多吃些，好吃就好！我们小雪这次真是沾了你的光了，平时我可从来没有这么给她做吃的！你俩去院子乘凉，我把这些收拾下，面也发起来了，我给你们再炸些油饼、油糕、麻花你们明天带上，热的不好带！我今天炸上，你们明天带学校还是新鲜的呢！"王灵秀收拾着茶几上的各种餐具。

今天这顿饭大家使劲吃了半天，可每个盘子里还是剩了有一半的菜，王灵秀今天的饭可真是做得有些太过丰盛了。

李小雪和李娟争着要给王灵秀帮忙收拾摊子，可是王灵秀坚决不肯，硬是拿了两把椅子把两人都推到了院子去乘凉。

王灵走秀这晚忙完已经是十点多了，本想着俩姑娘明天就要走了，想一起再说说话，但是又怕孩子们晚上休息不好，还是催着她们十点多就去隔壁屋里休息了。

第二天早上，王灵秀五点就起床了，给孩子们做了早餐，又煮了十来个鸡蛋。

六点李小雪和李娟也起床洗漱结束了，两人过来一起和王灵秀吃了早餐。

王灵秀将炸好的油饼、油糕、煮的鸡蛋还有一些吃的平分成两份装在了两个大袋子，嘱咐两人一定把这些带到学校去吃。

两人都觉得带的太多了，推辞了半天，王灵秀都不同意，甚至于有些生气了。

两人实在拗不过王灵秀，只能大包小包的将这些东西都带上了。

王灵秀还是舍不得李小雪，一直帮两人拎着袋子，把两人送到了车站，看着两人上了车，车辆缓缓地启动后才默默地回了家。

这次带的东西实在是太多了，尤其是吃的。

到金州后，两人商量先回趟学校将两人带来的吃的平分成三份，一份带着去看望了她们的班主任老师，一份带去看望了这几年对她们照顾不少的李宁专卖店的老板娘，另外一份，她们打算带到实习的单位去。

这一切安排妥当后，两人带着学校的介绍信和实习接收函就去金州少年宫报到了。

金州少年宫当时可是省里唯一的一所少年宫，位于金州的最繁华地带——南门什字。

两人边打听边找，终于看到了一幢七层高的崭新建筑物，门口挂的牌子上写着"金州市少年儿童宫"。

"这就是……少年宫！这可比我们地区行署的办公楼气派多了。"

"金州市少年儿童宫！这里可真大啊！顶我们几个县政府呢！"

李小雪、李娟望着这幢建筑物，基本上是同时自言自语着。

她俩在大门口门卫处做过登记就进去了，办公室的工作人员接待了她们。

当天一切都很顺利，工作人员安排她们办理了实习手续，简单交代了这里的管理制度和上下班时间及就寝时间，又给安排了实习宿舍。

这里的宿舍环境可比学校好了许多，两人一间，这次来实习的学生只有她们两个人，两人被安排在了同一个宿舍。

随后，金州市少年宫给她俩分配了具体的工作，李小雪分配到舞蹈社团做实习老师，李娟分配到钢琴社团做实习老师。

说是实习老师，其实就是帮忙打扫社团活动室的卫生，在社团开展活动的时候帮助正式编制的老师维护孩子们的现场秩序，保证孩子们排练期间的起居和安全。

金州市少年宫往年来实习的都是大专或者本科学生，这次却安排了两个中等师范的中专生来实习。这里的老师平时对李小雪、李娟都很排斥，有意为难她俩，或者给她俩一些脏、重、难的事情去做。

李小雪倒是无所谓，领导和老师们安排什么就做什么，甚至还主动找些额外的工作去做，时不时还去李娟实习的钢琴社团帮忙。

李娟就不一样了，平时在家本来就娇生惯养，哪里受过这样的气，幸亏还有李小雪时不时的过来帮忙，才保证完成了社团的各项工作。

就这，李娟仗着自己的父亲是地方上的领导，肯定是给负责少年宫的相关领导打过招呼的，经常和社团的老师发生一些摩擦，有时候甚至和社团的一些部门负责人也顶嘴。

金州少年宫地处闹市，这里很是繁华，一有时间李娟就拉着李小雪和她去逛街、购物。

刚开始，李小雪碍于面子也时不时的陪李娟去，可是时间久了李小雪因为本来经济拮据，再者李小雪还想继续提升自己的专业技能，陪李娟去逛街的几率越来越少了。

李小雪可不想浪费在这里实习、提升自己专业技能的机会，平时在帮李娟完成工作的同时，她也主动帮助其他社团的老师开展各种工作，从来都是无怨无悔，没有一句怨言。

白天只要有空闲的时间，李小雪就会去借阅、学习各个社团的专业书籍，不懂的就经常去请教负责该社团的老师。

晚上的空闲时间，李小雪还是和以前在金州师范一样，不是在舞蹈室练功，就是在钢琴室练习钢琴。

这段时间，李小雪不但学习了很多的各种社团理论知识，几个负责民间乐器的老师还主动给李小雪教了一些民间乐器的弹奏。

时间久了，金州市少年宫的各个领导、老师都对李小雪的学习、工作、为人处事能力很是认可，各个社团做活动时不时都会找李小雪去帮忙，说是帮忙，其实大家是在有限的时间帮她在各个方面有一个全面的提升。

李娟在实习的这段时间里，无心工作，很多时间都花到了逛街和买各种穿戴上，因此她逐渐的和金州市少年宫的关系越来越紧张了。

这段时间里李娟又和金州市少年宫一个叫张丽的老师成了好朋友。

张丽已经来金州市少年宫好几年了，以前在钢琴社团，工作期间经常被孩子家长投诉教学存在问题，后来自己也嫌社团的工作累，又被调到了办公室负责后勤工作。

据说，张丽的父亲也是金州市某部门的一把手，当时很有实权的一个人物。

张丽是个善于交际的女人，经常都是浓妆艳抹、大醉而归，与丈夫结婚不到半年，丈夫就因为接受不了张丽在外面复杂的男女关系，两人终于还是离婚了。

张丽带着李娟经常去逛街、购物，同时李娟也参与了张丽的各种应酬，时不时的也是大醉而归。

实习后期，李娟也很少回宿舍了，有时候说是酒喝多了直接去张丽家住了。到底去了哪里，大家也都不是很清楚。

这天，张丽和李娟在一起吃饭讨论起了实习结束工作分配的事情。

"李娟啊！咱俩是好姊妹，这一年我可是把你当亲妹妹看呢！你可得防着你同室的那个李小雪啊！"

"李小雪！她很老实、实在的，和我也是好朋友，她不会对我做什么的！"

"你这脑瓜子该开窍了！少年宫最近只有一个老师的空缺，领导研究决定从你们两人中间确定一个名额，最近就要确定。这李小雪可是很有心计啊！从进咱们少年宫开始就和各个社团老师、领导拉拢关系，大家都对她印象很不错的，你这压力很大啊！"

"没这么严重吧？我家里人早就帮我安排好了，当时李小雪能来这里实习，其实也就是给我实习找个伴而已，她还真把自己当回事了？"

"领导做事也要综合考虑的！虽然内定的是你，可是我听到的是大家一致推荐把李小雪留下来，我给我父亲也说了再给这面施加点压力，可是不怕一万，就怕万一啊！"

"那怎么办呢？我可得留下来啊！不说别的，我还舍不得你呢！"

两人四眼对视，不觉哈哈大笑起来。

"这里人多，说话不方便，你坐我这边来，我给你出个主意。"

李娟起身坐到了张丽旁边，两人窃窃私语的不知道说了些什么。

"这！这……我和李小雪毕竟是同学，也都是朋友，这么做不妥吧？"

"李娟啊李娟！人不为己天诛地灭，你好自为之啊！"

"好吧！就这样！李小雪你也不要怪我，我这也是被现实所逼迫的，毕竟人生十字路口捷径只有一次。"

"李娟！这就对了！无毒不丈夫。"张丽此时将自己右手腕上一个二十多克的金镯子取下来戴到了李娟的手腕上。

当晚，李娟回到宿舍就向少年宫的老师和李小雪炫耀了自己的金镯子。

没过几天，李娟突然向少年宫领导和保卫处反映说是自己的金镯子今天洗头时放到了宿舍的桌子上，上午钢琴社团忙，她直接去工作了，可是回到宿舍时发现金镯子找不到了。

大家前几天都看到李娟手腕上戴着一个克数很大的金镯子，应该是价格不菲，领导也相当重视。

少年宫紧急召集了单位所有的工作人员及临时务工人员开会了解情况，可是大家说谁都没有看到过。

张丽在会上主动提出：自从少年宫成立至今内部可还没有发生过这么大金额的物品被盗事件，不行就报案让派出所处理吧！

少年宫书记和主任觉得这件事情有损单位声誉，还是不要对外张扬，先内部解决为好，安排张丽带队领着保卫处工作人员及李娟在单位的各个办公室、处所及宿舍寻找镯子和安排相关人员单独谈话。

在找寻到李娟和李小雪共同居住的宿舍时，李娟又给大家把金镯子丢失的过程陈述了一遍。

保卫处的同志说：是不是你洗头放到屋子的其他地方了？大家一起找找，兴许能找到呢！

大家开始到处寻找，把两人的屋子每一处都翻了个遍。

"这里怎么有个金镯子，李娟你看看是不是你的？"张丽从一张床的枕头下面拿出了一只金镯子。

"我看看，是！是！是我的！"李娟从张丽手里接过金镯子仔细地端详了半天。

"这是谁的床？"保卫处长问道。

"这！这是李小雪的！怎么会是她呢？"李娟故作惊讶地回答。

"好了！找到了就好！李娟，你的镯子这次可要放好了，在单位平时不要这么招摇！这次事件对单位影响很不好，我们再找李小雪去了解情况吧！"张丽手背到后面转了一个圈，打着官腔。

张丽让保卫处把李小雪叫到了办公室，她询问了一个下午，可是李小雪说她什么都不知道。

"李小雪！看来是我们低估你了，你的人品实在是有问题，怎么能对自己的同学、朋友下手做这种事情呢？现在已经人证、物证俱全，大家都看到了，你承认不承认都没有什么关系了！我交给领导看怎么处理吧！"

李小雪是百般解释，可张丽怎么也不听，她把李小雪推出了办公室。

李小雪回到宿舍质问李娟到底是怎么回事，可李娟总是打岔说着其他的事情，这几天也是尽量避着李小雪不见面，晚上也不知道去哪里了，也没有回来住。

过了两天，少年宫主任把李小雪叫到了办公室。

"李小雪，你这件事对单位不良影响很大，但同时也考虑到了你作为实习生以后的发展，我们就不向金州师范通报了，但你必须提前结束实习，这次事件只是一个教训，以后的工作、生活才刚刚开始，希望在以后的人生道路上你能够交正确的人，做正确的事。你的实习表格我们也签字、盖章了，你带回学校就好！"少年宫主任深沉地看着李小雪，将实习表格双手递给了她。

"好的，谢谢领导！"李小雪双手接过实习表格，给主任深深地鞠了一躬。

这时，李小雪忽然觉得自己好像听懂了什么，她一句多的话也没有说，径直走出了主任办公室。

回到宿舍，李娟依然不在。李小雪快速收拾了自己的物品，她和谁也没有打招呼就匆匆地离开了这个是非之地。

返回金州师范，李小雪去学生处递交了实习表格，说自己因为家里有事和金州市少年宫沟通提前十多天结束了本期的实习。

工作人员认真地检查了实习表格，看看也没有什么问题。

"李小雪同学，你的实习表格手续都合格了，毕业证在你们班主任那里，你一会儿直接过去领取就可以了！关于单位分配的事情还得等等。分配单位是学校推荐、用人单位选拔，到时候有消息我们会第一时间将相关手续邮寄到你预留的家庭地址，到时候你自己去报到就可以了。"

"好的！谢谢您！"

李小雪又去隔壁的办公楼，找到班主任领取了毕业证，和班主任寒暄几句做了简单的告别。

因为实习还有十多天才结束，李小雪怕回去早，妈妈、哥哥们察觉到什么。

李小雪又去李宁专卖店的老板娘那里帮了十多天的忙，就收拾好自己的行李准备返回密县了。

李小雪提前预订了当天最早的一张车票，她一个人拉着行李箱，背着挎包，手里提着提包，一步三回头地作别母校。刚走出母校门口时突然就下起了滂沱大雨，她没有打伞，她继续拉着箱子、背着包昂首阔步地向汽车站的方向走去。在大雨中她突然感悟到了什么，也许，这场大雨是专门来给自己送行的，雨水要冲刷掉她在这里不愉快的回忆，雨水要告诉她以后人生路漫漫，滂沱大雨只是人生的一个开始而已。

约莫四十多分钟的工夫，李小雪走到了汽车站。发车时间还有半个小时，这时雨却突然停了。

李小雪抬头望望四周，八月雨后的这座城市真的很美丽，只是自己就要离开这个学习、生活三年的地方了。

忽然，有人喊道："彩虹，彩虹，西边出现了两道彩虹。"

李小雪不觉也向西面看去，那里真出现了彩虹，而且是两道彩虹，在她的印象里，这座城市在大清早出现彩虹似乎还是第一次。

又曰：

忆王孙

郁郁枝叶百花芳，闺蜜临门亲无间，彩蝶对对丛中舞。

谁料想，此景只是昙花露。

（未完待续，下卷更精彩）

大结局

五十年了
你终于来了
五十年了
你也要等
你说，你喜欢挪威的冬天
我说的，你都相信啊

风烛残年的两位老人
你看着我，我看着你
他们满脸的皱纹掩饰着泪水
他们白色的银丝亮的耀眼
他们都坐着轮椅，都被人推着
她和他都艰难的试图举起右手

这么多年
我写的诗，你都收到了吗
我写的诗，你都看了吗
这么多年
你真傻，一直在坚持
你真傻，我不回复你还写

不写了，写不动了
这是给你写的第五十二卷了
那你读给我听
有十月的甘南草原吗
有美丽的舞者吗
有红舞鞋吗

有，有，都有
诗里都是你的故事
诗里都是你的身影
诗里都是遥远的地方
才觉得，你的声音很好听
你读吧，我想我要睡会儿了

人物索引

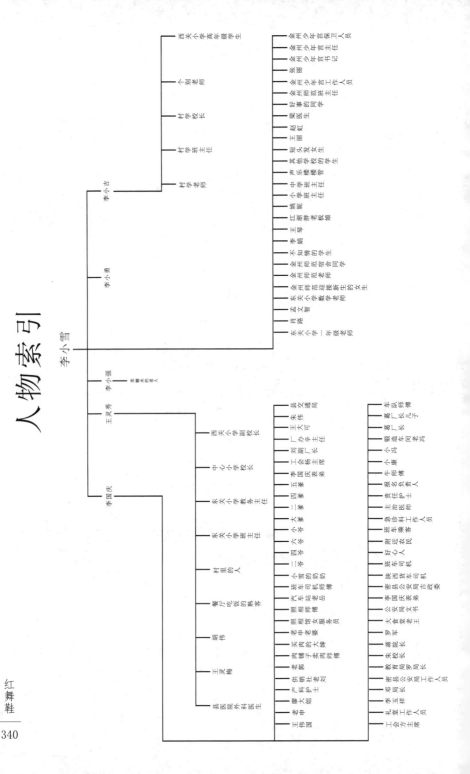